박달산, 직지를 품다

제10회 직지소설문학상 대상 수상작

박달산, 직지를 품다

김태환 장편소설

사단법인 한국소설가협회

이 소설의 배경인 박달산은 내가 태어나고 자란 곳이다. 산 넘어 산이 보이지 않는 첩첩산중이 내 고향 장연면 거문동이다.

아무것도 특별할 것이 없는 외진 산골이 역사 속에 올라 있는 것은 고려사의 단 몇 줄이었다.

─왜구 200기가 장연현을 침구했다. 왕안덕, 도흥, 김사혁이 물리쳤다.─

시대는 1383년으로 직지의 시대와 거의 일치했다. 침구의 목적은 알 수 없었다. 나는 어릴 적 기억 하나로 당시의 사건을 유추해 보았다. 장연의 개울에는 어렵지 않게 철을 녹이는 과정에서 흘러나온 슬러시 조각을 볼 수 있었다. 지명 중에 쇠잿골이라는 곳이 있는데 최근까지 철광을 하다가 우라늄이 나오는 바람에 강제 폐쇄되었다.

소설적 상상이 왜구—금속—직지로 자연스럽게 연결되었다. 모든 문화가 다 그렇지만 직지도 갑자기 땅에서 솟아올라 온 것이 아니다. 직지 이전의 금속활자들이 어떻게 기술을 축적하며 이루어졌는지 알 수는 없다. 그러나 직지 이후에 어떻게 조선 최초의 금속활자인 계미자와 연결이 되었는지는 유추해 볼 수 있었다.

역사의 기록이 완벽하게 진실만 담겨 있다고 믿기는 어렵다. 더구나 고려멸망 후 조선 세종 때 쓰인 고려사는 진실 여부를 가려내기가 쉽지 않다. 그러나 그런 단점이 오히려 소설적 상상력을 발휘할 수 있는 자유를 준다. 세종 때 편찬한 고려사가 워낙 진실과는 동떨어져 있기에 작가적 상상력을 발휘할 기회가 주어진 셈이다. 소설에서는 사라진 고려 말의 직지가 어떻게 조선최초의 금속활자인 계미자로 탄생하게 되었는가를 다루었다. 이런 이유로 필자는 '박달산, 직지를 품다'에 이어 고려말 왜구 침구를 소재로 한 이야기를 계속 써나갈 예정이다.

책의 초판이 나오면 제일 먼저 고향에 가보아야겠다. 아직도 박달산 기슭에서 수수농사를 짓고 있는 옛 친구가 반갑게 맞을 것이다. 박달산은 오늘도 무사할 것이다. 이 소설을 박달산에 바친다.

이 소설에 나오는 왜구 관련 이야기는 이영 교수님의 '고려말 왜구'를 참조하였다.

차례

작가의 말

박달산, 직지를 품다

흥덕사의 봄

고려 우왕 6년(경신년1380) 청주목 무심천에 봄이 무르익고 있었다. 천변에 늘어선 버드나무는 어린 연둣빛 새싹을 달고 가는 봄바람에 부드럽게 흔들렸다. 천변에 가까운 흥덕사 주변에는 개나리가 만발하고 동산에는 진달래가 꽃대궐을 이루었다. 벌과 나비는 꽃바람을 타고 날아와 봄을 희롱했다.

점심 무렵이 되어 흥덕사 일주문에 낯선 사람들이 나타났다. 모두 말을 타고 왔는데 맨 앞에 선 사람은 관복 차림이고 따르는 사람들은 모두 갑옷으로 무장한 군사들이었다. 일행은 일주문 앞에서 말을 세웠다. 흥덕사의 사판승 한 사람과 열댓 살쯤 되어 보이는 아이가 말고삐를 받았다. 일주문 주변에서 꽃과 나비를 희롱하며 놀고 있던 아이들이 낯선 방문자들에게 우루루 몰려들었다. 나비 떼가 아이들을 따라와 관복 차림의 남자 주위에 맴돌았다.

"어디에서 오신 분들이신지요?"

말고삐를 받아 말뚝에 묶고 온 사판승이 머리를 조아리며 물었다.

"판도사 판서대감이신 포은 선생님께서 주지 스님을 만나러 왔다고 전하시오."

"네."

사판승이 급한 걸음으로 안으로 달려갔다. 몇몇 아이들은 사판승을 따라 달려갔다. 남은 아이들은 무장한 군사들의 모습이 신기한 듯 주변을 맴돌았다. 포은 선생은 귀찮게 구는 아이들을 바라보며 크게 웃어 보였다.

"너희들은 모두 어디에 사는 아이들이냐? 이곳은 절인데 왜 여기에서 놀고 있는 것이냐?"

"저희들은 모두 이곳에 삽니다."

그중에 제법 머리가 굵은 사내아이가 손을 들어 일주문 오른쪽을 가리켰다. 그곳은 홍덕사 담장 바깥이었는데 규모가 작은 초가들이 옹기종기 모여 있었다. 여느 절에서는 볼 수 없는 풍경이었다. 이렇게 많은 민가가 절 주변에 모여 있는 경우는 없었다. 민가 근처에는 너른 농도도 보이지 않았다. 농가는 아닌 듯했다.

"너희 부모님들은 뭘 하시느냐?"

"저희 부모님은 여기서 일을 하십니다."

아이들이 손을 들어 흥덕사 안을 가리켰다. 포은 선생은 흥덕사 전체를 바라보았다. 전면의 대웅전 옆으로 명부전이 있고 조금 앞쪽의 양 옆에 요사채가 있는 평범한 구조였는데 그 아래쪽에 맞배지붕으로 기다랗게 이어진 건물이 있었다. 무엇을 하는 곳인지 설명을 듣지 않아도 짐작할 수 있는 곳이었다. 아이들의 옷차림이 여느 집 아이들과 다르지 않은 걸 보면 아이의 부모들은 흥덕사 안의 주자소에서 일하는 사람들이 분명해 보였다.

"저를 따라 오시지요."

말고삐를 잡았던 아이가 포은 선생의 앞에 서서 안내했다. 포은 선생은 방금 전에 말고삐를 잡던 청년의 손을 유심히 보았다. 무엇을 하다 왔는지 손바닥이 숯덩이처럼 검었다. 포은 선생은 호기심에 청년을 불러 세웠다.

"얘야. 잠깐 나 좀 보자."

청년이 뒤돌아보았다. 왜 보자고 하는지 이상하다는 듯 눈을 크게 떴다.

"저 말입니까? 무슨 일이시죠?"

포은 선생은 다짜고짜 청년의 손을 보자고 했다. 청년은 무슨 말인지 알아듣고 황급히 손을 허리춤에 감추었다. 방금 먹을 갈고 나온 참이어서 손에 먹물이 까맣게 묻어 있었다.

"허허. 글공부를 하다가 나온 모양이구나. 먹물이 묻어 있는 걸 보니."

청년은 얼굴이 빨개져서 고개를 숙였다. 포은 선생은 유쾌한 웃음을 웃어보였다.

"허허허. 손에 먹을 묻히는 건 부끄러운 일이 아니다. 너의 이름이 무엇이냐?"

"네, 최인규라 합니다."

"그러냐. 인규야, 어서 앞장 서거라."

포은 선생이 대웅전 마당에 들어서자 여러 스님이 나와 합장을 했다. 고려 제일의 대학자가 방문했는데 격식을 차리지 않을 수 없었다.

"이렇게 예고도 없이 불쑥 찾아와서 면목이 없습니다."

"아닙니다. 고명하신 선생님께서 누추한 곳을 찾아주셔서 감사합니다."

스님들과 인사를 나눈 포은 선생은 한참 동안 마당에 꼿꼿한 자세로 서 있었다. 주지 스님이 대웅전으로 드시라고 손짓으로 신호를 보냈는데도 움직이지 않았다. 사찰을 방문하는 사람은 누구라도 대웅전에 모신 부처님께 삼배를 먼저 하는 게 절집의 예의였다. 그런데 포은 선생은 절집의 법도대로 따르려 하지 않았다. 한참을 그렇게 서 있자 민망한 주지 스님이 요사채로 안내했다. 포은 선생은 그제야 걸음을 옮겼다.

방 한가운데는 주지 스님이 앉았다. 좌우로 달잠 스님과 묘덕 스님이 자리 잡고 앉았다. 포은 선생은 정면에서 주지 스님과 마주보는 자리에 앉았다. 절집의 법도대로라면 방문자는 주지 스님에게 삼배를 올리는 게 원칙이었다. 한동안 무거운 정적이 흘렀다.

석찬 스님은 인출장 최은집이 하는 일을 들여다보다가 급한 전갈을 받았다. 손님이 찾아왔는데 포은 정몽주 선생이 찾아왔다는 것이었다. 어디 멀리에 있는 유명한 사찰에서 찾아왔다고 하면 놀라지 않을 텐데, 대유학자인 포은 선생이 찾아왔다는 데는 놀라지 않을 수 없었다.

포은 선생은 성균관 박사 시절 명성을 떨친 유학자였다. 당시 유교 경전을 강의하던 때 고려에 들어 온 경서는 주자집주가 유일했었다. 포은 선생의 강의를 듣던 사람들 중에 그의 유창한 해석에 의문을 품는 사람들이 있었다. 그러나 이후에 들어 온 경전이 강의 내용과 일치했다. 사람들은 포은 선생의 높은 학식에 탄복할 수밖에 없었다.

목은 이색은 제자인 포은 선생을 고려 성리학의 창시자라고 추켜세웠다.

"그는 학문에서 누구보다 부지런하고 뛰어났으며, 그가 하는 말은 이치에 맞지 않는 것이 없다."

포은 선생보다 다섯 살 아래였던 삼봉 정도전도 포은 선생을 고려 최고의 유학자로 평가했다.

석찬 스님은 성리학의 창시자로 추앙받는 학자가 흥덕사를 찾아온 이유가 궁금했다. 대웅전 마당으로 들어서자 건장한 고려 군사 여러 명이 요사채 앞에서 보초를 서고 있었다. 석찬 스님은 군사들에게 가벼운 인사를 건네고 요사채 안으로 들어갔다.

석찬 스님이 들어섰는데 기묘한 정적이 방안에 흐르고 있었다. 가운데 앉아있는 포은 선생에게 가볍게 합장을 하고 달잠 스님 옆자리에 앉았다. 잠깐 주지 스님의 안색을 살피니 뭔가 못마땅한 표정이었다. 어색한 분위기를 깨려고 석찬 스님이 활달한 목소리로 인사를 했다.

"소승 석찬이라 합니다. 저명하신 선생님께서 이곳을 방문해 주셔서 감사합니다. 무슨 중요한 용건이 있으신 것인지요?"

석찬 스님의 활달한 목소리에 방안의 분위기는 금방 밝아지는 듯했다. 그러나 포은 선생의 첫 마디에 분위기는 다시 차갑게 가라앉고 말았다.

"저는 이곳에서 발행한 책을 얻어 가려고 왔습니다. 백운화상초록불조직지심체요절이라고 알고 있습니다. 만들어 놓은 책이 있으면 전부 저에게 주셨으면 좋겠습니다."

스님들은 깜짝 놀라 눈을 크게 떴다. 밖에 세워 둔 군사들을 생각하면 꼭 책을 탈취하러 온 분위기였다. 주지 스님이 가까스로 정신을 차리고 물었다.

"대학자이신 선생께서 불가의 책은 무엇에 사용하려고 하시는지요?"

"전량을 일본으로 보낼까 합니다."

"…."

스님들은 모두가 놀라 입을 벌렸다. 국내에서도 각도의 사찰에 보내는 물량이 모자란다는데 일본으로 보낸다니 기가 막혔다.

"아직 일본으로 책을 보낼 만큼 여유가 없습니다. 왜 하필이면 일본인지요?"

"제가 삼 년 전인 정사년에 일본에 다녀오지 않았습니까."

포은 선생은 정사년에 일본 규슈에 금왜사절로 다녀온 이야기부터 꺼냈다. 삼년 전이면 흥덕사에서 처음으로 백운화상초록불조직지심체요절을 완성한 해였다.

"규슈에는 제가 가고 싶어서 간 것이 아니라 떠밀려서 갔던 것입니다. 언양에 귀양을 가 있던 형편이라 거절할 수도 없는 상황이었습니다. 저를 사지로 보낸 것이었지요."

포은 선생은 작정을 하고 온 듯 금왜사절로 일본에 갔다 온 이야기를 차분하게 풀어놓았다.

포은 선생이 규슈에 가서 만난 사람은 무로마치 막부에서 규슈 탄다이로 파견한 이마카와 료순이었다. 규슈 탄다이란 규슈지방을 총괄하는 지방관이었다. 이마카와 료순은 다른 지방관들과는 다르게 학문적 소양이 깊은 사람이었다. 와카를 좋아해 포은 선생의 시를 좋아했다. 둘은 수시로 마주앉아 시를 짓고 학문에 대해 대화를 나누었다. 그러는 동안 포은 선생의 이야기는 널리 알려져 많은 사람들이 찾아왔다.

일본에서는 무사들보다는 스님들이 학문에 조예가 깊었다. 규슈의 많은 스님들이 포은 정몽주의 글을 받으러 찾아왔다. 이마카와 료순의 지극한 환대에 일 년여를 규슈에서 보낸 포은 선생은 금왜사절로서의 임무를 완수했다.

이마카와 료순은 수하인 신홍에게 군사를 거느리고 고려로 건너가 왜구토벌을 돕게 했다. 그것은 무로마치 막부가 왜구들과는 전혀 관계가 없음을 입증해 보이는 조치였다. 어떻게 보면 일본 내의 남북조 싸움이 고려까지 번진 형상이었다. 포은 선생은 오백 명의 고려인 포로들을 데리고 귀국했다.

이마카와 료순은 고려인 포로들을 풀어주는 대가로 당당히 팔만대장경을 요구했다. 그런데 포은 선생이 생각하기에도 고려의 보물인 팔만대장경을 왜인들에게 넘겨줄 수는 없었다.

스님들은 백운화상초록불조직지심체요절을 요구하는 포은 선생의 의도를 정확히 알 수 있었다. 팔만대장경 대신에 일본으로 보내기 위해 책이 필요한 것이었다. 그러나 함부로 덥석 내어 줄 수도 없는 노릇이었다. 왜인들이 요구하는 대로 내주었다가는 다음에 또 무엇을 요구할지 알 수 없는 노릇이었다.

"왜인들이 무슨 목적으로 책을 원하는지는 모르겠으나 이건 호사품이 아닙니다. 책을 만든 목적은 많은 사람이 불법을 깨우치는 데 도움을 주려는 것입니다."

"바로 그것입니다. 왜인들에게도 부처의 가르침을 전한다는 마음으로 받아들이시면 좋겠습니다. 사람이 배우지 않으면 짐승과 같다고 했습니다. 불법을 가르치는 것도 어리석은 저들에게 먼저 해야 마땅하지 않을까요?"

그러나 칼을 빼들고 고려 땅에 들어와 노략질을 일삼는 왜구들을 인간답게 가르칠 방법은 그 어디에도 없을 것이었다. 더구나 문자도 모르는 문맹인들에게 책을 전하는 것은 아무 의미가 없을 것 같았다.

"저 흉악무도한 자들에게 책을 전한다고 달라지는 것은 없을 것입니다. 소신도 이성계 장군의 부장으로 왜구들을 소탕하는데 나서고 있습니다. 칼을 들고 온 자들은 칼로 쫓아내야죠. 책은 규슈의 이마카와 료순에게 전달될 것입니다. 료순의 군사들이 우리 땅에 들어와 왜구들을 소탕하는데 힘을 보태고 있습니다. 거기에 대한 답례로 보낸다 생각하시면 됩니다."

포은 선생은 자신이 문관임에도 칼을 들지 않을 수 없는 상황에 대해 이야기했다. 자신이 금왜사절로 규슈에 다녀온 이후 왜구들의 준동이 수그러들어야 마땅했다. 료순의 군사들이 고려 땅에서 저희나라 왜구들과 싸우고 있는데도 나날이 침입 횟수나 규모는 늘어가고 있었다.

고려의 연안 지역은 왜구들의 준동에 사람이 살 수 없는 무인지경이 되어가고 있었다. 연안 지역의 너른 곡창지대가 서서히 황무지로 변해가기 시작했다. 그나마 수확한 양곡을 조창을 통해 개경으로 보내야 하는데 그것마저 쉽지 않았다. 왜구들이 배를 타고와 집중적으로 조창과 조운선을 털어갔다. 나라에서는 녹봉을 제대로 지급할 수 없게 되자 관리들의 불만도 이만저만이 아니었다.

포은 선생은 판서라는 직함을 내려놓고 손수 갑옷을 입고 칼을 찼다. 왜구 섬멸에 크게 명성을 떨치고 있는 이성계 장군의 휘하에 부장으로 참가했다. 머잖아 왜구들의 침입이 감당하기 힘든 지경에 이를 것 같은 생각이 들어서였다. 힘으로 막아내지 않으면 달리 방법이 없을 것 같았다.

"저들의 준동이 날로 더해 가고 있습니다. 이곳도 준비하지 않으면 큰 화를 입을 수 있습니다. 이곳에서 가까운 부여와 공주에는 수시로 왜구들이 쳐들어오고 있습니다."

"힘없는 우리들이 어떻게 저들의 침입을 막아낼 수 있겠습니까?"

"막아낸다기보다는 당분간 이곳을 떠나 깊은 산중으로 피해 있는 것은 어떨지요? 이곳은 연안에서 그리 멀지 않은 데다 금강을 거슬러 올라올 수 있는 곳이어서 안심할 수 없는 곳입니다."

포은 선생의 이야기를 듣고 난 스님들은 깊은 수심에 잠겼다. 만들어 놓은 책을 모두 일본으로 보내겠다는 것도 그렇고 왜구들의 침구에 대비에 피난을 가는 것도 그랬다. 만만하게 볼 문제가 아니었다.

완성해 놓은 책이 오십여 권 있는데 전량을 일본으로 보낸다는 것도 명분이 분명하지 않았다. 그것도 조정에서 보내는 사절단을 통해서 보내는 것이 아니라 지금 고려 땅에 들어와 있는 이마카와 료순의 심복인 신홍을 통해 보낸다는 것이었다.

흥덕사의 주조시설을 다른 곳으로 옮기는 것도 쉬운 일이 아니었다. 백여 명이 넘는 사람들을 받아줄 곳을 찾는 게 쉬울 것 같지 않았다. 굳이 코앞에 닥친 일도 아닌데 미리 겁을 먹고 도망을 치는 게 옳은 일인지 판단할 수 없었다.

"송구스럽습니다만, 저희로서는 제의를 받아들일 수 없습니다. 선생님의 높으신 덕망에 책 한 권은 드리겠습니다."

"제 청을 허투루 들으셨군요. 고려 곳곳에 이런 사찰이 세워진 것도 나라가 있었기 때문에 가능한 일이었습니다. 부처님의 법보다는 나라가 우선이라는 것을 아서야 합니다. 나라의 존망이 기로에 서 있는데 사사로운 욕심만 앞세워서야 되겠습니까?"

"…."

포은 정몽주 선생의 말에 아무도 대꾸를 하지 않았다. 모두가 듣기에 거북한 말이라 나서서 반박할 생각이 나지 않았다. 불법보다는 나라가 우선이라는 말도 설득력이 없었다. 나라를 다스리는 자들이 제대로 했더라면 오늘 같은 환난의 시절은 오지 않았을 것이다. 그러나 이 시점에서 누구의 잘잘못을 따져본들 소용이 없는 일이었다.

"명심하십시오. 아무리 원망스러워도 나라가 아니면 아무도 여러분을 지켜줄 사람이 없을 것입니다. 저는 더 이상 말씀드리지 않겠습니다. 생각이 바뀌시면 언제든지 저에게 연락을 주십시오. 그리고 속히 주자소를 안전한 곳으로 옮기는 것이 좋겠습니다."

포은 선생은 더 이상 이야기가 진전되기 어렵다는 걸 깨닫고 바로 자리에서 일어섰다. 방안의 분위기는 싸늘하게 얼어붙었다. 포은 선생은 뒤돌아보지 않고 밖으로 나갔다. 밖에서 방안의 동정을 살피고 있던 최인규가 얼른 포은 선생의 가죽신을 신기 좋도록 돌려놓았다.

포은 선생은 인사도 없이 밖에 있던 군사들을 데리고 절 마당을 가로질러 갔다. 석찬 스님이 최인규에게 귀엣말을 하자 냅다 내달아 포은 선생을 앞질러 갔다. 일주문을 지나 하마대에 이르니 최인규가 먼저 와서 포은 선생의 말고삐를 잡고 있었다. 아이들이 좋은 구경거리가 생겼다는 듯 군사들 주위를 빙 둘러쌌다.

군사들은 각자 자기가 타고 온 말의 고삐를 들고 있는데 포은 선생만 가만히 서 있었다. 최인규가 말고삐를 풀지도 않은 채 말뚝을 움켜쥐고 있었다.

"이게 무슨 짓이냐? 얼른 고삐를 이리 내놓지 못하겠느냐?"

"스님께서 절대로 보내드리면 안 된다고 하셨습니다."

"이놈! 어서 놓지 못하겠느냐."

군사 한 명이 앞으로 나서 최인규를 꾸짖었다. 여차하면 무력으로라도 떼어놓을 기세였다. 그럴수록 최인규는 말고삐를 가슴팍에 끌어안고 눈을 질끈 감았다. 어떤 무력 행사에도 굴하지 않겠다는 뜻이었다. 군사 한 사람이 말채찍을 공중 높이 치켜들자 포은 선생이 급하게 제지시켰다.

"그만두고 잠시만 기다려보자."

그제야 최인규는 질끈 감았던 두 눈을 뜨고 포은 선생을 올려다보았다. 포은 선생이 입가에 웃음기를 머금고 자신을 내려다보았다. 잔뜩 화가 나있을 것으로 생각했는데 의외였다. 최인규는 계면쩍은 듯 씨익 웃어보였다. 그때 일주문 안에서 석찬 스님이 급히 걸어 나왔다. 품안에 푸른 비단 보자기에 싼 물건을 들고 나왔다.

"대감님, 무례를 용서해 주십시오. 애야 얼른 고삐를 건네 드리거라."

최인규가 잡고 있던 말고삐를 얼른 건넸다. 그런 다음 용서를 구하는 뜻으로 바닥에 두 무릎을 꿇었다. 포은 선생은 최인규는 보지도 않고 석찬 스님이 안고 온 푸른 보따리에 눈길을 주었다.

"이건 책입니다. 이곳에서 저희가 만든 백운화상초록불조직지심체요절입니다. 상,하권 합해서 모두 스무 권입니다. 나라를 위해 요긴하게 쓰신다면 기꺼이 내놓도록 하겠습니다. 불쾌하셨다면 노여움을 풀기 바랍니다."

포은 선생은 노여워하기는커녕 흐뭇한 표정으로 책 보따리를 받아 들었다. 애당초 흥덕사에 있는 책을 모두 받아갈 생각은 없었다. 단지 스님들은 나라가 급박하게 돌아가는 것을 인지하지 못하고 있는 것 같아 부풀려 이야기 한 것이었다.

"이건 스님 단독으로 가져오신 것입니까?"

"아닙니다. 책을 출납하는 것은 저 혼자 결정하는 것이 아닙니다."

"허허. 그럼 됐습니다. 아무쪼록 왜구들의 준동이 심할 것 같으니 각별히 주의하시기 바랍니다. 이제 너도 일어나거라."

최인규는 바닥에서 일어나 연거푸 머리를 조아렸다. 지켜보던 군사들이나 와자지껄 떠들며 모여들었던 아이들이 모두 긴장을 풀었다. 포은 선생이 받아든 푸른 보따리 위에 나비 몇 마리가 날아와 주위를 맴돌았다. 완연한 봄이었다.

왜구 장연현을 침구하다

때는 고려 우왕 9년(1383) 8월이었다. 칠흑같이 어두운 밤에 가는 빗줄기가 계속 이어졌다. 나뭇잎에 떨어지는 빗소리가 아니면 사위는 쥐죽은 듯 조용했다. 산짐승들도 비를 피해 깊은 은신처에 몸을 숨기고 움직이지 않았다.

이 빗속을 조심스럽게 움직이는 무리들이 있었다. 근래에 처음 보는 많은 무리들이었다. 오일장 장꾼들조차 이렇게 많은 숫자가 산을 넘은 적은 없었다. 계속된 빗줄기가 아니더라도 작은 산짐승들은 발굽의 기세에 눌려 은신처에서 숨조차 쉬지 못하고 있을 것이었다.

발굽은 당당하게 무장을 갖춘 호마들이었다. 오일장을 떠도는 노새나 나귀와는 몸집이 달랐다. 말들은 디딤판이 아니면 등자에

발을 걸어 혼자 올라타기 버거울 정도로 키가 컸다. 200기 모두 머리에 투구를 쓰고 전신에 쇠사슬로 엮은 갑옷을 입었다. 그 모습은 말이 아니라 무시무시한 괴물을 보는 듯했다. 말 위에 타고 있는 자들은 창이 넓은 고깔 모양의 모자를 쓰고 있었다.

맨 앞줄에 고깔 모양의 모자 대신 투구를 쓴 자가 있었다. 투구 양쪽으로 물소 뿔이 치켜 올라가 있어 괴물 같은 형상이었다. 차림새로 보나 덩치로 보나 무리 중의 대장이 분명했다. 가끔 이마 위의 투구에서 흘러내린 빗물이 오뚝한 콧날 위에 떨어져 입가로 흘렀다. 검푸른 빛이 감도는 입술은 굳게 다물어져 있었다. 그의 표정은 너무나 굳어 있어 살아있는 사람이라고 느껴지지 않을 정도였다.

대열의 중간쯤에 말에 타지 않은 한 사람이 말 뒤꽁무니를 따라가고 있었다. 비에 젖어 헝클어진 머리카락이 얼굴에 착 달라붙어 있었다. 어둠 탓에 나이를 가늠하기도 쉽지 않았다. 다소 빠른 걸음으로 따라갈 수밖에 없는데 그의 양손이 밧줄에 묶여있었다. 조금이라도 걸음이 느려지면 밧줄이 사내를 앞으로 낚아챘다. 쓰러져 바닥에 끌려가지 않으려면 꾸준히 발걸음을 옮겨놓아야 했다.

산길을 벗어나 평지에 닿았을 때 어슴푸레 산의 윤곽이 드러나기 시작했다. 새벽이 빗줄기를 밀어내고 안개를 피워 올렸다. 기마무사들은 작은 개울을 건넜다. 이어 논둑길이 나타났다. 8월이라 벼들이 이삭을 달고 있었다. 대장의 뒤를 따르던 무사 한 명이 잽싸게 말에서 내려 벼이삭을 꺾어 대장에게 바쳤다. 대장은 이삭을 손바닥에 비빈 뒤 자세히 들여다보았다. 아직까지 옹골지게 여물지 않은 낟알이 으스러져 흰 즙이 묻어났다.

"으흠."

대장의 입에서 무거운 신음이 새어나왔다. 손바닥의 으스러진 낟알을 털어 낸 뒤 전방을 주시했다. 새벽안개 속에 희끗한 초가지붕들이 엎디어 있었다. 가벼운 바람에 안개도 서서히 흩어졌다.

"시즈카니 하이로오!"(조용히 들어가자!)

그의 입에서 튀어나온 말은 이 땅에서는 쉽게 들어본 말이 아니었다. 목소리는 무덤 속에서 튀어나온 송장이 내뱉는 소리처럼 탁하게 들렸다. 200기의 기마 군사들은 소리 없이 마을 안으로 들어섰다. 개들이 낯선 방문자들을 알아보고 마구 짖었다. 한참 후에 한두 집에서 불이 켜지기 시작했다. 아직까지 아침밥을 지으러 나오기에도 이른 시간이었다.

"한 놈도 빼놓지 말고 모두 끌어내라."

무사들이 초가들의 허술한 사립문을 부수고 마당으로 들이닥쳤다. 무사 한 명이 심하게 짖고 있는 개를 몽둥이로 두들겨 패자 비명이 조용한 마을을 흔들었다. 마을 사람들은 사립짝이 부서지는 소리와 개의 비명에 잠을 깼다. 집집마다 불이 켜지기 시작했다. 잠시 후에 비단을 찢는 듯 여인의 비명이 아침 공기를 찢었다.

마을 사람들이 눈 깜짝할 사이에 공터로 모두 모였다. 20여 가구에서 모두 끌려 나왔으니 족히 백여 명은 되었다. 잠결에 끌려 나온 사람들은 침입자들의 정체를 한눈에 알아보고 사시나무 떨 듯 와들와들 떨었다. 마당 한가운데 외마디 비명을 지른 여인이 쓰 러져 있었다. 서른 중반의 여인이었는데 무릎관절이 꺾여 바닥에 주저앉아 있었다. 뒤통수에 몽둥이찜질을 당했는지 목덜미로 선 홍빛 핏물이 흘러내렸다. 남편으로 보이는 사내가 쓰러진 여인을 일으켜 세우려고 했다. 뒤에서 겨드랑이를 끼고 들어 올리려 했지 만 여인은 자지러지듯 비명을 질렀다. 아마도 두 다리가 무릎 아래 에서 모두 부러진 듯했다.

왜구 한 명이 칼을 뽑아들고 가까이 다가가 비명을 지르는 여인 의 목을 베었다. 뒤이어 남자의 목도 단칼에 내리쳐 베어버렸다. 두 사람이 쏟아 낸 피가 바닥에 흥건했다. 그 광경을 생생하게 목 격한 마을 사람들은 온몸이 얼어붙었다.

"민나 키키나사이!"(모두 들어라!)

물소 뿔 투구의 대장이 날카로운 목소리로 외쳤다. 대장은 일본 말뿐만 아니라 고려 말도 유창하게 구사했다.

"모두 들으시오. 조금이라도 반항하는 자는 즉각 목을 베겠소. 이곳의 촌장은 앞으로 나오시오."

마을 사람 중에서 나이가 제일 많아 보이는 노인이 앞으로 한걸 음 걸어 나왔다. 상투를 튼 머리와 수염이 모두 희었다. 얼굴에는 긴장한 빛이 역력했지만 비굴한 표정은 짓지 않았다.

"내가 이 마을 촌장이오. 어디에서 오신 병사들인지는 모르겠으나 주민들을 해치지는 말아주시오. 원하는 것은 모두 들어드리리다."

"흐음, 촌장이라고? 그렇다면 먼저 무릎을 꿇고 인사를 올려라."

왜장은 유창한 고려 말로 명령했다.

"인사라는 것은 아랫사람이 윗사람에게 먼저 올리는 것이 도리요. 나보다 나이가 많은 것도 아닌데 말 등에서 늙은이의 인사를 받는다는 게 이상하지 않소."

노인은 조금도 흐트러짐 없이 대꾸했다. 말 위의 장수는 끙 하는 신음을 내뱉더니 마지못해 말에서 내렸다.

"노인이 나보다 더 높은 사람이라는 증표를 보이시오. 나이가 많다고 무조건 어른은 아니지요. 내가 알기로는 이 나라에는 열여덟 살밖에 안 된 어린애가 국왕 자리에 앉아 있는 걸로 알고 있소. 설마 어린 왕이 나이 많은 신하들을 어른 모시듯 하는 건 아니겠지요?"

"당신은 이 나라 사람이 아니지 않소. 무슨 자격으로 고려 사람에게 대우를 받는단 말이오?"

"말대꾸를 꼬박꼬박 하는 걸 보니 늙은 영감이 기개는 살아 있구나. 여봐라. 저 영감을 강제로 바닥에 엎어라."

장수의 양쪽에서 호위하는 병사들이 잽싸게 노인에게 달려들어

무릎을 꿇리더니 양팔을 잡고 이마를 땅 위에 처박았다. 노인으로서는 저항해 볼 엄두도 내지 못하고 당할 수밖에 없었다. 한 사람은 노인의 팔을 밟고 서 있었고 또 다른 자는 노인의 뒷머리를 밟고 섰다.

"잘 들어라. 나는 일본국 조케이 덴노께서 고려국에 보낸 사신이다. 사안이 급박해 비밀리에 움직이고 있지만 한 나라 황제의 밀서를 지니고 온 사신은 그 나라의 황제와 같은 대접을 하는 것이 도리이다. 일개 촌부가 나이가 많다고 사신에게 대적질을 한다는 것은 용납할 수 없다. 자, 이제 대답을 해보아라. 너희 왕에게 하듯이 인사를 할 것이냐? 아니면 목을 내놓을 테냐? 선택은 네가 해라."

장수는 노인을 밟고 서 있는 병사들에게 눈짓을 했다. 그러자 병사들이 엎드려 있는 노인을 강제로 일으켜 세웠다. 두 병사가 잡았던 팔을 놓자 노인의 몸이 휘청거렸다. 자세를 바로잡으려 애를 쓰자 양쪽 다리가 후들후들 떨렸다.

"그렇게 겁먹을 필요 없다. 정식으로 인사를 올려보아라. 나는 대일본국 천황의 밀서를 가지고 온 후지와라 다케시다."

노인은 후들거리는 양 무릎을 진정시킨 후 바닥에 꿇었다. 양손을 바닥에 댄 뒤 이마를 바닥에 댔다.

"촌부 고려국의 종부 부령을 지내다 낙향한 이의령이요. 삼가 일본국 후지와라 다케시 사신께 인사 올립니다."

노인의 인사를 들은 물소뿔의 눈꼬리가 치켜 올라갔다.

"종부 부령이라고? 그것이 무슨 일을 하는 직책이오?"

" 이 촌부 선대에서부터 전하를 가까이서 보필하였소."

"그럼 노인께서도 고려국의 국왕을 모셨단 말이오?"

후지와라의 목소리가 아까와는 사뭇 달랐다. 아랫사람 대하듯
함부로 하대를 하던 말투도 부드럽게 바뀌었다.

"흠, 사람을 바로 찾은 것 같소. 노인께서는 우리 일을 많이 도
와주셔야겠소."

"사신으로 오셨다 하시니 적이 안심이 됩니다. 부디 양민들이
다치는 일이 없도록 해주시오."

"우리 일에 협조를 하신다면 무고한 양민이 다치는 일은 없을
것이오. 먼저 마을 사람들은 병사들이 먹을 음식을 만들어 오시
오. 여자들은 음식을 만들러 집으로 돌아가고 남자들은 그대로 남
아 있도록 하시오. 함부로 경거망동하거나 마을을 빠져나가려고
한다면 남아 있는 모든 사람은 죽은 목숨이니 잘 알아서 하시오."

후지와라는 말을 마친 후 젊은 장정 다섯을 뽑아 소를 잡아오도
록 했다. 다섯 마리의 소가 마당 가운데로 끌려나왔다. 왜구들은
순식간에 소들을 쓰러뜨렸다. 급하게 커다란 가마솥 세 개를 마당
에 걸었다. 마른 장작을 가져다 불을 피우자 얼마 지나지 않아 물
이 설설 끓기 시작했다. 적당한 크기로 잘려진 고깃덩어리를 가마
솥 안에 집어넣었다. 한 쪽에서는 숯불 위에 꼬챙이에 꿴 고기가

올려졌다. 기름 타는 냄새가 마을을 덮었다.

얼마간의 시간이 흐른 뒤 마을 아낙들이 갓 지은 밥을 날라 왔다. 삶은 고기는 적당한 크기로 나눠져 병사들에게 분배되었다. 마을 사람들은 마당 한쪽에 모여 앉아 기름진 냄새에 침을 삼켰다.

쌀밥에 고깃국으로 배를 채운 병사들은 민가의 방안으로 삼삼오오 몰려 들어갔다. 오십 명 남짓한 병사는 마을을 에워싸고 보초를 섰다. 마을 사람들을 마당 한가운데 몰아놓고 꼼짝 못 하게 감시했다. 해가 중천에 떠오르자 마을 사람들의 배에서 꼬르륵 소리가 나기 시작했다. 가마솥 안엔 아직까지 먹다 남은 고기가 가득 들어있었다.

정오가 되자 방안에 들어가 잠을 자고 난 왜병들이 기지개를 켜며 밖으로 나왔다. 먼저 남아있던 병사들이 교대로 잠을 자러 들어갔다. 마을 가운데 제일 첫 번째 집의 안방에 들어간 후지와라가 방문을 열고 밖을 향해 소리쳤다.

"거기 벼슬을 했다는 노인은 이리로 들어와 보라구."

이 노인은 자신을 부르는 후지와라에게 가까이 다가갔다. 문 앞에 서서 방 안을 빤히 바라보았다.

"뭘 그리 보고 있나? 냉큼 들어오지 않고."

이 노인은 방안으로 들어가 뻘쭘하게 서 있었다. 후지와라가 무슨 일을 꾸미려는지 알 수 없었다. 결코 유쾌한 일이 일어나리라고는 생각할 수 없었다.

"서 있지 말고 자리에 앉으시오."

후지와라의 목소리는 처음보다는 많이 부드러웠다. 이 노인은 권하는 대로 방 가운데 앉았다. 후지와라가 이 노인을 무시한 채 밖을 향해 소리를 질렀다.

"야마다!"

"하이!"

발걸음새가 날렵한 병사 한 명이 쪼르르 후지와라의 방문 앞에 대령했다.

"쓸 만한 계집들이 제법 있어 보이는데 몇 명 씻겨서 들여보내라. 그리고 여기 노인이 먹을 만큼 음식을 들여보내라."

"하이!"

야마다라 불린 병사가 물러났다. 잠시 후에 쌀밥 한 그릇과 삶은 쇠고기 한 덩이, 그리고 금방 데운 고깃국 한 사발이 얹힌 개다리소반이 들어왔다.

"시장하실 텐데 우선 좀 드시오."

이 노인은 후지와라의 속내를 알 수 없어 불안했다. 사나운 성질머리가 언제 폭발하여 밥상을 뒤엎을지 알 수 없었다.

야마다는 마을 사람들이 모여 있는 곳으로 가서 여자와 남자를 구분해 따로 세웠다. 여자들은 불안감에 휩싸였다. 야마다가 매의 눈으로 여자들을 살피기 시작했다. 그중에서 몸피가 제법 굵은 여자 아이 한 명을 지목해서 불러냈다. 올해 열여섯 살의 옥분이었다. 옥분은 제일 먼저 불려나가게 되자 불안한 마음에 몸을 부들부들 떨었다.

"왜 이리 긴장을 하나? 장군님께서 이뻐해 주시겠다는데. 그 다음에 너, 그리고 너."

야마다는 차례대로 여자들을 불러냈다. 다섯 명 모두가 어린 처녀들이었다. 야마다는 골라낸 다섯 명의 처녀들을 데리고 마을 앞을 흐르는 개울가로 데려갔다.

"장군님 사랑을 받으려면 깨끗이 씻어야 하지 않겠나. 모두 물에 들어가서 몸을 깨끗이 씻도록."

야마다의 명령에도 불구하고 처녀들은 그 자리에서 쭈뼛거리기만 했다. 옥분은 양손을 물에 담그고 손을 살살 씻었다.

"이것들 봐라. 씻으라는 말이 안 들리나? 빨리 옷을 벗고 물에 들어가라."

옷을 벗으라는 말에 처녀들은 화들짝 놀랐다. 입은 옷이라고 해야 늦여름이라 얇은 홑적삼 하나에 베치마를 걸친 게 전부였다. 옥분은 베치마를 걷어 올리고 물속으로 걸어 들어갔다. 그러자 나머지 네 처녀들도 치마를 걷어 올리고 물속으로 들어갔다. 물 가운데는 어른 허리가 잠길 만큼 깊었다.

"더 깊이 들어가라."

야마다가 계속 독촉했다. 이제는 치마가 물에 젖는 걸 신경 쓸 여유가 없었다. 그대로 허리에 물이 잠기도록 걸어 들어갈 수밖에 없었다. 이미 치마는 물론이고 베적삼도 물에 흠뻑 젖고 말았다. 옥분은 '에라 모르겠다' 하는 심정으로 머리까지 물속으로 푹 집어넣었다.

후지와라는 노인을 방 가운데 앉혀놓고 정색을 하고 말을 건넸다. 노인이 먼저 묻지도 않았는데 자신들이 일본국에서 고려국으로 건너온 과정을 세세하게 이야기했다. 자신은 남조세력의 일원인데 고려에 도움을 청하러 들어왔다는 것이었다. 도움을 청하러 오는 사람이 군대를 이끌고 온다는 것은 말도 되지 않는 소리였다.

"지금 남조의 세력이 밀리고 있지만 신흥강국인 명나라에서 일본 국왕으로 책봉을 받은 바가 있소. 고려국의 왕이 아직 명의 책봉을 받지 못하고 있다는 사실은 우리도 잘 알고 있소. 물론 고려국이 원나라의 오랜 부마국이라는 사실도 우리는 잘 알고 있소. 이제는 대세가 한 쪽으로 기울어졌다고 생각하오. 우리 일본국도 명나라와 길을 텄으니 고려국과 정상적인 관계를 맺는다면 양국 사이가 원만하게 화평의 시대로 돌아설 것이오."

"그동안 우리 고려국을 수시로 약탈한 것이 남조의 군사들이 아니었소? 북조의 이마카와 료순이 보낸 신홍이라는 자가 고려군과 함께 당신네 남조군과 싸우지 않았소이까?"

"이제는 반대로 고려국이 우리와 손잡고 북조의 세력을 일본 땅에서도 쓸어버리자는 이야기요."

"그게 가능하기나 한 이야깁니까? 일개 촌부인 나로서는 감히 입에 올리지도 못할 소리요."

"그건 알겠소. 고려국의 왕을 만나기 전에 실세인 백호만호 최영 장군 같은 분을 만나보고 싶소."

"그건 그리 어려울 게 없어 보입니다. 이곳에서 충주목까지 백리 길이오. 말로 간다면 한나절 안에 닿을 수 있을 거요."

이 노인은 일부러 충주목을 들먹였다. 최영 장군이 그곳에 있을 리는 없겠지만 왕안덕 양광도 조전원수가 그곳에 있을 수도 있는 문제였다. 아니면 김사혁이나 대홍장군이 있을지도 몰랐다. 충주목은 덕홍창이 있는 곳이라 어느 곳보다 고려군의 힘이 미치는 곳이었다. 충주목의 고려 군사들이 한꺼번에 달려온다면 왜구 수백 명쯤은 감당할 수 있을 것 같았다.

"백호만호라. 으음."

왜구들 사이에 백호만호 최영 장군의 위엄은 대단한 것이었다. 왜구라면 누구라도 최영 장군과 맞닥뜨리고 싶지는 않을 것이다.

"제가 우리 청년을 충주목으로 보낼까요?"

"아니오. 안 될 말이오."

후지와라의 목소리가 거칠게 튀어나왔다.

"흐음. 충주목이 백 리 길이라. 백호만호가 그곳에 와 있을 정도라면 그만큼 중요한 곳이라는 이야기로군. 말을 해보시오. 그곳에 무엇이 있는 거요?"

이 노인은 가슴이 덜컹 내려앉았다. 그곳에 고려국의 사고가 있다는 사실을 아는 사람은 많지 않았다. 함부로 사실을 발설할 수도 없었다. 왜구들이 고려국에 들어와 노리는 것은 주로 양곡과 젊은 이들이었다. 양곡은 내전에 사용할 군량미로 사용하기 위해서고 건장한 젊은 남자는 군사로 훈련시키기도 하고 노역을 시키기도 했다. 젊은 여자는 본국으로 데려가 노리개로 팔았다.

그러나 후지와라가 내륙 깊숙한 곳을 노리고 들어온 목적은 양곡이나 젊은 남녀가 아닌 것은 확실했다. 내륙에서 해안까지 양곡을 운반하는 일이 쉬운 게 아니고 많은 사람을 데리고 나가기도 쉬운 일이 아니었다.

"덕흥창은 황해까지 나갈 수 있는 한강 물줄기가 닿는 곳이오. 변변한 것은 없지만 강원도에서 생산되는 좋은 목재가 강을 따라 개경까지 운반되지요. 물길을 이용하지 않고는 연안까지 가는 일이 쉽지 않을 것이오."

이 노인의 설명을 들은 후지와라의 얼굴에 회심의 미소가 떠올랐다. 자신이 이미 알고 있던 사실을 이 노인의 입으로 확인했다는 의미인 것 같았다.

"내가 그런 사실을 알고 이곳으로 온 것이오. 어리석은 고려인들. 고려 태조부터가 어리석은 자요. 왜 이런 곳에 나라를 세우지 않았는지 이해를 할 수가 없소. 기껏 사고 따위나 이런 곳에 보관해 놓다니."

이 노인은 다시 한 번 가슴이 철렁 내려앉았다. 고려 사람들도 잘 알지 못하는 것을 왜장이 알고 있다는 사실에 놀라지 않을 수 없었다.

"이곳은 고려 땅의 아주 깊은 산골이오. 양곡을 얻으려면 해안으로 가야 할 텐데 길을 잘못 든 것 같소."

"흐흐. 고려국에 귀한 것이 양곡뿐이겠소? 지난밤에 큰 산을 넘다가 유심히 살펴본 바가 있소. 이곳은 땅의 기운이 하늘에 닿아 있는 곳이오."

"그렇기는 하지만 깊은 산중이라 특별히 넉넉한 산물이 나지 않습니다."

"그렇지 않소. 깊은 산은 많은 것을 품고 있게 마련이오. 내가 보기에 이곳은 고려국의 지붕과도 같은 곳이오. 우리가 이곳에 들어왔으니 이제부터 새로운 시대가 열릴 것이오. 그건 그렇고 우리가 잡아온 자가 누군지 아시오?"

이 노인이 알 턱이 없는 일이었다. 포로는 마당 한쪽의 대추나무에 묶여 있었다. 손이 묶인 채 끌려온 사람은 고려인으로 보이지는 않았다.

"그자는 이마카와 료순의 심복인 신흥의 첩자요. 우리의 뒤를 밟다가 발각되어 잡혀 왔지요. 우리는 오히려 그를 국문해서 필요한 정보를 모두 알아내었소. 이곳에서 조금 더 올라가면 박달산이 있다는 사실도 알았고 거기에 고려국 최대의 금광이 있다는 사실도 알아내었소.”

“이마카와 료순이라면 우리의 포은 정몽주 선생께서 일본에 가서 만나고 온 분이 아니오?”

“그렇소.”

이 노인 혼자서 고개를 끄덕거렸다. 이마카와 료순과 척을 지고 있는 무리라면 그동안 숱하게 고려 연안에 출몰했던 왜구들의 중심 세력이었다.

“황금이라. 황금을 얻어 내기는 쉽지 않을 것이오. 내가 알기로 박달산 금광은 노다지가 아니오. 금광석을 캐서 제련을 해야만 순금이 나오지요. 제련을 거친 황금은 제때에 개경으로 옮겨가기 때문에 남아있는 금이 없을 것이오. 제련을 마친 금은 바로 충주목에 있는 덕흥창으로 보내집니다. 충주목으로 가면 금을 얻을 수도 있을 겁니다.”

이 노인은 왜구들이 충주목으로 바로 쳐들어가기에는 대담한 모험이 필요하기에 선뜻 나설 것 같지 않았다. 더구나 백호만호 최영 장군 같은 고려장수를 만난다면 오히려 목숨 부지하기가 어려워질 것 같았다.

“백호만호 최영 장군 말고도 삼도순찰사였던 이성계 장군이 있지 않소? 그는 지금 어디에 있소? 저 첩자의 이야기로는 그 사람이 이 지역에 자주 나타난다고 하였소. 사실인가요?”

이 노인은 후지와라가 고려국의 사람들까지 알고 있다는 사실에 가슴이 철렁 내려앉았다. 장군은 지금 여진족 호바투를 치기 위해 동북면 도지휘사가 되어 멀리 가 있는 걸로 알고 있었다. 이런 정보들을 어떻게 섬나라 사람들이 알고 있는 것인지 궁금했다. 이 노인은 사실대로 말할 수가 없어 모르는 사실이라고 시침을 떼었다.

"괴주는 이곳에서 거리가 얼마나 되오?"

"오십 리 길입니다."

"그곳에도 고려군이 있소?"

"없습니다. 그곳엔 행정관인 현령감무가 있을 뿐입니다."

"알겠소. 박달산이 이곳에서 가까이 있다고 하던데 그곳으로 가려면 괴주를 지나야 하오?"

"아닙니다. 괴주로 가다가 오른쪽으로 돌아가야 합니다. 거리는 괴주보다 가깝습니다.

"알았소. 우리는 해가 떨어진 다음에 박달산으로 갈 것이오.

방 안에서 후지와라와 이 노인의 대화가 길어지는 동안 개울에서 몸을 씻은 처녀들은 툇마루에 앉아 젖은 머리를 삼베수건으로 말리고 있었다. 야마다는 음흉한 눈초리로 처녀들을 바라보았다. 아직까지 젖은 베적삼 아래 봉긋한 젖가슴이 도드라져 보였다. 잠시 후에 벌어질 일을 상상하며 빙그레 웃음을 흘렸다.

이윽고 이 노인이 방에서 나온 뒤 처녀들이 방 안으로 불려 들어갔다. 후지와라는 저고리 앞섶을 풀어헤친 채 아랫목에 비스듬히 앉아 있었다. 처녀들은 윗목에 나란히 서서 팔다리를 잔뜩 오므리고 있었다. 후지와라가 흐뭇한 미소를 띠며 한 명씩 자세히 살폈다.

"오. 고려 처녀들이 과연 이쁘기는 하구나. 너무 어려워하지 말고 이리들 가까이 와 보거라."

그러나 아무도 후지와라 곁으로 다가가려고 하지 않았다. 같이 따라 들어온 야마다가 칼을 뽑았다.

"순순히 말을 듣지 않으면 단칼에 목을 벨 것이다."

"허어. 야마다, 무례하다. 이제 그만 나가 보아라."

"하이."

야마다가 밖으로 나간 뒤 후지와라는 옥분을 앞으로 다가오게 했다. 옥분은 조심스럽게 후지와라 앞으로 나가 무릎을 꿇고 앉았다.

"네 이름이 무엇이냐?"

"오, 옥분입니다."

"옥분이라. 이름도 예쁘구나. 나이는 몇 살인가?"

"열여섯입니다."

"열여섯이라. 꽃 같은 나이구나. 어디 보자."

후지와라의 손이 옥분의 삼베적삼을 헤치고 가슴으로 들어왔다. 옥분이 잽싸게 양손으로 가슴을 끌어안았다. 후지와라는 옥분의 가슴을 움켜쥐는데 실패하자 인상을 찌푸리며 뒤로 물러나 앉았다.

"이러면 좀 곤란하구나. 칼로 다스려야 한다면 그렇게 해주마."

후지와라가 아랫목에 벗어둔 갑옷 위에서 짧은 칼을 뽑아들었다. 푸른 검광이 처녀들의 가슴을 바짝 오그라들게 만들었다.

"명심하거라. 이제부터 털끝 하나라도 움직이면 바로 잘라 낼 테니 그런 줄 알아라. 눈알을 움직이기만 해도 바로 후벼 파낼 것이다. 알아듣겠느냐?"

후지와라의 엄포에 처녀들은 바짝 얼어붙었다. 옥분은 숨소리가 밖으로 새어 나갈까 봐 참새 숨을 쉬었다. 이윽고 후지와라의 넓적한 손이 옥분의 가슴을 움켜쥐었다. 옥분은 진정하려고 애를 쓰면 쓸수록 몸이 부들부들 떨렸다. 난생처음 외간 남자에게 가슴을 맡기고 나니 눈앞이 깜깜해졌다.

후지와라는 옥분의 어깨에 걸쳐져 있는 삼베적삼을 걷어내었다. 옥분의 백옥 같은 피부가 여실히 드러났다. 어두운 방안이 대낮처럼 밝아진 느낌이었다. 후지와라는 그대로 옥분을 바닥에 뉘었다. 옥분은 꼼짝할 수가 없었다. 눈앞에서 검광이 왔다 갔다 했다. 아무러면 무슨 일이 일어나더라도 칼날에 목이 베이는 것보다는 낫겠다는 생각을 했다. 후지와라가 노리는 것이 바로 그것이었다.

축축하게 젖은 삼베치마가 풀어져 나갈 때도 아무런 저항을 할 수 없었다. 나머지 네 명의 처녀들은 구석에 모여 바들바들 떨고만 있었다.

"뭣들 하느냐. 너희들도 알아서 모두 벗어라."

후지와라의 호통에 처녀들은 몸에 걸친 젖은 옷을 하나 둘 벗었다. 달밤에 마을 앞의 용소에 몰래 나가 목욕을 같이 한 적은 있어도 이렇게 낯선 남자 앞에서 한꺼번에 옷을 벗게 되리라곤 꿈에도 생각하지 못했다.

해는 중천에 떠서 마을 곳곳을 비추었다. 아침밥도 거른 채 마당 한구석에 몰려있던 마을 사람들은 이 노인의 지시를 듣고 아연실색했다. 갑자기 이삿짐을 싸서 어디로 간단 말인가. 사람들은 불안한 마음에 자기들을 어디로 데려가려고 하느냐며 술렁거렸다.

"일단 죽지 않으려면 시키는 대로 해야지 별수 있겠소. 모두 짐을 싸도록 합시다."

이 노인도 자신들의 앞일을 가늠할 수 없기는 마찬가지였다. 마을 사람들이 각자의 집으로 돌아가고 난 뒤 마당에는 더운 회오리바람이 지나갔다. 회오리바람이 이 노인 집의 담장 옆에 서 있는 감나무를 휘감고 지나갈 때였다. 무성한 감나무 잎 사이에서 희미한 사람의 형상이 잡혔다. 아무도 본 사람은 없었다. 이 노인은 감나무 위를 흘깃 쳐다보고는 놀란 가슴을 쓸어내렸다. 이 노인은 아침부터 자신의 손자가 보이지 않는 데 대해 의아하게 생각하고 있었다.

병철은 새벽에 뒷간에서 볼일을 보다가 요란한 소리에 밖을 내다보았다. 생전에 한 번도 보지 못한 기이한 광경에 서둘러 용변을 마치고 뒤쪽의 싸리나무 칸막이를 뚫었다. 뒷간 바로 뒤편에는 오래 묵은 감나무 한 그루가 서 있었다. 병철은 급한 대로 감나무를 타고 올라가 잎이 무성한 가지 사이에 몸을 숨겼다. 감나무 잎 사이로 마을 공터가 빤히 내려다 보였다. 왜구들이 소를 잡고, 부부를 살해하는 광경까지 모두 볼 수밖에 없었다. 병철은 차마 비명을 지르지도 못하고 몸을 도사리고 있었다. 맥없이 나무에서 내려갔다가는 목이 단번에 날아갈 것 같았다.

정오가 가까워오자 목도 마르고 소변도 마려웠다. 그러나 참을 수밖에 없었다. 그나마 새벽에 큰 볼일을 마친 게 다행이란 생각이 들었다. 눈앞에 주렁주렁 달린 감은 아직까지 푸르딩딩한 게 돌덩이처럼 단단했다. 입으로 살짝 베어 물었더니 떫은맛에 눈이 찔끔 감겼다.

병철은 왜장의 방에 끌려들어간 옥분이 걱정되어 견딜 수 없었다. 목이 마르고 소변이 마려운 고통쯤은 참을 만했다. 당장이라도 나무에서 뛰어 내려가 옥분을 구하러 달려가고 싶었다. 그러나 그랬다가는 왜장의 방 앞에 닿기도 전에 시퍼런 칼날에 목이 날아갈 것 같았다. 마음속으로 옥분이 무사하기만을 빌었다.

병철은 또래 중에서도 옥분을 제일 좋아했다. 옥분의 선선한 눈매가 좋았고 부드러운 말투가 좋았다. 철모르는 몇 해 전까지만 해도 둘이 손을 잡고 천지사방으로 뛰어다니며 함께 어울려 놀았다. 그러던 것이 옥분의 가슴이 나오기 시작하고부터는 남의 눈에 띄게 어울려 다닐 수가 없었다. 병철 자신도 목소리가 굵어지고 체모가 나기 시작하면서 부끄러운 생각이 들었다. 병철은 나이가 좀 더 들면 옥분과 혼인을 하겠다고 다짐했다. 옥분이 하는 일이라면 무엇이든 좋았다. 처녀들이 어울려 노는 자리에서도 유난히 옥분만 눈에 들어왔다.

병철이 안타까운 마음에 조바심을 내고 있을 때 아래쪽에서 나지막한 소리가 들려왔다. 할아버지의 목소리였다.

"병철아. 대답은 하지 말고 내가 하는 말을 듣기만 하거라."

이 노인은 일찍이 병철이 감나무 위에 몸을 숨긴 걸 알아챘다. 조금 있으면 마을 사람들 모두가 끌려갈 걸 생각하니 병철 혼자 살아남아 이 상황을 알려야 할 것 같았다. 그래서 각자 집으로 짐을 챙기러 갔을 때 슬그머니 용변을 보는 척하며 뒷간에 들어갔다.

뒷간이라고 해보아야 싸리나무를 엮어 울타리를 치고 비가 안 맞도록 짚으로 이엉을 엮어 얹은 게 다였다. 바람이 숭숭 드나드는 뒷간 안에서 하는 소리가 밖에서 다 들렸다. 이 노인은 뒤쪽 싸리울타리가 벌어져 있는 걸로 보아 손자가 나무 위로 올라갔다는 걸 확신했다. 그러나 소리 내어 불렀다가는 감시하는 왜구에게 발각

되기 십상이었다. 그래서 대답을 하지 말라고 먼저 다짐을 주었던 것이다.

"병철아. 우리가 모두 떠나고 나면 바로 내려오지 말고 천천히 내려와야 된다. 그런 다음 곧바로 충주목으로 달려가서 사태를 알려라. 우리는 유하리, 복거리로 해서 박달산으로 들어갈 것 같으니까 그리 전하거라. 너는 마주치지 않도록 상모리 쪽으로 달아나거라."

병철은 할아버지의 지시에 대답을 하지 않았다. 나무 위에서 보니 왜구 한 명이 뒷간 안에서 중얼거리는 소리를 듣고 가까이 다가오는 게 보였기 때문이었다.

"똥간에서 무슨 소리가 들리네. 무슨 짓거리를 하는 거야?"

왜구가 뒷간을 가리고 있는 거적을 들췄다. 이 노인은 바지를 내린 채로 왜구의 얼굴을 빤히 바라보았다.

"뭐야?"

이 노인은 대답을 하지 않은 채 얼른 마른 볏짚으로 밑을 닦은 뒤 바지를 끌어 올렸다. 그런 다음 왜구에게 안으로 들어오라고 손짓을 했다. 왜구가 무슨 일인가하고 코를 틀어막고 안으로 들어왔다. 이 노인이 가리키는 뒷간 아래에는 허리춤에 찼던 주머니가 똥 위에 떨어져 있었다.

"저걸 어떻게 건져 올릴까 궁리 중이었습니다."

"에라이. 키타나이 야츠."(더러운 놈)

왜구는 투덜거리며 밖으로 뛰쳐나갔다. 이 노인은 안도의 한숨을 내쉬었다.

　마을 사람들은 왜구들이 시키는 대로 각자 집으로 돌아가 짐을 쌌다. 적어도 한 달간은 밖에서 먹고 자야 할 것이니 알아서 짐을 싸라고 했다. 이불과 여분으로 입을 옷가지를 싸고 음식을 끓여 먹을 수 있는 그릇들을 챙겼다. 늦여름이라 수확해 놓은 양곡이 많지 않아 걱정이었다. 가져갈 양식이라고는 봄에 수확해 놓은 보리가 전부였다. 왜구들은 집집마다 찾아가 감시를 했다. 누구하나 도망이라도 칠까 봐 만전을 기했다. 얼마 지나지 않아 마을 사람 모두가 짐을 싸서 마당으로 모여들었다.

　"내 말을 잘 들어라. 지금부터 너희들은 고려민이 아니다. 고려민이 아니라 조케이 덴노의 국민이 된 것이다. 이것은 운명이다. 너희가 되고 싶다고 되는 것도 아니고 싫다고 거절할 수도 없다. 이 사실을 명심하라. 너희는 곧장 일본국까지 갈 수도 있고 아니면 고려 땅 어디에 남아 있어도 일본국 사람으로 살아가게 될 것이다. 머지않아 고려국과 일본국은 한 나라가 될 것이다. 명심하라. 이탈하는 자는 무조건 죽는다."

　마을 사람들은 후지와라의 말에 불안감을 감출 수 없었다. 자신들의 운명이 어떻게 돌아가게 될지 짐작조차 할 수 없었다. 사람의 목숨을 파리보다 못하게 여기는 잔학한 무리라는 것은 분명했다.

아무도 함부로 움직일 엄두조차 내지 못했다. 왜구들은 다시 밥을 짓게 했다. 긴 여름 해는 아직도 꼬리가 길게 남아 있었다.

저녁밥을 다시 짓고 황소 세 마리를 더 잡았다. 이번에는 왜구들이 먼저 먹고 난 다음 마을 사람들에게도 밥과 고깃국을 먹도록 했다. 마을 사람들은 하루 종일 굶은 터라 피비린내가 진동하는 마당에 둘러앉아 꾸역꾸역 목구멍으로 밥을 밀어 넣었다. 세상에 먹는 일보다 더 중요한 일은 없었다.

직지의 수난

포은 정몽주 선생이 봄에 흥덕사에서 백운화상초록불조직지심체요절을 구해간 경신년(1380) 가을이었다. 금강하구인 진포로 들어온 왜구의 대선단은 상원수 나세 장군과 부원수 최무선이 이끄는 고려 수군에게 참패를 당했다. 왜구들은 이미 육지에 상륙해 금강을 따라 내륙으로 거슬러 올라오고 있었다. 진포에 남았던 수비대와 500여 척의 왜선은 최무선이 개발한 화포의 공격에 모두 물귀신이 되고 말았다. 고려 수군의 화포 공격에 상륙한 왜구들의 퇴로가 차단되어 버렸다.

왜구의 부대는 금강 줄기를 따라 올라오면서 분탕질을 했다. 먼저 부여를 함락시킨 다음 부대를 둘로 나누었다. 다수의 병력은 방향을 동쪽으로 틀어 논산과 옥천 영동 방향으로 나갔다. 소수의 부대는 강을 거슬러 올라가 공주를 함락시키고 무심천이 흐르고 있는 청주목까지 들이닥쳤다.

홍덕사는 무심천에서 가까운 서쪽에 자리 잡고 있었다. 홍덕사에 왜구들의 침구 사실이 알려진 것은 하루 전이었다. 소식을 전해들은 홍덕사는 아수라장이었다. 가만히 앉아 있다가는 무슨 일을 당할지 알 수 없었다. 청주목에 상당수의 고려군이 있었지만 장담할 수 없었다. 부여와 공주가 순식간에 함락된 걸 보면 왜구들의 기세가 들불 같았다.

홍덕사에서는 일단 다급한 난은 피하고 보자는 쪽으로 결론을 내렸다. 우선 인원을 셋으로 나누었다. 각자 다른 방향으로 피신했다가 왜구들이 물러가고 나면 다시 모이기로 했다. 석찬 스님은 인출장 최은집과 감교관 박재만과 한 패가 되었다. 이미 책으로 완성된 백운화상초록불조직지심체요절 열 권과 이미 만들어 놓은 활자판을 챙겼다. 완성본 열 권은 각자 나누어서 짐 속에 넣었다.

석찬 스님은 동쪽으로 무심천을 건넜다. 밖에서 거주하던 가솔들까지 합치니 따르는 무리들이 서른 명 남짓했다. 방향을 속리산으로 정하고 보은을 향해 걸었다. 노숙을 하며 사흘 만에 닿은 곳이 상주 북쪽의 갈령이었다. 속리산의 남쪽 자락이었는데 은월암이란 작은 암자가 있었다. 서른 명이나 되는 인원이 거주하기에는 턱없이 비좁았으나 임시로 바위벽 아래 움막을 치고 거주하기로 했다. 남자들은 산에 들어가 양식이 될 만한 것들을 거두어왔다.

준비해온 양식이 부족하기는 했지만 암자 옆으로 흐르는 계곡물이 풍부해 그런 대로 견딜 만했다. 불편하기는 했지만 조금만 견디면 다시 흥덕사로 돌아갈 수 있을 것으로 생각했다.

은월암에서 힘든 피난생활이 열흘 째 접어든 날이었다. 바깥 동정이 궁금한 석찬 스님은 감교관 박재만에게 장정 두 사람을 붙여 사정을 엿보고 오게 했다. 세 사람은 산을 내려가 동관을 지나 상주까지 내려갔다. 상주까지 가는 동안에는 아무런 변화를 감지할 수 없었다. 세 사람이 상주 서쪽의 내서까지 갔을 때였다. 길 양쪽 숲속에서 여남은 명의 왜구들이 갑자기 툭 튀어나왔다. 세 사람은 혼비백산 놀라 뒤돌아 줄행랑을 놓으려 했으나 이미 퇴로가 차단되어 있었다.

석찬 스님은 아침에 떠나보낸 사람들이 해거름이 되어도 돌아오지 않자 조바심이 일었다. 해가 넘어가도록 산꼭대기에 올라 멀리 남쪽을 바라보아도 돌아올 기미가 보이지 않았다. 해가 완전히 넘어가고 밤이 깊어가도 돌아오지 않자 손수 횃불을 들고 마중을 나가 보았다. 20리 길을 걸어가도 사람의 기척이 없자 자정이 넘어 암자로 돌아왔다.

다음날 날이 밝자 대충 아침공양을 마치고 산꼭대기로 올라갔다. 십리쯤 떨어진 곳에 이르자 산모퉁이를 돌아가는 길이 환히 내려다 보였다. 정오가 되자 그 산모퉁이에 한 떼의 사람들이 나타났다. 멀리서 보아도 말을 탄 왜구들이었다. 맨 앞의 말에 대장으로 보이는 자가 타고 있었다. 머리 위에 물소뿔 투구가 선명하게 보였다. 그 대장의 앞에 양팔을 뒤로 묶인 채 끌려오고 있는 사람은 감교관 박재만이었다.

석찬 스님은 은월암으로 냅다 뛰었다. 은월암에서 기다리고 있던 사람들은 산 위에서 뛰어 내려오는 석찬 스님을 보고 일이 잘못되었음을 알아차렸다.

"각자 짐을 챙겨서 속리산 속으로 들어갑시다. 뭉쳐서 가지 말고 각자 흩어져서 갔다가 닷새 후에 이곳에서 다시 만나도록 합시다."

사람들은 각자 짐을 나눠지고 사방으로 흩어졌다. 왜구들이 추적해 오더라도 떼로 잡히는 걸 막기 위한 방책이었다. 석찬 스님은 상하로 이루어진 백운화상초록불조직지심체요절 한 권과 활자판 하나, 그리고 막 주물틀에서 꺼낸 주물활자 덩이 몇 개를 짊어졌다. 사람들과 떨어져 단신으로 산꼭대기로 올라갔다. 은월암이 빤히 내려다보이는 바위 꼭대기에 올라가 몸을 숨겼다.

잠시 후에 감교관 박재만을 앞세운 왜구의 무리들이 은월암 마당에 들어섰다. 박재만과 장정 두 사람은 은월암 마당에 도착하자마자 바닥에 털썩 주저앉았다. 끌려오느라 기진맥진하여 서 있을 힘조차 없는 듯했다.

물소뿔 투구의 왜장은 텅 빈 암자를 보자 화가 잔뜩 난 듯했다. 부하들에게 어서 도망간 자들을 잡아오라고 소리를 질렀다. 잠시 후에 여덟 명의 식솔들이 왜구들에게 잡혀 왔다. 산을 타지 않고 개울을 따라 난 길로 상오리 쪽으로 도망치던 사람들이었다. 말을 타고 추격하는 왜구들을 따돌리지 못한 것이었다.

석찬 스님은 잡혀온 사람들을 유심히 살펴보았다. 아뿔싸, 그 중에는 인출장 최은집과 식솔들이 섞여 있었다. 인출장 최은집이나 감교관 박재만은 금속활자를 만드는데 큰 역할을 해낸 사람들이었다. 금속활자는 어느 한 사람의 노력으로 만들어지는 게 아니었다. 글자를 쓰고 밀랍에 새기는 사람부터 청동을 배합에 맞게 녹이는 사람, 황토로 주물틀을 만드는 사람 외에도 완성된 활자판에서 글자를 찍어내는 사람과 최종적으로 책을 엮어 내는 사람까지 어느 한 분야도 소홀히 해서는 만들 수 없었다.

늦게 잡혀온 인출장 최은집은 마당에 쓰러져 있는 감교관 박재만의 곁으로 다가갔다. 자신도 잡혀오느라 힘이 들었지만 하루 종일 왜구들에게 시달린 감교관 박재만을 위로하려는 듯했다. 석찬 스님은 두 사람의 동태를 놓치지 않으려고 두 눈에 힘을 주었다. 이윽고 물소뿔이 바닥에 앉아 있는 두 사람에게 다가갔다. 무어라고 소리를 질렀는데 거리가 멀어 알아들을 수 없었다. 멀리에서도 물소뿔 투구의 짙은 눈매가 잡혔다. 안광에서 뿜어져 나오는 기가 날카로웠다. 물소뿔이 칼집에서 칼을 뽑아들었다. 칼을 치켜들자 멀리에서도 검광이 눈부셨다. 석찬 스님은 차마 그 광경을 눈뜨고 불 수 없었다. 두 눈을 질끈 감았다 떠 보니 두 사람은 이미 바닥에 아무렇게나 쓰러져 있었다. 최은집의 식솔들이 주검을 부둥켜안고 통곡을 했다. 왜구들은 아랑곳하지 않고 남은 사람들을 모두 밧줄로 묶었다.

왜구들은 사람들이 지니고 있는 짐 보따리를 모두 풀어 헤쳤다. 그 속에 값나가는 물건이 있나 찾아보려는 것이었다. 금붙이 따위의 값나가는 물건은 하나도 보이지 않고 모두의 짐 속에서 책이 한 권씩 나왔다. 물소뿔이 그중에서 한 권을 들고 자세히 들여다보았다. 그러더니 다른 책을 들고 같이 비교를 해보았다. 여러 권의 책이 모두 똑 같은 책이라는 걸 확인하고는 고개를 연신 갸웃거렸다.

왜구들은 밧줄로 묶은 사람들을 앞서게 하고 산을 내려갔다. 물론 지니고 있던 짐 보따리도 모두 챙겨갔다. 보따리 속에 든 물건들이 옷가지 외에도 용도를 알 수 없는 것들이 들어 있어 호기심이 발동한 것 같았다. 최은집의 식솔들은 끌려가면서도 차마 고개를 돌리지 못하고 울부짖었다.

석찬 스님은 날이 완전히 어두워져서야 바위 위에서 내려왔다. 왜구들이 떠난 은월암은 아수라장이었다. 값나가는 물건을 찾으려고 불단 위의 물건들을 모조리 끌어내리고 불상까지 뒤집어 놓았다. 한쪽에 놓여 있던 조그만 동종은 챙겨 갔는지 보이지 않았다. 석찬 스님은 법당을 정리하는 건 미루어 놓고 밤을 새워 인출장 최은집과 감교관 박재만의 시신을 암자 곁에 묻었다. 일을 끝내고 나니 벌써 새벽 여명이 밝아왔다. 암자와 조금 떨어진 계곡에서 몸을 씻고 왔다. 어질러진 법당을 대충 정리하고 부처님 전에 정좌를 하고 앉았다.

아무리 나라가 다르다고 해도 어떻게 그렇게 잔인할 수 있는 것인지 이해할 수 없었다. 책을 만드는 것은 많은 사람들에게 가르침을 주고자 하는 일이다. 그런데 어찌 이렇게 황당한 마가 끼는 것인지 답답했다. 불단 위의 부처님을 한참 동안 바라보았다. 원망의 마음은 들지 않았다. 세상사 돌아가는 것이 모두 인연에 따라 나투는 것이 아니던가. 엉킨 실타래처럼 매듭을 풀지 못해 그렇지 모든 일에는 원인이 있게 마련이다.

감교관 박재만과 인출장 최은집이 부처님을 모신 절집 마당에서 참살을 당한 것도 모두가 인연의 끈이 얽혀 있기 때문이리라. 석찬 스님은 힘차게 목탁을 쳤다. 두 사람의 영가가 악연의 매듭에서 풀려나 좋은 세상에 태어나길 빌었다.

공양도 잊은 채 밤낮을 가리지 않고 무아지경에서 염불을 하다 보니 하루가 순식간에 지나갔다. 은월암에서 흩어질 때 약조한 닷새가 금방 지나갔다. 닷새가 되는 날 새벽에 열다섯 명이 나타났다. 속리산 깊은 골짜기로 같이 들어갔다가 나왔다고 했다. 산 속에서 제대로 먹지 못해 그런지 하나같이 몰골이 말이 아니었다.

석찬 스님은 암자 곁에 묻은 두 사람의 무덤을 보여주며 그간에 일어났던 일을 설명해 주었다. 박재만의 식솔들은 무덤에 엎어져 통곡을 했다.

"스님 우리가 무슨 잘못을 했길래 이런 날벼락을 내리는 것입니까?"

"…"

석찬 스님은 오열하는 박재만의 처에게 해줄 말이 없었다. 박재만이 잘못한 것이라곤 책을 만든 것 밖에 없었다. 왜 세상에는 선량한 사람들이 억울한 피해를 당하는 것인지 알 수 없는 노릇이었다.

석찬 스님을 비롯한 흥덕사 식솔들은 당분간 은월암에서 지내기로 했다. 남은 양식은 모두 왜구들이 털어갔지만 어떻게든 먹을거리를 마련해보기로 했다. 아쉬운 대로 산딸기를 따거나 칡뿌리를 캐서 허기를 면할 수 있었다. 가까운 계곡물에서 가재와 개구리를 잡아 삶아서 나누어 먹었다.

며칠이 지나서 석찬 스님은 암자를 내려가기로 했다. 상주에 들어왔던 왜구들의 동태를 살펴볼 요량이었다. 할 수만 있다면 탁발로 식솔들의 끼니라도 해결해 볼 생각을 했다. 식솔 중에 건장한 남자 한 명을 흥덕사로 보냈다. 상황을 알아보려는 것이었다. 시간이 지체되더라도 넓은 길을 피하고 산길을 택해 다녀오라고 시켰다.

상주에 도착한 석찬 스님은 자신의 눈을 의심했다. 차마 눈뜨고 볼 수 없는 광경이었다. 집들은 모두 불타고 마을에 온전한 집이

한 채도 남아있지 않았다. 사람들은 모두 넋이 나가 주저앉아 있었다. 그 중에 몇 사람을 잡고 이야기를 들어보니 기가 막혔다. 왜구들은 남녀노소를 불문하고 함부로 목숨을 끊어놓고 약탈과 방화를 저질렀다. 여자들을 욕보이고 젊은 청년들을 모두 끌고 갔다.

"그들은 어느 쪽으로 갔나요?"

"저기 남쪽으로 갔습니다. 경산부로 간다고 했습니다."

석찬 스님은 탁발을 포기하고 은월암으로 되돌아왔다. 하루 뒤에 흥덕사로 보냈던 남자가 돌아왔다. 흥덕사는 왜구들의 방화로 흔적도 없이 사라지고 주위에 얼씬거리는 사람도 없더라는 것이었다. 절이 불타 없어졌다는 말에 모두 낙담했다. 돌아갈 곳이 사라져버린 것이다. 그동안 금속활자를 만드느라 가족들이 모여 살며 정이 들었던 곳이었다.

"청주목의 상황은 어떻던가?"

"분위기가 아주 뒤숭숭합니다. 난을 피해 산 속으로 떠난 사람들이 돌아오지 않아 반쯤은 비어 있는 것 같았습니다. 다행히 돌아오다가 친척집에 들러 쌀을 좀 얻어왔습니다."

쌀이라는 말에 식솔들은 눈이 번쩍 뜨였다. 벌써 곡식 맛을 본지가 여러 날이 지났다. 그날 저녁엔 쌀죽을 끓여 골고루 나누어 먹었다.

"왜구들은 상주에서 남쪽으로 내려갔다고 하니 당분간은 여기서 기다려보도록 합시다. 가끔씩 청주로 나가 누가 돌아왔는지 지켜봅시다."

은월암에서의 힘든 생활이 시작되었다. 가을이 되자 도토리 따위의 산열매를 주워 모았다. 겨울이 되어 굶지 않으려면 무엇이라도 준비해 놓아야 했다. 식솔들은 모두가 합심하여 겨울 날 준비에 전력을 기울였다. 임시로 만든 움막도 겨울 찬바람을 막을 수 있도록 새로 수리를 했다. 가까이에 나무가 우거져 있어 땔감을 모으는 일은 비교적 수월했다.

동짓달 들어 은월암에 경사가 났다. 왜구들에게 끌려갔던 인출장 최은집의 아들이 돌아왔다. 그것도 혼자 온 것이 아니라 고려 군사 오십여 명의 길잡이가 되어 찾아왔다.

"스님이 흥덕사에서 오신 석찬 스님이십니까?"

말에서 내린 고려장수가 석찬 스님 앞으로 다가섰다. 석찬 스님은 다가온 고려장수의 얼굴을 올려다본 순간 저절로 고개가 숙여졌다. 공손하게 합장을 했다.

"그렇습니다. 소승이 바로 석찬입니다."

바로 옆에 있던 장수가 석찬 스님의 말을 받았다.

"나는 이지란이란 사람이오. 이분은 삼도순찰사 이성계 장군이시오. 황산에서 왜구들을 모조리 섬멸하시고 개경으로 올라가는 중이오."

석찬 스님은 삼도순찰사라는 말에 무릎을 꿇었다. 그러자 곁에 있던 식솔들도 모두 석찬 스님 옆에 무릎을 꿇었다.

"장군님께서 우리 힘없는 고려 백성들을 구해 주셨습니다. 감사합니다. 그런데 이 누추한 곳을 어찌 아시고 찾아주신 것입니까?"

"우리가 만나는 것이 모두 다 인연입니다. 지리산 실상사에서 흑두타라는 스님을 만난 것도, 이 청년을 만난 것도 모두가 우연이 아니었나 봅니다. 혹시 이것이 스님께서 손수 만드신 책입니까?"

이성계 장군이 품에서 책 두 권을 꺼내 석찬 스님 앞에 내놓았다. 바로 백운화상초록불조직지심체요절 상,하권이었다. 아마도 최은집의 식솔들이 감추어 다니던 책인 것 같았다. 석찬 스님은 최은집의 아들을 바라보았다. 청년은 고개를 끄덕여 보였다. 자신들이 소지했던 책이 맞다는 표시였다.

"이게 다 어떻게 된 일이란 말이냐? 같이 끌려갔던 어머니나 다른 식구들은 모두 무사한 것이냐?"

어머니라는 말이 나오자 최은집의 아들은 그 자리에 털썩 주저앉았다. 곧 이어 꺼이꺼이 목을 놓아 울기 시작했다. 아들은 이곳 은월암에서 아버지가 참살당하는 걸 눈앞에서 목도한 것도 모자라 사근내역에서 어머니마저 왜구의 칼날에 떨어지는 광경을 지켜보았다. 힘이 모자라더라도 차라리 이곳에서 놈들에게 대들었더라면 나았을 걸 하는 후회가 밀려왔다.

석찬 스님은 청년을 달랜 뒤 장수들을 집 안으로 모셨다. 이성계 장군은 군사들의 야영을 지시하고 법당 안으로 들어갔다. 자리를 잡고 앉자 이곳으로 오게 된 동기를 자세히 설명했다.

역참

감나무 위에 숨어 있는 병철은 배도 고팠지만 그보다 더 급한 일은 소변을 보는 것이었다. 함부로 오줌 줄기를 날리다가는 왜구에게 발각되기 쉬웠다. 나중에는 자신의 고추를 움켜쥐고 버텨보았지만 견딜 수 없었다. 표시가 나지 않을 만큼 나무줄기에 소변 줄기를 쏘았다. 그렇다고 시원하도록 속을 비운 것은 아니었다. 소변 줄기가 나무 밑에까지 내려가선 안 되었다.

세상에 먹는 일보다 싸는 일이 더 중요하다는 걸 절실하게 느꼈다. 이럴 때 비라도 시원하게 내려주었으면 좋겠다는 생각을 했다. 시간이 지날수록 병철의 얼굴색이 까맣게 타들어가기 시작했다. 양손으로 움켜쥐었는데도 폭포처럼 밀려 나오는 힘을 막아낼 수 없었다. 결국 바지에 오줌을 지리고 말았다. 바지를 적시고 흘러내린 오줌 줄기가 나무줄기를 타고 아래로 흘러내렸다. 뒷간이 바로 옆에 있기 때문에 왜구가 가까이 다가와도 냄새로 알아차리지는 못할 것 같았다.

소변이 해결되고 나니 슬슬 배가 고파왔다. 마을 마당에서 고깃국 끓이는 냄새가 감나무 꼭대기까지 올라왔다. 목숨이 경각에 달린 상황에서도 배가 고파오는 게 신기하다는 생각이 들었다. 더구나 옥분이 왜구의 대장에게 끌려들어간 걸 생각하면 머리가 터질 듯한데 몸은 배가 고프다는 신호를 보내왔다. 병철은 자책을 하다가 어느 순간에 깜박 잠이 들었다.

깜박 잠에서 깨어보니 사방이 쥐죽은 듯 조용했다. 마을은 어둠에 묻혀 칠흑처럼 깜깜했다. 병철은 천천히 나무에서 내려왔다. 혹시라도 왜구가 남아 있을까 조심스럽게 발걸음을 옮겼다. 밥을 지었던 솥을 열어보니 누룽지가 바닥에 붙어 있었다. 딱딱한 누룽지를 입에 넣고 미처 씹기도 전에 삼켰다. 고기를 삶았던 솥을 열어보니 고기는 하나도 남아 있지 않고 국물만 흥건하게 남아 있었다. 마을 우물로 가서 두레박을 내려 물을 길어 올렸다. 하루 종일 물을 마시지 못했던 터라 벌컥벌컥 소리가 나도록 실컷 마셨다.

병철은 할아버지가 일러 준 말을 되새겨보았다. 왜구들은 박달산으로 간다고 했으니 서쪽인 괴주 쪽으로 가다 복거리에서 내를 건너 솔치 쪽으로 갈 것 같았다. 병철은 집으로 들어가 오줌을 지린 바지를 벗고 새 옷으로 갈아입었다. 한 시라도 지체해선 안 될 것 같았다. 가마솥에 남아 있는 누룽지를 주머니에 쑤셔 넣고 마을을 벗어났다. 칠흑 같은 어둠 속이었지만 늘 다니던 길이라 방향을 가늠하기는 그리 어렵지 않았다. 북쪽으로 곧장 올라가면 충주목에 닿을 수 있었다. 백리 길이니 밤새 걸으면 아침이면 도달할 수 있을 것 같았다.

마을을 떠난 병철은 어둠을 헤치고 곧장 상모마을을 향해 걸었다. 걸었다기보다는 거의 뜀박질을 하다시피 상모마을을 향해 내달았다. 몇 번인가 돌부리에 걸려 바닥에 나뒹굴기도 했다. 멀리 상모마을 입구에 희미한 건물 한 채가 눈에 들어왔다. 역참이었다. 충주목에서 조령을 넘어 경상도 지역으로 가는 두 번째 역참이었다.

초저녁인데 역참의 불은 모두 꺼져 있었다. 어둠 속에서도 마구간에 매여 있는 높다란 말 궁둥이가 눈에 들어왔다. 구세주를 만난 기분이었다. 말을 타고 충주목으로 간다면 자정 안에 충주목에 도착할 수 있을 것 같았다.

역관이 머무는 건물 안엔 불이 꺼져 있었다. 역관이 초저녁부터 잠자리에 들다니 이상했다. 소리를 내어 부르려다가 살금살금 건물로 다가가자 이상한 신음이 새어나왔다. 새벽부터 하루 종일 괴이한 사건을 보아온 터라 바짝 긴장이 되었다. 앞문으로 다가가려다 방향을 돌려 뒤쪽으로 돌아갔다. 뒤쪽으로 작은 쪽문이 나있었다. 손가락에 침을 발라 창호지를 뚫었다. 거친 숨소리가 뚫린 구명으로 쏟아져 나왔다.

눈을 창호지 구멍에 갔다댄 병철은 화들짝 놀랐다. 남녀가 옷을 모두 벗은 채 몸싸움을 하고 있었다. 어두워서 얼굴 생김까지는 확인할 수 없지만 여자가 아래에 있고 남자가 여자를 깔아뭉개고 있었다. 한 번도 남녀의 교합 장면을 보지 못한 병철은 낮이 벌겋게 달아올랐다. 동네 개들이 길거리에서 흘레붙던 광경이 떠올랐다. 개들과는 다르게 남녀가 서로 끌어안고 몸부림을 치는 게 신기해 보였다.

그때였다. 병철의 뒤통수에 번갯불이 번쩍하고 튀었다. 병철은 그 자리에 푹 고꾸라지고 말았다. 정신을 차렸을 때는 여명이 뿌옇게 밝아오고 있었다. 마구간에 매여 있는 역마들이 아침 여물을 먹느라 푸르르 소리를 냈다. 올려다보니 펑퍼짐한 말 엉덩이가 눈에 들어왔다. 윤기가 자르르 흐르는 말의 엉덩이 근육이 저절로 떨리는 게 보였다. 간밤에 보았던 정사 장면이 떠올랐다. 도대체 결정적인 장면에서 왜 번갯불이 쳤는지 알 수가 없었다.

"이제 정신을 차렸구만. 젊은 놈이 뭔 할 일이 없어 이 외딴 역참까지 와서 못 볼 걸 훔쳐보고 지랄이냐."

"…"

병철은 아무 대답을 할 수 없었다. 누가 가르쳐 주지는 않았지만 남의 정사 장면을 훔쳐보는 것이 잘한 짓은 아니란 생각이 들었다.

"도대체 어디 사는 놈이냐?"

"연풍마을요."

"엥? 오밤중에 여기는 웬일로 왔더란 말이냐. 혹시 우리가 미친 년을 잡아두고 있는 걸 알고 온 것은 아니겠지?"

병철은 머리 회전이 빨랐다. 간밤에 역참원과 뒹굴던 여자는 떠돌이 미친년이었던 것이다. 자신을 내려다보고 있는 역참원의 얼굴을 유심히 들여다보았다. 깜깜한 어둠 속에서 보았지만 방안에서 뒹굴던 그 역참이 아니었다. 그렇다면 자신의 뒤통수를 갈긴 역참원이지 싶었다. 병철은 턱 밑으로 흘러 내려 저고리 앞섶에 말라붙은 피딱지를 바라보았다.

"아무리 못 볼 걸 보았다고 사람을 이렇게 죽도록 패는 게 어디 있습니까?"

"어허, 요놈 보게. 대꾸는 꼬박꼬박 잘 하는구먼. 장 서방, 이리 와 보게. 자네 절구질을 훔쳐보던 녀석이 깨어났네 그려."

건장한 체구의 사내가 마구간에서 나왔다. 병철이 간밤에 어둠 속에서 보았던 바로 그 사내였다.

"어린 녀석이 밤중에 여긴 왜 왔느냐?"

병철은 어제 낮에 있었던 일을 생각해 내고는 한숨이 푹 나왔다. 예정대로라면 이 시간엔 충주목에 도착해 있어야 했다.

"이것부터 풀어주고 말을 시키시오. 나는 연풍에 살고 있는 이병철이라 합니다. 우리 할아버지가 의자 령자 어른이십니다."

두 명의 역참원은 이의령이란 말에 깜짝 놀라는 눈치였다. 괴주 땅이 워낙 산골인지라 조정에서 작은 벼슬이라도 하던 사람이라면 내려오는 곳이 아니었다. 장연현 일대에서는 이의령 노인을 모르는 사람이 거의 없었다.

"부령 어른의 손자가 확실하냐?"

"내가 왜 모르는 어른의 함자를 팔겠소."

"부령 어른의 손자님이 오밤중에 여긴 무슨 일로 오셨나?"

"이거부터 풀어주고 말을 시키시오."

역참원이 얼른 대들어 손발을 묶어 놓은 밧줄을 풀었다. 밧줄이 풀리자 병철은 몸의 기운이 한꺼번에 빠져나가는 듯했다.

"내가 여기서 이러고 있을 몸이 아닙니다. 지금쯤 충주목에 가 있어야 하는 몸인데."

병철은 목이 메어 말이 나오지 않았다. 자초지종을 듣고 난 역참원들은 긴가민가 하는 눈치였다. 거짓말을 하는 게 아니냐고 재차 물었다. 병철이 가슴을 치며 억울해 하자 간밤에 정사를 벌였던 장 서방이란 역참원이 마구간에서 말을 끌고 나왔다.

"연풍까지 거리가 얼마 되지 않으니 내가 확인해 보고 오마. 만약 거짓이면 혼이 날 줄 알아라."

장 서방이 날래게 말 등에 올라 박차를 가했다. 말발굽소리가 요란하게 아침공기를 갈랐다. 연풍까지는 십 리가 채 안 되는 거리였다. 병철은 남아 있는 역참원에게 요기를 좀 시켜달라고 부탁했다. 역참원이 방에 들어가 있으라고 시켰다.

병철이 방에 들어가 기다리고 있자 간밤에 정사를 벌이던 미친 여자가 밥상을 차려왔다. 여자는 밥상을 들고 들어오면서도 병철을 보고 실실 웃었다. 간밤의 정사를 들킨 것이 무안해서 그런 것 같지는 않았다. 병철이 손을 잡아 끌어당기기만 하면 금방이라도 품안으로 딸려올 것 같았다. 간밤에 요분질을 치던 여자의 모습을 떠올리니 웃음을 참을 수 없었다.

병철이 밥을 다 먹을 때까지 미친 여자는 다소곳이 마주앉아 있었다. 자주 실실 웃는 것 외에는 크게 실성한 여자로는 보이지 않았다. 밥상을 물리려 할 때 역참원이 들어왔다. 역참원은 밥상을 정리하는 미친 여자의 가슴을 덥석 거머쥐었다. 여자가 밥상에서 손을 떼고 역참원의 어깨에 몸을 기댔다. 병철이 보고 있는데도 금방이라도 남자의 품에 안기려는 태세였다.

"어때 젊은이, 장가도 안 들었는데 여자 맛은 보았나? 한 번 안아 볼 텐가?"

병철은 낯빛이 홍당무처럼 붉게 물들었다. 여자의 몸을 만지다니, 생각만 해도 부끄러웠다. 그런데 이번에는 여자가 슬그머니 병철의 곁으로 다가와 어깨를 기대는 것이었다. 병철은 불에 덴 듯 펄쩍 뛰었다.

"허허. 젊은 친구가 부끄러워하기는. 이 여자는 아무래도 젊은 총각이 마음에 드는 모양이구만."

병철은 여자에게서 멀찌감치 떨어져 앉았다. 여자가 밥상을 들고 밖으로 나섰을 때 밖에서 요란한 말발굽 소리가 들렸다. 연풍마을에 갔던 장 서방이 돌아왔다.

"이거 참. 큰일 났네."

"왜 그러는가? 이 청년 말이 사실이란 말인가?"

"그러하이. 마을엔 풀어 놓은 돼지 새끼들만 꿀꿀거리며 온 동네를 돌아다니고 있네. 사람이라고는 그림자도 보이질 않네."

"허어. 이일을 어쩐다. 왜구 놈들이 이제는 이런 산중까지 나타난단 말인가. 뭘 얻어갈 게 있다고."

병철은 장 서방이 사실을 확인해 준 것만으로도 고마웠다. 이제 충주목까지 단숨에 말을 달려가면 될 것 같았다. 그런데 그 순간에 연풍 쪽에서 파발마가 지축을 울리며 달려왔다. 등에 붉은 기를 꽂은 역원은 자세를 한껏 낮춘 채 최고 속도로 말을 달려왔다.

어제 밤에 병철을 내리쳤던 역참원은 다급하게 마구간으로 들어가 말을 몰고 나왔다. 재빠른 동작으로 말안장을 얹고 기다렸다.

역참 마당에 도달한 역원이 말을 세웠다. 달리던 말이 앞발을 치켜세우며 거칠게 울었다. 그 위세에 미친 여자가 들고 있던 밥상을 바닥에 떨어뜨렸다.

"급보일세. 곧장 개경으로 가야 하네."

말에서 내린 역원은 안장 위에서 가죽가방을 내려 준비하고 있던 역참원에게 건네주었다. 조령을 넘어 온 파발마는 온몸에 땀을 비 오듯 흘리고 있었다. 거친 숨을 푸르르 내쉬었다. 금방이라도 바닥에 주저앉을 것 같았다.

"이럇!"

행낭을 건네받은 역참원은 잠시도 머뭇거림 없이 준비한 말 위에 올라 박차를 가했다. 병철은 멍하니 멀어져 가는 파발마의 꽁무니만 바라보고 서 있었다.

"이제 걱정 말거라. 곧 충주목에 소식이 들어갈 것이다."

"왜, 무슨 일이 있나요?"

방금 조령을 넘어온 역참원이 물었다.

"이곳까지 왜구 놈들이 쳐들어왔지 뭡니까. 연풍마을 사람들을 모조리 잡아갔습니다."

"이런 오라질. 지금 울주에도 왜구들이 떼로 들어와 파발을 띄운 건데."

"햐, 이놈들이 아주 나라를 말아먹으려고 작정을 했는가 봅니다. 고려 군사들이 그렇게 만만하지 않을 텐데 왜놈들이 아직 된맛을 덜 본 것 같습니다."

"그러게 말입니다. 경신년에 진포에서 화포 맛을 보았으면 겁을 좀 낼 텐데 말입니다."

"이놈들이 화포가 무서워 내륙 깊이로 침구하는가 봅니다."

"때려죽일 놈들."

"최무선 원수가 화포를 싣고 왜놈들 땅에 건너가서 된맛을 좀 보여주고 왔으면 좋겠는데."

"그러게 말입니다."

병철은 잡혀간 마을 사람들이 모두 어떻게 되었는지 걱정이 되었다. 더구나 연로한 할아버지와 옥분이 생각에 눈물이 저절로 흘러내렸다. 옥분이 생각을 하다가 미친 여자를 바라보았다. 어쩌면 옥분도 이런 상황을 견디지 못해 미쳐버리지는 않을까 걱정이었다.

병철은 역참을 떠나 충주목을 향해 걸음을 뗐다. 파발마가 왜구 침구 사실을 충주목에 알린다고 해도 자세한 정보를 몰라 어려워할 것 같은 생각이 들었다. 왜구들이 숫자가 얼마나 되는지 잡혀간 사람들은 얼마인지 세세하게 알려 주어야할 것 같았다. 부지런히 걸으면 해가 떨어지기 전에 충주목에 도착할 것 같았다.

상모역에서 행낭가방을 받은 역참원은 단숨에 단월역까지 달렸다. 행낭가방은 대기하고 있던 다음 역원에게 전달되었다. 가방을 받은 역원은 다음 역을 향해 지축을 울리며 떠나갔다. 경상도 쪽에서 급보로 올라온 파발이기 때문에 지체 없이 다음 역으로 출발해야 했다. 급보는 중간에서 확인하지 않고 바로 개경까지 전달되었다.

경상도 울주에 침구한 왜구의 소식은 삼일 만에 개경까지 전달되었다. 임무를 마친 역참원은 상모로 돌아가는 대신 천천히 말을 몰아 충주목으로 향했다. 장연현에 침구한 왜구의 소식을 역참원이 확인하고 바로 개경으로 파발을 띄울 수는 없었다. 지방관이 내용을 적어 주이야만 파발을 띄울 수 있었다.

충주목을 지키고 있던 병마사 도홍은 역참원의 보고를 받고 깜짝 놀랐다. 지금까지 왜구들이 해안을 침구한 적은 있어도 내륙에서도 가장 깊은 이곳 중원까지 들어오리라고는 생각조차 못했었다. 두 달 전에 왜구의 침입이 염려된다 하여 남한강 강가의 개천사에 있던 고려사적을 익주의 칠장사로 옮긴 적이 있었다. 그때 사적을 옮기는 일을 지휘하면서도 괜히 쓸데없는 일이라고 속으로 푸념하던 생각이 떠올랐다. 그로부터 이렇게 급박하게 왜구가 침구해 오리라고는 상상도 하지 못하고 있었다.

"왜구가 분명하렷다?"

"네. 분명합니다."

"네가 직접 보았느냐?"

"직접 보지는 못했습니다. 간밤에 연풍마을에서 도망쳐 온 청년이 전해 주었는데 아침에 같이 근무하는 역참원이 가서 확인을 했습니다."

"그래, 어떻다고 하더냐?"

"마을 사람은 모두 사라지고 개와 돼지만 마을 안에 어슬렁거리고 있답니다."

"그래 그들이 어디로 갔다고 하더냐?"

역참원은 갑자기 생각이 나지 않았다. 청년이 어디라고 말을 하기는 한 것 같은 데 기억이 나지 않았다.

"어디 산으로 간다고 했던 것 같습니다만."

충주병마사 도홍은 혀를 찼다.

"그따위로 보고를 하면 날더러 어쩌란 말이냐. 빨리 가서 그 청년을 데려오든지. 어디로 갔는지 알아보고 다시 알리도록 하라."

역참원은 병마사 앞을 물러나올 수밖에 없었다. 나오고 나니 속이 답답했다. 그 청년이 상모역에 남아 있는지, 자기 마을로 돌아갔는지 알 수 없는 노릇이었다. 아니면 마을 사람들을 찾으러 갔는지도 모르고 지금 충주목으로 오고 있는지도 모르는 일이었다. 역참원은 난감한 마음으로 상모역을 향해 말을 달렸다.

보고를 받은 충주병마사 도홍은 괴주감무 이성길에게 전령을 보냈다. 연풍에 왜구가 침구했다하니 사실 여부를 알아보라는 것이었다. 도홍은 상부의 지시로 얼마 전에 개천사의 고려사적을 익주로 옮기길 잘했다는 생각이 들었다. 위에서 이런 일을 예견이라도 한 것 같았다. 도홍의 생각으로는 왜구들이 노리는 것이 고려사적이 분명해 보였다. 왜냐하면 내륙 깊숙이 들어와 병량미를 털거나 고려민을 납치해 가는 것은 불가능하기 때문이었다.

도홍은 말 잘 타는 기병 열 명을 뽑았다. 도홍이 기병들과 말에 막 오르려는 순간 앞가슴에 검붉은 피딱지를 뒤집어 쓴 청년 한 명과 미친 여자가 나타났다. 바로 병철과 상모역의 미친 여자였다. 미친 여자는 병철이 쫓아내는데도 한사코 따라붙었다. 말리다 힘이 빠진 병철은 될 대로 되라는 심정으로 미친 여자를 달고 갈 수밖에 없었다.

"어디서 온 누구냐?"

도홍은 괴이한 행색의 두 남녀를 보고 화부터 치밀었다. 지금 왜구와 결전을 벌여야 할지도 모르는 상황에서 눈 밖에 나는 하찮은 것들이 길을 막는 게 못마땅했다.

"저는 연풍마을에 사는 이병철이라 합니다. 어제 새벽에 우리 마을에 왜구들이 들어와서 사람을 죽이고 마을 사람들을 모두 끌고 갔습니다."

도홍은 두 눈이 휘둥그레졌다. 연풍마을에 왜구가 들었다는 것은 보고를 받았는데 그 마을에 산다는 청년이 눈앞에 나타났으니 놀라지 않을 수 없었다. 저고리 앞섶에 흘러내린 핏자국으로 보아 죽을 고비를 넘기고 간신히 탈출해 온 것 같았다.

"자초지종을 이야기해 보아라. 너는 거기서 어떻게 빠져나온 것이냐?"

병철은 아침에 볼일을 보러 뒷간에 갔다가 감나무로 올라가 난을 피할 수 있었다는 이야기를 자세하게 들려주었다.

"용케 목숨을 부지해 도망쳐 나왔구나. 그래 왜구들은 어디로 간다고 했느냐? 마을 사람들을 모두 데려갔단 말이지?"

병철은 할아버지가 일러 준대로 전해주었다. 무고한 두 부부의 목을 베어 살해한 이야기도 했다.

"오오. 고약한 놈들이구나. 무고한 양민을 죽이다니. 쯧쯧. 그래 분명히 박달산으로 간다고 했단 말이지? 놈들이 하는 말은 어떻게 알아들은 것이냐?"

"왜놈들은 모두가 고려말을 하는 것 같았습니다. 저는 할아버지에게 분명히 들었습니다."

도홍은 확신에 찬 듯 어금니를 깨물었다. 왜구들은 역참길을 피해 박달산을 끼고 충주목으로 올라오려고 하는 게 분명했다. 아직까지 고려사직을 다른 곳으로 옮겨놓았다는 사실을 모르고 충주를 향해 오는 것이란 확신이 섰다.

"너는 이곳에 남아 있어라. 내가 급히 병사들과 박달산에 다녀오마."

충주병마사 도홍은 열 명의 기마병들과 함께 힘차게 출발했다. 병철은 떠나가는 병사들의 뒷모습을 바라보며 걱정스런 마음이 앞섰다. 과연 열 명의 고려 군사가 이백 명이나 되는 왜구를 어떻게 대적할 것인지 의구심이 들었다. 병철은 충주목에서 마냥 기다리고 있을 수 없었다. 다시 올라왔던 길을 되돌아섰다. 이번엔 자신이 직접 박달산으로 가보기로 작정을 했다. 미친 여자는 세상이 어떻게 돌아가는지도 모르고 병철을 졸졸 따라왔다. 달천강을 따라 수주팔봉까지 다다른 병철은 허름한 민가를 찾아가 하룻밤 재워줄 것을 청했다. 노부부가 기꺼이 병철과 미친 여자를 집안으로 들였다.

"젊은 총각이 어쩌자고 피칠갑을 하고 돌아다니는 것이여?"

노부인은 밥상을 차리기 전에 병철의 옷을 갈아입게 했다. 노부인이 내 준 적삼이 병철에게 딱 맞았다.

"옷이 딱 맞는 걸보니 우리 아들하고 체격이 똑같은가 보네."

"아드님이 계셨군요. 지금은 어딜 갔나요?"

"말도 말게. 경신년에 김사혁 장군을 따라 공주목에 왜구를 치러갔다 돌아오지 못했다네. 하나밖에 없는 아들이었는데 말이야."

노부인은 눈가에 눈물을 닦으며 병철을 바라보았다. 외아들을 잃은 슬픔을 떨쳐낼 방법이 없는가 보았다. 병철도 마음이 저려왔다. 이 나라에 왜놈들이 판을 치고 다니는 것인지 도대체 이해를 할 수가 없었다. 제 놈들도 자기네 나라가 있고 땅이 있을 텐데 왜 남의 나라에 들어와 사람을 해치고 노략질을 하는지 화가 났다.

"하루빨리 이 나라에서 왜놈들을 몰아내야 할 텐데 걱정입니다."

"그러게 말이다. 우리 같은 무지렁이들의 고통을 나랏님께서 알고나 계시는지 모르겠구나."

노부인은 고봉밥을 차려냈다. 병철은 이틀 동안 제대로 먹지도 못한 탓에 뱃가죽이 등에 달라붙어 있었다. 고봉밥을 보자마자 눈이 뒤집어졌다. 미친 여자도 밥상을 보고 재빨리 숟가락을 들었다. 둘은 누가 뺏어먹기라도 할 것처럼 마구 밥을 입으로 퍼 넣었다.

"에구, 얼마나 배가 고팠으면. 쯧쯧. 체하겠다. 천천히 먹고 모자라면 더 달라고 해."

노부인의 걱정 어린 말이 제대로 귀에 들어오지도 않았다. 미친 여자는 젓가락질을 하다가 여의치 않자 손가락으로 짠지를 찢어 입으로 가져갔다. 제대로 미친 여자 같아 보였다.

"이 처자는 총각하고 어떻게 되는 사이인가? 혹시 누님인가?"

"아닙니다. 어제 상모역에서 처음 본 사람입니다."

"처자는 어디 사는 누군겨? 가족들은 다 어디에 있는 것이여?"

노부인이 물었는데 밥을 입안 가득히 물고 있는 여자는 빙그레 웃기만 했다.

"이 난리 통에 제정신 갖고 살기도 힘들지. 암 힘들고말고."

노부인은 측은한 눈빛으로 미친 여자를 바라보았다. 왜구들 등쌀에 고려천지에 가족이 흩어져 떠돌아다니는 숫자가 한둘이 아니었다. 공주에서는 왜구들을 피해 산으로 들어갔던 부녀자들이 왜구들을 만나 떼로 도살당하는 일도 있었다. 어디에 숨어도 왜구들로부터 안전한 곳이 없을 지경이었다. 미친 여자도 분명 왜구들의 난에 가족과 떨어져 혼자 떠돌고 있는 게 분명한 것 같았다. 왜구들은 아녀자들을 보기만 하면 겁탈을 하고 명줄을 끊어 놓기 일쑤였다. 겁탈을 당한 뒤 일본국으로 잡혀간 경우는 그나마 다행인

편이었다. 아녀자들이 제 몸 하나 보존하기도 힘든 세상이었다.

병철은 저녁상을 물린 다음 강가로 나갔다. 강변은 물길이 돌아 나가는 지역이어서 모래와 자갈로 형성된 톱이 넓게 형성되어 있었다. 건너편에는 깎아지른 듯한 바위가 병풍처럼 늘어서 있었다. 건너편 바위 위의 소나무 가지에서 부엉이가 청승맞게 울었다. 마음이 심란한 차에 부엉이 소리도 서글프게 들렸다.

병철은 옷을 모두 벗어 모래톱에 올려놓고 강물로 뛰어 들었다. 이틀 동안 엄청난 거리를 뛰어다니느라 땀과 먼지로 범벅인 몸을 깨끗하게 씻을 요령이었다. 강 한가운데까지 헤엄을 치고 들어가니 물이 제법 깊었다. 깊이가 어른 키로 두 길은 될 것 같았다. 강물의 깊이를 확인해 보아야겠다는 마음으로 물속으로 자맥질을 해 들어갔다.

병철이 물속에서 올라와 참았던 숨을 들이켤 때였다. 바로 병철의 코앞에서 미친 여자가 물속으로 들어갔다 나왔다 하며 허우적거렸다. 헤엄을 칠 줄 모르면서 병철을 따라 들어온 것 같았다. 병철은 물속으로 들어간 여자의 머리칼을 감아쥐었다. 물 밖으로 머리를 들어 올리자 입 안 가득히 든 물을 내뱉었다. 병철은 여자의 한쪽 팔을 어깨 위에 감았다. 그대로 여자를 돌려 눕히고 배영으로 헤엄을 치기 시작했다.

처음에는 자신이 옷을 몽땅 벗고 들어왔다는 사실을 인지하지 못했다. 병철의 얼굴 옆에 여자의 젖무덤이 닿았다. 그리고 보니 여자의 몸도 전라였다. 갑자기 몸의 피가 한꺼번에 솟구쳐 오르는 듯했다. 자신도 모르는 사이에 양물이 불끈 치솟아 올랐다. 물속이지만 여자의 맨살이 닿을 때마다 온몸이 뜨끈뜨끈했다.

깊은 강물 가운데에서 절반 쯤 헤엄쳐 나오자 여자가 몸을 홱 뒤집었다. 정신을 좀 차린 모양이었다. 강물은 허리 아래까지 내려와 있었다. 이번에는 반대로 미친 여자가 병철의 목을 꽉 껴안았다. 그런 다음 양 다리 사이에 병철을 끼우고 마구 몸부림을 쳤다. 병철은 정신이 혼미해왔다. 난생 처음 여자와 맨살을 섞어 보는 것이었다.

병철은 여자의 어깨 너머로 먼 곳을 응시했다. 그믐밤 하늘엔 별이 총총했다. 여자는 병철의 엉덩이가 강바닥에 닿을 정도로 흔들어댔다. 병철은 물속에서 파정을 하고 말았다. 밤하늘의 수많은 별들이 모두 쏟아져 자신에게로 달려드는 듯한 느낌이 들었다. 병철은 푸우 한숨을 내 쉬었다. 이렇게 자신의 동정이 한낱 미친 여자에게 떨어지리라고는 생각조차 해본 적이 없었다. 언제나 옥분을 생각하면 새가슴처럼 팔딱팔딱 뛰는 기분만 간직하고 있던 터였다.

미친 여자는 자신의 욕심이 다 채워지지 못했는지 파정이 끝난 병철에게 마구 대들었다. 병철은 여자를 거칠게 낚아채고 물 밖으로 걸어 나왔다. 어쩐지 자신의 운명이 생각한 대로 가지 않고 제 멋대로 굴러가는 듯해서 기분이 영 좋지 않았다.

실상사

경신년(1380) 진포로 들어온 자 중에 아지발도라는 자가 있었다. 나이는 어린 자가 무예가 뛰어나 왜구들의 우두머리가 되었다. 진포에서 상륙해 퇴로가 막힌 왜구들은 내륙으로 침구했다. 부여와 공주를 거쳐 옥천과 영동으로 상주까지 진출한 왜구들은 방향을 틀어 성주를 지나 사근내역으로 내려갔다. 조정에서는 원수 박수경과 배언 등을 보내 왜구를 토벌하려했지만 오히려 500명의 고려 군사가 죽고 박수경과 배언도 죽고 말았다.

뒤이어 함양을 노략질하고 9월에는 남원산성을 공격했으나 실패하고 운봉현으로 물러나 인월역에 진을 쳤다. 이에 고려 조정에서는 이성계 장군을 전라 경상 양광 삼도 순찰사로 삼아 아지발도를 치게 했다. 포은 정몽주도 조전원수로 이성계 장군의 부장으로 활약했다. 문관이었지만 병법에 따라 진을 치고 군사를 움직이는 일에 큰 역할을 담당했다.

이성계 장군은 이지란과 힘을 합쳐 아지발도를 활로 쏘아 죽이고 왜구들을 섬멸했다. 살아남은 왜구들은 험한 지리산 줄기를 타고 남쪽으로 도망쳤다. 삼도순찰사 이성계 장군은 왜구들 잔당이 사라진 지리산을 한참 동안 바라보다가 삼정산 자락 끝에 있는 실상사를 찾아갔다. 예상대로 거기에서 숨어 있던 왜구들을 만났는데 대장은 물소뿔 투구를 쓴 자였다. 이미 어깨에 화살을 맞아 피를 많이 흘리고 있는 상태였다. 왜구이기는 하지만 실상사 스님들이 정성들여 치료하고 있었다.

최은집의 아들 최인규는 부상당한 물소뿔을 따라 실상사까지 오게 되었다. 물소뿔 왜장은 자신의 아버지와 어머니를 죽인 원수였다. 기회만 되면 부모의 원수를 갚겠다는 생각으로 끝까지 물소뿔 투구를 따라온 것이었다. 최인규는 삼도순찰사 앞에 무릎을 꿇었다.

"이놈은 우리 부모님을 죽인 원수입니다. 제 손으로 죽일 수 있도록 해주십시오."

"흠. 네 나이가 몇 살이더냐?"

"열네 살입니다."

"우리 방원이하고 동갑이구나. 원수를 갚겠다는 생각은 기특하다만 아직 손에 피를 묻히기에는 너무 어리지 않느냐. 너는 옆에서 지켜보고 있거라."

조전 원수 정몽주는 옆에서 청년의 모습을 바라보다가 무릎을 쳤다. 올봄에 백운화상초록불조직지심체요절을 구하러 흥덕사에 갔을 때 길 안내를 했던 청년이었다. 손에 먹물을 잔뜩 묻히고 있었던 모습이 생생하게 떠올랐다. 더구나 떠나올 때 말고삐를 잡고 고집을 부리던 청년이라 금방 기억해 냈다.

"너는 흥덕사에 있던 최인규가 아니더냐?"

최인규가 고개를 들어 조전 원수 정몽주를 바라보았다. 불과 몇 개월 전에 만난 사람이라 금방 알아보았다. 그때와는 다르게 갑옷을 입고 있었지만 선선한 눈매의 포은 정몽주 선생을 알아보았다. 꽃이 만개하고 나비가 춤을 추던 흥덕사의 봄을 생각하니 더욱 설움이 북받쳤다.

"허허, 참 기막힌 만남이로다."

이성계 장군이 혀를 끌끌 찼다. 곧이어 이성계 장군이 칼을 뽑아들었다. 최인규는 더 이상 대꾸를 못하고 눈물만 뚝뚝 흘렸다. 칼날을 내리치려는 순간이었다. 갑자기 스님 한 사람이 다급하게 앞을 가로막고 섰다. 얼굴색이 유난히 검은 스님이었다.

"장군, 멈추시오. 아무리 흉악한 자라도 함부로 생명을 끊어서는 안 됩니다. 더구나 부상을 당했지 않습니까. 사냥꾼도 다친 짐승은 잡지 않는다고 합니다. 이런 일로 장군님의 칼을 더럽혀서야 되겠습니까."

일개 스님이 감히 삼도순찰사의 칼을 막아선다는 것은 있을 수 없는 일이었다. 지켜보는 사람들 모두가 놀라서 눈을 동그랗게 떴다. 모두들 스님의 목이 먼저 떨어져 나갈 것을 걱정했다.

칼을 치켜든 이성계 장군도 놀라기는 마찬가지였다. 장수의 칼을 막아선다는 것은 있을 수 없는 일이었다. 순간 머릿속에서 부아가 치밀어 오르다가 갑자기 싸늘해졌다. 다친 짐승이라는 말이 뒷꼭지를 잡아당긴 것이었다. 아무려면 칼에도 격이 있는 것이라는 생각이 들었다. 치켜든 칼을 거두고 빙긋 웃어 보였다.

"하긴 칼에 피를 묻히기도 아까운 놈들입니다. 스님께서 이놈의 목을 치시지요. 스님들도 각자 칼 한 자루는 가지고 계실 것이 아닙니까."

"나무아미타불. 이 자들은 벌써 소승의 칼에 베였습니다."

"흠, 알겠소. 내가 귀머거리가 아니니 무슨 말씀인지 알아들었습니다."

"저도 첫눈에 장군님을 알아보았습니다. 이렇게 만나게 된 것도 귀한 인연인가 봅니다. 누추한 곳이지만 안으로 드시지요. 이곳에서 하루 유하시는 것도 좋을 듯 합니다."

"알겠습니다. 그리하지요. 스님의 존함은 어찌되시는지요?"

"사람들이 저를 흑두타라고 부릅니다. 보시다시피 제가 좀 검어서."

스님은 계면쩍게 웃었다. 그 모습이 더 정감이 갔다. 삼도순찰사 이성계 장군은 수하 장수에게 명을 내려 실상사에서 하루 유하도록 했다. 실상사는 사방이 트여있는 곳이라 적을 경계하기에도 수월해 보였다. 군사들은 절 안팎으로 초병을 세우고 질서정연하게 움직였다.

흑두타 스님은 장군 일행을 약사전으로 안내했다. 방금 칼날 앞에 목숨을 건진 물소뿔도 안으로 들어오게 하고 최인규도 같이 들어오도록 했다. 약사전 안에는 철조여래부처가 낯선 사람들을 지켜보고 있었다. 금장을 입힌 부처와는 다르게 철로 만든 불상이어서 분위기가 무거웠다. 최인규는 부처님 앞에 절을 올리면서 눈물을 주르륵 흘렸다. 왜구에게 부모를 모두 잃었지만 원수를 사로잡게 된 것만으로 다행이었다. 돌아가신 부모님과 흥덕사에서 지내던 모습이 떠올라 눈물이 하염없이 흘렀다.

장군은 그런 청년을 달래었다. 어떻게 부모를 잃게 된 것인지 자초지종을 이야기하게 했다. 청년은 자신의 아버지가 청주 흥덕사에서 책을 만드는데 인출장으로 일했던 사연을 이야기했다. 청년은 인출장으로 일하는 아버지를 도왔다. 어깨너머로 보면서 일머리를 눈으로 익혔다. 직접 작업에 참가하지 않는 가족들도 사찰 인근에 같이 살았기 때문에 흥덕사 주변은 매일 붐비었다. 그러다 보니 모두가 한 식솔처럼 지냈다.

그러다가 왜구들을 피해 사방으로 뿔뿔이 흩어진 내역도 모두 이야기했다. 자신들은 석찬 스님과 한 무리가 되어 속리산 자락의 은월암이라는 곳에 머물렀다 화를 당한 이야기를 세세하게 설명했다. 그곳에서 아버지가 살해되고 다른 사람들과 함께 끌려오다가 사근내역에서 모두 살해되었던 것이다. 청년이 설명을 하는 동안 물소뿔은 고개를 돌려 외면 해버렸다.

"이렇게 죄 없는 사람들을 죽이고도 네놈이 사람이냐. 고려말을 못 알아듣는다고 발뺌할 생각일랑 말아라."

"패장을 두고 왈가왈부할 필요는 없지요. 손에 피를 묻히기 싫다면 내 손으로 자결하게 해주시오."

유창한 고려말이었다.

"네놈이 우리말이 유창할 걸 보니 우리 땅에 꽤 여러 번을 드나들었구나. 목숨은 살려주려 했더니 그냥 이곳에서 목을 내놓아야겠구나."

물소뿔은 끙 하는 신음을 내뱉더니 입을 다물었다. 법당 안의 분위기는 차분하게 가라앉았다. 흑두타 스님은 이성계 장군에게 이곳을 어떻게 찾아내었느냐고 물었다. 이성계 장군은 산세를 살펴보고 이곳을 짐작했다고 했다. 황산에서 패퇴하여 지리산으로 숨어든 왜구들이 계속 산꼭대기로 오르지는 않을 것 같았다고 했다. 낮은 산자락 숲에 몸을 숨기고 이동했을 것으로 짐작했던 것이다. 흑두타 스님은 고개를 끄덕거렸다.

"진정한 장수는 지리를 볼 수 있는 혜안이 있어야하지요. 장군께서는 귀경하시기 전에 이 청년의 아버지가 살해당했다는 은월암에 꼭 들렀다 가시지요. 그곳에서부터 속리산을 넘어 큰 강이 나올 때까지 가시다보면 눈에 띄는 곳이 있을 겁니다. 큰 강을 끼고 있는 곳이 바로 일전에 천도 이야기가 나왔던 중원입니다. 잘 하면 좋은 인연을 만날 수도 있을 것입니다."

이성계 장군은 구체적으로 눈에 띄는 곳이 어딘지 무슨 인연을 만나게 될 것인지 물었다. 흑두타 스님은 일전에 이인임 문하시중과 신돈이 천도를 언급한 곳이니 무슨 좋은 점이 있는 곳인지 스스로 알아보라고만 했다. 좋은 인연에 대해서는 함구했다. 사람은 살아가다보면 예기치 않은 인연을 만나기도 하고 헤어지기도 하는 것이라고만 했다. 최인규와 장군을 번갈아 보면서 고개를 끄덕이기도 했다.

"이 청년이 장군을 만난 것도 좋은 인연인 것 같습니다. 자제분하고 동갑이라고 했습니까?"

"그렇습니다. 지금 과거 준비를 하고 있지요."

"그렇군요. 참 좋은 인연입니다. 귀경하시는 길에 홍덕사 스님이 계신다는 속리산 은월암에 꼭 들렀다 가시지요. 그곳에 가시기 전에 장군님의 본향인 전주에도 꼭 들리셔야 하고요."

흑두타 스님은 사람의 앞날을 환히 꿰뚫어 보는 듯이 말했다. 거기다가 귀경을 하게 되면 곧 북쪽으로 가게 될 것이라고 했다. 그런 앞날을 어떻게 미리 내다보는 것이냐고 물으니 현재의 상황을 정확히 짚어보면 앞날의 변화를 읽을 수가 있다고 했다. 지금

나라의 남쪽 난을 평정했으니 이번에는 북쪽에서 난이 일어날 차례가 아니냐고 했다. 이치에 어긋난 것은 아니지만 어떻게 사람이 앞으로 일어날 일을 미리 예측할 수 있단 말인가. 이성계 장군도 아주 믿을 수는 없다는 듯 고개를 갸웃했다.

"앞으로 우리 고려국의 운명은 어찌 될 것 같습니까?"

"그건 고려국의 일이지만 주변을 돌아보아야 짐작할 수 있습니다. 자고로 나라는 달과 같아서 일어날 때가 있고 이지러질 때가 있는 법입니다. 중국의 역사를 되돌아보아도 그렇고 왜의 역사를 돌아보아도 마찬가지입니다. 우리 고려국도 하늘의 섭리를 거스를 수는 없습니다."

그날 밤 실상사 약사전에서는 이경이 넘도록 이야기가 끊이지 않았다. 최인규는 조전 원수 정몽주와 봄에 흥덕사에서 만났던 이야기를 나누었다. 그때 흥덕사 스님들에게 왜구들의 위험을 알렸는데도 대책 없이 지내다 갑자기 변을 당해 이런 일이 일어난 것이었다. 그때 뒤늦게 따라 나와 책 보따리를 건네주었던 석찬 스님이 생각났다.

"석찬 스님은 지금 어디에 계시는지 알고 있느냐?"

"속리산 은월암에서 헤어질 때 닷새 후에 만나자고 약조를 했었지요. 아마 지금도 은월암에 계실 것입니다."

"다들 무고해야 할 텐데 걱정이구나. 봄에 내가 갔을 때 짐을 모두 옮겼어야 했는데 안타깝구나."

하지만 모두 지난 일이라 되돌릴 수 없었다. 조전 원수 정몽주와 최인규 청년은 홍덕사의 화창한 봄날 하루를 생각하며 안타까워했다.

다음날 아침공양을 마치고 물소뿔에게 다시는 고려 땅을 넘보지 않는다는 약속을 받고 남쪽으로 떠나보냈다. 삼도순찰사 일행들은 북쪽으로 길을 떠났다. 흑두타 스님은 삼도 순찰사에게 본향인 전주를 꼭 들렀다 가라고 당부를 했다. 왜구 잔당을 모조리 섬멸한 전공은 이미 파발을 통해 개경으로 올라가고 있는 중이었다. 며칠 더 걸려 개경으로 귀환한다고 해서 문제될 것은 없었다. 이번 일로 삼도순찰사 이성계 장군의 입지는 공고해질 것이었다.

황금을 찾아서

대열의 맨 앞에는 마을 청년들이 섰다. 박달산까지 가는 길은 누구나 알고 있는 길이었다. 괴강 상류를 따라 유하리를 거쳐 갈금리를 지나 복거리까지 가야했다. 복거리에서 하천을 건너 당고개로 들어서면 거기서부터 박달산 자락이었다. 금광이 있는 거문동까지는 한참을 더 올라가야 했다. 거문동은 원래 금은동이었는데 언제부턴가 거문동으로 불리게 되었다.

청년들의 뒤에는 후지와라와 서른 명 정도의 왜구가 따르고, 그 뒤에 이 노인과 마을 사람들의 절반이 줄을 섰다 그 뒤에 또 왜구 오십여 명이 무리를 지어 갔다. 마을 사람들을 중간에 끼워 넣는 식으로 대열을 짜니 도중에 도망갈 생각을 할 수 없었다. 더구나 마을을 출발하기에 앞서 후지와라가 한 말 때문에 더더욱 탈출할 생각을 할 수 없었다.

"명심해라. 너희들 중에 한 사람이 도망을 가면 남은 사람 열 명을 벨 것이다. 마을 사람이야 죽건 말건 혼자라도 살겠다고 하면 도망쳐도 좋다. 이제부터 너희는 우리의 포로가 아니라 우리와 함께하는 군사라는 걸 명심해라. 만약에 고려군과 맞선다면 너희들도 우리와 함께 힘껏 싸워야 한다."

후지와라의 말대로라면 들어올 때 200명이던 군대가 300명으로 불어난 셈이었다. 마을 사람들은 아무도 그 말이 무엇을 의미하는 것인지 미처 깨닫지 못했다.

마을 사람 중에 노약자와 어린 아이도 끼어 있어 걸음이 빠르지 못했다. 캄캄한 밤길을 걷는 것도 쉬운 일이 아니었다. 자칫 잘못하다가는 돌부리에 걸려 넘어지기 쉬웠다.

이 노인은 포승줄에 묶인 채 앞서서 걷고 있는 포로를 눈여겨 살펴보았다. 얼굴 생김새는 고려 사람 같은데 왜인으로 첩자 노릇을 했다고 하니 신기하기도 했다. 첩자를 했으면 고려 말도 유창할 것 같은데 하루 종일 단 한마디도 입을 여는 걸 보지 못했다. 가까이 다가가 말을 걸어 보고 싶은데 그럴 기회가 좀처럼 오지 않았다. 일행이 복거리에 닿았을 때였다. 이 노인의 앞에 가던 후지와라가 슬슬 속도를 늦추더니 포로의 옆으로 오는 것이었다. 이 노인과는 지척의 거리였다.

"요시무라!"

"…."

"대답을 해라."

"말을 하시오."

이 노인은 깜짝 놀랐다. 포로는 고려말을 정확하게 했다. 아무래도 왜인이 하는 말은 고려인과는 차이가 나기 마련인데 요시무라로 불리는 포로는 진짜 고려인처럼 고려말이 능숙했다.

"이 길이 박달산으로 가는 길이 맞는가? 그대는 예전에 이 길로 다녀보았겠지?"

"고려 땅에 내가 가보지 않은 곳은 없소."

"그럼 확실히 이 길도 다녀보았겠군."

"그렇소."

"고려 왕궁이 있는 개경에도 가 보았는가?"

"거길 가보지 않고 어찌 첩자라 하겠소."

"흐으음."

후지와라는 하고 싶은 말을 속으로 삭이는 듯했다. 한참 말을 끊고 걷기만 하던 후지와라가 다시 입을 열었다.

"고려왕을 만난 적이 있는가?"

"물론이오."

후지와라는 가벼운 신음소리를 냈다. 일개 첩자가 왕을 만날 수 있다니 믿을 수가 없었다. 아무래도 고려왕의 법도가 허술한 것 같았다.

요시무라는 후지와라의 물음에 사냥터에서 만났던 고려 우왕의 모습을 떠올렸다. 요시무라는 올봄에 몰이꾼을 가장해 왕의 사냥터에 갔었다. 왕은 그날따라 수확이 저조하자 신하들을 들볶았다. 활을 쏘아 신하의 관을 맞혀 떨어뜨리고는 파안대소를 했다. 사냥을 마치고 돌아오는 길에 성이 차지 않았던지 길거리에 어슬렁거리는 개를 활로 쏘아 죽이기까지 했다. 고려 왕실에도 잔인한 원나라 사람의 피가 흐르고 있어 성품이 난폭한가 싶었다. 천하를 다 둘러보아도 원나라 사람처럼 흉포한 자들은 없을 것이었다.

"고려왕의 성품이 어떠하던가?"

"그는 고려국의 왕이지만 몽고 사람을 닮은 듯했습니다."

"그렇게 난폭했단 말이지?"

"그렇소."

왜국 사람이라면 백 년 전에 두 번이나 쳐들어왔던 몽고군을 생각하지 않는 사람은 아무도 없었다. 왜국에서는 우는 아이도 몽고군이 온다고 하면 울음을 멈출 정도였다.

"왕이 몽고의 피를 받았단 말이지? 그렇다면 왕의 마음도 명나라보다는 원나라 쪽으로 많이 기울어 있겠구만."

"지금 고려는 원나라와 명나라 사이에서 어찌해야 할지 몰라 우왕좌왕하고 있습니다."

"흐음, 고려국이 우리와 손을 잡아야 하는 게 아닌가?"

"손을 잡고야 있지요. 남조의 정서부가 아닌 무로마치 막부와 손을 잡고 있어서 그렇지요."

"우리가 어쩌다가 같은 왜국 사람으로 원수가 되어 남의 나라에 와서 다투고 있단 말인가."

"그야 남조의 쇼니 요리히사 때문이 아닙니까?"

"그 이야기는 그만하세. 같은 왜인으로 자랑할 만한 게 아니니까. 혹시 익주에 있던 고려사적을 박달산으로 옮기었다는데 들어본 적이 있는가?"

"그런 이야기는 들어본 적이 없습니다. 지금 그걸 찾으러 나선 것입니까?"

"그건 아닐세. 찾고 싶은 게 있다면 고려사적이 아니라 흥덕사에서 만든 금속활자일세. 고려국에 그 보다 값진 물건은 없을 걸세. 우리가 지난번에 그걸 미처 몰라보고 절을 몽땅 불태워버렸지 뭔가."

"불에 타버렸으면 그만이지 이제 와서 후회한들 무슨 소용입니까?"

"그러게 말일세. 이 고려 땅의 깊은 곳에 들어와 값진 보물을 얻는다 해도 어떻게 가져갈 수 있겠나. 나는 단지 고려국의 귀인을 만나고 싶은 것일세."

이 노인은 두 사람의 대화에서 어렴풋이 사태의 전말을 어림잡을 수 있었다. 후지와라는 단순한 도적떼가 아닌 것 같았다. 좀 더 큰 무엇을 노리고 있는 것 같았다. 고려사적을 운운하는 걸 보아도 짐작할 수 있는 일이었다.

대열이 복거리에 이르렀을 때는 자정이 가까운 시간이었다. 대열은 내를 건너기 시작했다. 지난밤에 내린 비로 냇물이 많이 불어 있어 건너는 데 힘이 들었다. 냇물을 다 건너고 나서 야트막한 언덕을 오르자 마을의 불빛이 나타났다. 송덕리 마을이었다. 자정이 넘은 시각이라 몇몇 집만 불빛이 새어 나오고 있었다. 마을 사람들이 모두 잠들어 있을 것이므로 조용히 지나갈 것 같았는데 개들이 요란하게 짖었다. 너무나 요란하게 짖는 소리 탓인지 한두 집에 불이 밝혀지고 사람의 목소리가 들렸다.

"이 오밤중에 이놈들이 왜 이렇게 시끄러운 게야."

그 바람에 또 몇몇 집이 불을 켰다. 송덕리도 20여 가구가 모여 있는 마을이었다. 마을 앞의 논이 제법 넓어 윤택한 마을이었다. 후지와라는 연풍마을 사람들을 한 군데로 몰아 놓고 십여 명의 왜구에게 지키도록 했다. 그런 다음 나머지 왜구들이 마을을 에워쌌다.

왜구 한 명이 불이 켜져 있는 집에 들어가 사정없이 칼을 휘둘렀다. 비명도 없이 한 가족이 도륙을 당했다. 한 가족을 모두 베고 난 왜구는 방안에 밝혀 놓은 호롱불을 들고 밖으로 나왔다. 호롱불을 초가지붕의 처마에 갖다 대고 불을 붙였다. 순식간에 초가지붕이 불길에 휩싸였다. 그 불길에 어둠 속에 가라앉아 있던 송덕마을

이 대낮처럼 밝았다.

"도망치는 자는 무조건 베어라."

후지와라가 마상에서 날카로운 소리로 명령했다. 아닌 밤중에 홍두깨라고 습격을 당한 마을 사람들이 하나둘 마을 가운데 광장으로 모여 들었다. 그 와중에 젊은 청년 하나가 왜구들의 틈 사이로 달아나기 시작했다. 청년의 뒷모습이 순식간에 어둠 속으로 사라지는가 싶었다. 그러나 왜구 한 명이 말에 박차를 가해 청년을 쫓아가기 시작했다.

얼마 지나지 않아 처참한 비명이 어둠을 찢었다. 남아 있는 마을 사람들은 오금이 저려 감히 도망칠 엄두를 내지 못했다.

"각자 집으로 돌아가서 먹을 양식을 챙겨서 이 자리에 모인다. 제일 늦게 나오는 놈 두 명은 목을 내놓을 각오를 해라. 꾸물거리지 말고 빨리 가라."

후지와라의 명령에 송덕마을 사람들은 뛰는 걸음으로 집으로 돌아갔다. 집으로 돌아간 뒤 정말 말도 안 되는 빠른 시간에 짐 보따리를 챙겨 마당으로 모였다. 왜구들이 비어 있는 집에 불을 질렀다. 순식간에 마을이 거대한 화염에 휩싸였다.

"너희들도 이제는 우리 일본국 천황의 국민이 되었다. 나의 지시를 따르지 않는 자는 우리의 법대로 처벌할 것이다."

후지와라가 마상에서 위엄 있는 목소리로 외쳤다. 화염을 등지고 선 후지와라의 모습이 괴물처럼 보였다. 마을 사람들은 갑자기 벌어진 일에 벌벌 떨었다.

송덕리 사람까지 합세한 대열은 400여 명으로 불어났다. 대열은 금광이 있는 박달산 자락의 거문동마을로 향했다. 거문동으로 향하는 길은 괴강의 지류인 작은 개천을 끼고 있었다. 지금까지 왔던 길보다는 훨씬 좁았다. 대열은 길게 늘어질 수밖에 없었다. 개천의 왼쪽은 박달산에서 흘러 내려온 자락이었다.

한참을 올라가자 개천은 두 갈래로 갈라졌다. 왼쪽은 박달산 자락을 끼고 곧장 거문동으로 가는 오얏나무골이고 오른쪽은 대성산 자락을 오른쪽으로 끼고 가는 솔치골이었다. 그러나 십리쯤 가면 두 골짜기가 다시 만나게 되어 있었다. 두 골짜기가 만나는 곳이 솔치재였다.

후지와라는 열 명의 왜구를 오른쪽 골짜기로 보냈다. 나머지 인원과 마을 사람들은 거문동으로 바로 들어가는 왼쪽 오얏나무골로 들여보냈다. 골짜기는 양쪽 모두가 가파른 경사로 이어졌다. 개울의 폭이 넓은 곳이라야 백 보를 넘지 못했다. 좁은 곳은 오십 보가 채 되지 않았다. 길목을 지키기에는 안성맞춤인 지형이었다. 후지와라는 금광이 있는 거문동마을까지의 거리를 물었다. 이제 오리 정도가 남았다는 대답을 듣고 다섯 명의 보초를 배치했다.

거문동에 도착할 즈음 짧은 여름밤의 어둠이 걷히고 있었다. 새벽안개가 마을을 살짝 가리고 있었다. 멀리 앞쪽에서 고른 말발굽 소리가 들렸다. 솔치재를 돌아 거문동으로 들어오는 열 명의 왜구들이었다.

돌아온 왜구들은 후지와라에게 대성산을 끼고 있는 솔치골의 상황에 대해 자세히 설명했다. 솔치골에는 세 채의 화전민이 거주하고 있는 게 전부였다. 들판이 없어 논은 하나도 없고 산비탈에 조와 수수를 심어 생계를 꾸려가는 산촌이었다. 후지와라는 요시무라를 불렀다.

"솔치재에서 북쪽으로 가면 어디인가?"

"솔치재 아래로는 가파른 비탈길입니다. 그 아래에는 오가라는 마을이 있습니다. 그곳이 장연현의 중심입니다.

거문마을은 벌판이 없는 좁은 골짜기 안에 자리 잡고 있지만 30호가 넘는 마을이었다. 마을 사람들은 주로 박달산 너머 금광에서 일했다. 남쪽의 대성산과 북쪽 박달산의 수목이 풍부해 숯을 생산하는 사람들도 함께 살고 있었다. 생산된 숯은 장연의 야철로에 공급되었다.

거문동마을은 새벽에 들이닥친 왜구들 때문에 야단법석이었다. 200명의 기마 군사들과 이백 명이 넘는 연풍 송덕마을 사람들로 발 디딜 틈이 없었다. 거기다 거문동 사람들 150여 명이 합세하니 그야말로 대처의 장터를 방불케 했다.

후지와라는 또 거문동 사람들의 기를 죽이기 위해 노인만 셋을 골라 목을 베었다. 그러자 마을 분위기는 순식간에 전쟁터 같은 살

벌한 분위기가 조성되었다.

"잘 들어라. 우리는 이곳에 성을 만든다. 여러분은 이제 고려민이 아니다. 이곳에 세우는 새로운 나라의 국민이 되는 것이다. 다른 나쁜 마음을 먹는 자는 목을 내놓을 각오를 해야 할 것이다."

후지와라의 말에 350여 명의 고려 사람들이 얼어붙은 듯 조용했다. 이곳은 고려의 땅에서 바다가 제일 먼 내륙 깊숙한 곳이었다. 구름처럼 떠도는 소문에 왜구에 관한 이야기를 들었을 뿐이었다. 자신들이 눈앞에 맞닥뜨리게 될 줄은 상상도 하지 못했다. 수백 명이 모여 있어도 숨소리조차 크게 들리지 않았다.

"지금부터 여러분들 각자에게 일거리를 할당해 주겠다. 먼저 여자와 남자가 서로 붙어 있지 말고 편을 나누어라."

후지와라는 마을 사람들을 적당하게 나누어 할 일을 맡겼다. 젊은 장정들은 박달산 기슭으로 보내 굵은 통나무를 베어오게 했다. 부녀자들은 개울에 가서 굵은 돌을 날라다 마을 주변에 쌓도록 시켰다. 자신은 마을 사람들을 앞세우고 몇몇 부하들과 함께 박달산 금광으로 갔다. 금광은 덤비재를 지나 고개 넘어 진개골에 있었다. 마을에서 제법 떨어진 거리였다.

"캐어 놓은 금은 모두 어디에 있나?"

후지와라는 금광의 규모가 생각처럼 크지 않은 데 적이 실망하는 눈치였다. 광부들이 며칠 동안 캐서 모아 놓은 금광석이 한 쪽 모퉁이에 쌓여 있었는데 보잘 것 없는 양이었다. 후지와라는 금광석 하나를 집어 들고 자세히 살피기 시작했다. 금에 대해 지식이 없던 후지와라로서는 여간 실망스러운 게 아니었다.

"흐음, 이걸 모두 녹이면 금이 얼마나 나오나?"

아무도 선뜻 나서서 대답을 하지 않았다. 꼭 집어서 누구에게 물어본 것이 아니었기 때문이었다.

"이놈들 봐라. 내가 지금 묻고 있잖아. 너 이리 나와 봐."

후지와라가 지적한 사람은 그중에서 나이가 제일 많은 정 씨였다. 정 씨는 자신이 지적당한 데 매우 불만이 많다는 표정으로 후지와라 앞에 나섰다.

"대답해 보아라. 이 금광석을 몽땅 제련을 하면 황금이 얼마만큼 나오는지."

"이게 삼천 근쯤 될 테니까 다 녹이면 두 냥쯤은 나오겠습니다."

"두 냥이라?"

후지와라는 적이 실망하는 눈치였다. 황금이 몇 천 냥쯤은 있어야 성에 찰 것 같았는데 눈앞에 있는 금광석이 보기에도 너무 초라해 보였다. 사실은 삼천 근의 금광석도 스무 명이 넘는 광부들이 여러 날 동안 캐서 모아 놓은 것이었다.

후지와라는 캐어 놓은 금광석을 놔두고 박달산 정상으로 올라갔다. 산 정상에서 사방을 둘러본 후지와라의 눈가에 알 수 없는 미소가 번졌다.

"이만하면 됐어. 아주 좋은 곳이야."

박달산 비탈에서는 마을 장정들이 나무를 베어 내느라 소란스러웠다. 박달산에는 좋은 나무들이 빼곡히 들어차 있었다. 이 산에서 나는 나무로 숯을 만들어 철을 녹일 때 사용하기에 좋아 보였다. 산에서 내려온 후지와라는 솔치재로 향했다. 솔치재 위에서 오가마을을 바라보니 아주 높은 성벽 위에 서 있는 느낌이 들었다.

가파른 비탈을 내려가면 오가마을이 있었고 그곳부터 너른 평야가 시작되었다. 오가마을을 지나 평지를 따라 북으로 가면 충주목이었다. 거꾸로 충주목에서 거문동으로 오려면 평야가 끝나는 지점에서 가파른 비탈을 올라가야 했다. 후지와라는 지형이 아주 마음에 들었다. 충주 쪽에서 오는 군대를 막아내기에 아주 좋은 조건을 가지고 있었다. 후지와라는 수하에게 솔치재에 방어 목책을 짓도록 지시했다.

후지와라는 비탈 아래 연기가 올라오고 있는 곳에 눈길을 주었다. 그곳이 바로 야철로였다.

후지와라는 거문동으로 돌아와 수하들과 함께 작전을 짰다. 거문마을의 생김새가 방어를 하기에는 아주 유리한 조건을 갖춘 천연 요새와 같은 곳이었다. 바닥에 지도를 그려놓고 작전지시를 했다.

"여기에 목책을 설치하고 송덕에서 올라오는 이곳에 목책을 설치하면 이 골짜기로 들어오는 길은 모두 차단된다. 사방의 산세가 험해 감히 산을 넘어 오지는 못할 것이다. 베어 온 나무를 이곳과 이곳으로 옮기도록. 그리고 이곳 마을 전면에 목책을 세우도록 하라."

후지와라의 명령은 주도면밀했다. 넓게 보면 마을 전체를 감싸고 있는 성이 되는 셈이고 좁게는 자신들이 거처할 작은 내성이 되는 것이었다. 목책을 만드는 데는 사나흘이면 충분할 것 같았다.

"그리고 오늘 저녁에는 박달산을 향해 제를 지내도록 준비하라. 내가 보아하니 박달산은 우리들의 고향과도 같은 산이다. 영험한 기운이 서려 있는 영산이 분명하다."

후지와라는 미시가 지나서 민가의 방으로 들어가 잠을 청했다. 밤 새워 이동하느라 참았던 졸음이 한꺼번에 몰려왔다. 후지와라는 고려 처녀 옥분을 방으로 들였다.

옥분은 후지와라에게 정조를 유린당한 후 심경에 많은 변화를 일으켰다. 처음 정조를 유린당하고는 얼굴을 무릎 사이에 묻고 흐느껴 울었다. 여자로서 꽃봉오리가 열리기도 전에 무참히 짓밟히고 만 것에 분하기도 하고 슬프기도 했다. 그것도 네 명의 동무들이 지켜보는 가운데 수치스럽게 당한 것이었다. 후지와라는 나머지 네 명의 처녀들도 같은 방법으로 욕보였다.

옥분은 제일 먼저 병철에게 죄를 지은 것 같은 마음이 들었다. 서로 터놓고 이야기는 못했지만 주고받는 눈길 속에서도 서로의 마음을 확인할 수 있었던 사이였다. 조금만 기다리면 둘이 혼례를 올리고 오붓한 가정을 꾸리게 될 것이라 믿어 의심치 않았다. 이제는 그 모든 것이 물거품이 되어 바람에 날아가 버린 것 같았다.

자신의 앞날에 드리워진 검은 구름을 생각하니 자꾸만 눈물이 났다. 연풍마을을 떠나 밤을 새워 거문동으로 들어오는 과정에서 몇 번인가 도망칠까도 생각했다. 차라리 도망을 치다 일부러 잡혀서 죽임을 당하고도 싶었다. 그러나 사람의 목숨이 그렇게 마음먹는 대로 끝나는 것이 아니었다.

시간이 지날수록 옥분의 분한 마음은 누그러지기 시작했다. 더구나 아침에 거문동에 도착해서 말 위에서 부하들을 호령하는 후지와라의 모습을 바라보고 있으니 든든해 보였다. 차라리 왜구일망정 일개 졸병에게 당하느니 듬직한 대장에게 당한 것이 다행이란 생각까지 들었다.

옥분은 벌건 대낮에 후지와라가 자기를 불렀다는데 살짝 기분이 좋아지기까지 했다. 다른 동무들을 제쳐놓고 자신을 불렀다는 것은 조금이라도 자신에게 마음을 쓰고 있는 것처럼 생각되었다. 후지와라는 투구와 갑옷을 벗고 유카타 차림으로 아랫목에 앉아 있었다.

"이름이 뭐라고 했더라? 옥분이라고 했던가?"

자신의 이름을 정확하게 기억해 주는 것도 싫지 않았다. 옥분은 고개를 살짝 들어 후지와라를 쳐다보았다. 떡 벌어진 어깨가 듬직해 보였다. 짙은 눈썹이 강인한 인상을 풍겼다. 아직까지 어린애 티를 벗어나지 못한 병철과는 확연하게 달랐다. 이런 남자가 고려의 남자라면 얼마나 좋았을까 하는 생각까지 들었다.

"그렇게 앉아 있지만 말고 이리 가까이 오너라. 어제처럼 사납게 칼을 뽑지 않아도 되겠지?"

옥분은 칼이라는 말에 잠시 긴장했다. 후지와라가 벗어놓은 갑옷 옆에 긴 칼 한 자루와 짧은 칼 한 자루가 가지런히 놓여 있었다. 옥분은 무릎걸음으로 후지와라의 곁으로 다가갔다. 후지와라가 옥분을 덥석 끌어안아 자신의 옆에 뉘었다. 옥분은 긴장하지 않을 수 없었다.

그러나 그것으로 끝이었다. 옥분이 질끈 감았던 눈을 뜬 것은 머리 위에서 후지와라의 코 고는 소리를 들었기 때문이었다. 옥분은 잠시 후에 후지와라의 품에서 살짝 빠져나왔다. 후지와라는 옥분이 품에서 빠져나가는 걸 느꼈는지 잠시 코 고는 걸 멈추었다. 그러나 얼마 지나지 않아 다시 코를 골기 시작했다. 옥분은 잠자는 후지와라의 팔을 잡고 살짝 흔들어 보았다. 아무 반응이 없었다.

옥분은 갑옷 옆에 나란히 내려놓은 칼 옆으로 다가갔다. 어제 후지와라가 뽑았던 작은 칼을 칼집에서 뽑아냈다. 푸른 검광이 눈을 찔렀다. 옥분은 뽑아 든 칼을 두 손으로 움켜쥐고 무릎걸음으로 후지와라의 곁으로 다가갔다. 유카타 밖으로 드러난 후지와라의 넓은 가슴팍이 눈에 들어왔다. 목을 찌르는 것보다는 명치 한가운데를 찌르는 게 쉬워 보였다.

옥분이 칼을 높이 치켜들려는 순간이었다. 후지와라가 잠결에 돌아누우며 옥분의 허리를 끌어안았다. 갑자기 벌어진 일에 놀라 잡았던 칼을 바닥에 떨어뜨렸다.

"으음. 살결이 참 부드럽구나. 너하고 나하고 같은 나라에 태어났더라면 얼마나 좋았겠느냐."

후지와라가 잠결에 하는 소리였다. 옥분은 콩닥콩닥 뛰는 가슴을 간신히 진정시켰다. 잠시 후 품 안에서 빠져나오려고 힘을 주었더니 후지와라가 팔에 힘을 더 주어 억세게 끌어안았다. 옥분은 후지와라의 품에 갇혀 가쁜 숨만 몰아쉬었다. 시간이 좀 지난 다음 품을 빠져나오려고 하면 어떻게 알아채는 것인지 팔에 힘을 주어 끌어안았다. 도대체 잠을 자는 것인지 깨어 있는 것인지 알 수가 없었다. 옥분은 낙담을 하고 자포자기의 심정이 되었다. 그러자 자신도 모르게 스르르 잠이 들고 말았다.

옥분이 잠에서 깨어난 것은 바윗덩이 같은 무게에 짓눌렸기 때문이었다. 눈을 떠보니 후지와라의 넓은 가슴팍이 눈앞을 가로막고 있었다. 바위가 들이치듯 옥분의 아랫도리에 충격이 가해지고 있었다.

옥분의 눈에서 눈물이 흘렀다. 아까 잠들기 전에 후지와라를 칼로 찌르기보다는 자신의 목을 찌르지 못한 것이 후회스러웠다.

그러나 시간이 지날수록 옥분의 몸이 뜨거워지기 시작했다. 살아오면서 지금까지 느껴보지 못했던 새로운 기분이었다. 자신의 몸이 땅에서 떨어져 공중으로 붕붕 떠다니는 기분이었다. 고르게

101

방아질을 하던 후지와라가 격한 몸놀림으로 온몸을 흔들어대자 옥분은 비명을 내질렀다. 땅 위에 있던 몸이 갑자기 공중 높이 치솟아 오르는 기분이었다. 옥분은 공중으로 치솟은 몸이 바닥으로 곤두박질칠까 후지와라의 등을 거칠게 감아쥐었다.

후지와라는 흡족한 미소를 지으며 옥분의 몸에서 내려왔다.

"흠. 네가 얼굴만 예쁜 것이 아니었구나. 내 일찍이 전쟁터를 떠도느라 너 같은 명기를 안아보질 못했구나."

옥분은 후지와라가 하는 말뜻을 이해할 수 없었지만 기분이 나쁘지는 않았다. 후지와라는 등 뒤에 나뒹굴고 있는 칼을 집어 들었다. 그러더니 아직 몸을 추스르지 못하고 있는 옥분에게 건네주는 것이었다.

"나를 찌르려 했느냐? 지금이라도 괜찮으니 찌르고 싶으면 찌르도록 해라."

엉겁결에 칼을 받아 쥔 옥분은 당황하지 않을 수 없었다. 칼자루를 세게 움켜쥐었으나 아까처럼 손에 힘이 들어가지 않았다. 방금 전에 후지와라가 자신의 몸 안에 있는 기운을 모조리 빼앗아 간 것 같았다. 몸만 그런 것이 아니었다. 새삼 그를 죽여야겠다는 살의가 어디론가 사라져버린 것 같았다. 옥분은 맥없이 칼을 바닥에 내려놓았다.

후지와라가 갑옷을 챙겨 입고 먼저 밖으로 나갔다. 옥분도 방안에 혼자 남아 있을 수 없어 밖으로 나섰다.

마을의 여인네들은 혼란스러운 상황에서도 왜구들이 시키는 대로 저녁밥을 지었다. 오백 명이 넘는 인원이 먹어야 할 밥이니 양이 엄청났다. 연풍과 송덕에서 몰고 온 소는 그냥 매어 두고 거문동에서 키우던 돼지를 모조리 끌어내 잡았다. 갑자기 마을 안에 돼지 멱따는 소리가 골짜기를 흔들었다.

왜구들은 따로 박달산에 제사를 지내야 한다며 제수를 준비시켰다. 쌀을 찧어 떡을 만들고 생쌀을 한 말쯤 물에 불리게 했다. 어떤 아낙이 고기를 따로 준비해야 하느냐고 물었다. 왜구는 그런 것은 자기들이 준비할 테니 신경 쓰지 않아도 된다고 했다. 왜구들 몇 명이 동네 사람들을 피해 개울 쪽으로 슬그머니 사라졌다.

해가 뉘엿뉘엿 넘어갈 무렵 저녁 식사가 시작되었다 마을 사람들과 왜구들이 따로 무리를 지어 저녁을 먹었다. 당연히 왜구들에게는 기름진 돼지고기가 풍성하게 돌아갔다. 마을 사람들은 비계 덩어리가 둥둥 뜨는 돼지 고깃국에 맨밥을 말아 먹었다.

저녁을 마친 후 제단을 차려놓은 곳으로 마을 사람들을 모이게 했다. 제단은 마을을 벗어난 박달산 기슭이었다. 마땅한 빈터가 없어 막 여물기 시작하는 수수밭을 밀어버리고 만든 터였다. 제단은 낮에 산에서 베어 온 통나무를 엮어서 만들었다. 제단 위에는 벌써 제물이 차려져 있고 향이 피워져 있었다. 오른쪽에는 시루팥떡이 올려져 있고 왼쪽에는 과일이 없는 철이어서 커다란 수박 한 덩이가 올려져 있었다. 수박은 백여 년 전에 원나라에서 들여온 귀한 과채였다. 가운데 놓인 것은 새끼돼지를 삶아 올려놓은 것으로 보였다.

후지와라가 갑옷을 벗고 일본식 평복을 입고 머리에는 이상하게 생긴 모자를 쓰고 있었다. 먼저 절을 두 번 올린 후 황초에 불을 붙였다. 누런 황초는 새끼돼지의 배 가운데에 꽂아 세워놓았다. 새끼돼지의 배에는 물에 불린 쌀이 한가득 담겨 있었다.

마을 사람들은 황초를 꽂아 놓은 새끼돼지를 유심히 바라보았다. 갑자기 여기저기서 술렁거리는 소리가 들리기 시작했다.

"아악!"

갑자기 천지를 찢을 듯한 비명이 들렸다. 후지와라가 절을 하려고 고개를 숙이던 순간이었다. 여인의 날카로운 비명에 절을 하려던 후지와라가 주춤했다.

마을 사람들은 비명을 지른 여인과 제단 위의 새끼돼지에게 번갈아 눈길을 주었다.

"간난아!"

이번에는 굵직한 남자의 목소리가 터져 나왔다. 마을 사람들은 한 발짝씩 제단 앞으로 다가갔다.

"이이이런."

"오라질."

제각기 한 마디씩 신음 같은 말을 내뱉었다. 가까이 다가가던 마을 사람들은 모두가 그 자리에 얼어붙어 버렸다.

삶은 새끼돼지인 줄 알았던 것이 간난이라 부르던 어린 계집아이였던 것이다. 아이의 살결은 피를 모두 빼서 그런지 백랍처럼 희었다. 머리카락은 곱게 빗어 뒤로 넘겨 놓아 얼핏 보기에 새끼돼지로 보였다. 아이의 배를 가르고 그 안에 물에 불린 쌀을 가득 채워 놓았던 것이었다.

왜구 한 명이 긴 칼을 뽑아 아이에게 가까이 다가간 어미와 아비를 칼등으로 내려쳤다. 두 사람은 나무토막처럼 그 자리에 고꾸라졌다. 왜구들은 기절한 두 사람을 마을 사람들에게 치우게 했다. 마을 사람 여럿이 달려들어 두 사람의 팔다리를 하나씩 들고 수수밭 가로 들어냈다. 제사는 계속되었다.

"대 일본국의 어머니와도 같은 박달산 산신님이시여. 우리를 굽어 살피소서. 일찍이 일본국이 생겨난 이래 이런 난국은 없었습니다. 난신이 일어나 상하의 질서가 바뀐 적은 있었으나 정이 무너지고 사가 일어난 적은 없었습니다. 이제 사를 치고 정을 바로 잡고자 함이니 우리의 발길을 바른 길로 인도하여 주시옵소서."

후지와라를 비롯한 왜구들이 엄숙한 자세로 정성스럽게 절을 올렸다. 절이 끝난 다음 후지와라가 소지에 불을 붙여 공중에 날려 보냈다. 소지의 불꽃이 어둠 속으로 사라진 순간 갑자기 하늘에서 수 없이 많은 유성우가 쏟아져 내렸다.

"우리의 기도를 받아 주신 거야."

왜구들은 모두가 환호성을 질렀다. 마을 사람들은 왜구들이 지르는 환호성에 따라 갈 수가 없었다. 살아 있는 아이의 배를 가른 끔찍함에서 벗어날 수가 없었다. 밤하늘에 쏟아지는 유성우 따위도 눈에 들어오지 않았다.

제사를 마친 왜구들은 음복을 했다. 후지와라가 아이의 뱃속에 넣었던 불린 쌀을 한 줌 꺼내 입 안에 털어 넣었다. 야마다를 비롯한 다른 왜구들도 불린 쌀을 입안에 넣고 우물우물 씹기 시작했다. 그걸 지켜보는 마을 사람들 중에는 돌아서서 구역질을 하는 사람도 있었다.

은월암에서 금은사까지

석찬 스님은 삼도 순찰사가 은월암을 찾아 준 것도 감격할 일이지만, 죽은 인출장 최은집의 아들 최인규가 살아 돌아온 것이 무엇보다 기뻤다. 서너 달이 지났을 뿐인데 열네 살 청년은 한껏 성숙해진 모습이었다. 최인규는 은월암에서 왜구들에게 끌려가 다시 돌아오기까지의 이야기를 상세히 들려주었다. 그리고 실상사에서 조전 원수 정몽주 장군을 만난 이야기를 했다.

"정몽주 장군이라니, 일전에 흥덕사에 오셨던 포은 선생님을 말하는 것이냐?"

"그렇습니다."

"허허."

석찬 스님은 포은 정몽주 선생을 생각하니 한숨이 나왔다. 봄에 홍덕사에 찾아왔을 때 같이 대책을 강구했어야 했다. 홍덕사를 염려하여 찾아온 분에게 너무 무례하게 대했다는 생각이 들어 면목이 없었다. 마침 포은 선생께서는 개경으로 바로 올라가셨다기에 섭섭한 마음이 들었다.

최인규는 은월암에서 자신의 아버지가 살해되는 과정을 지켜본후 원수를 갚겠다고 이를 악물었다고 했다. 사근내역에서는 어머니마저 살해당하고 같이 잡혀갔던 홍덕사 식구들이 모두 살해당했다고 했다.

"황산에서 물소뿔 왜장이 화살에 맞았을 때는 손수 덮칠까 생각도 했는데 손에 잡히는 무기가 없어 참았습니다. 다행히 장군님을 만나 원수를 갚았지만요."

"왜장을 죽였단 말인가?"

청년은 고개를 푹 숙였다. 실상사에서 있었던 이야기들을 털어놓았다. 흑두타 스님의 청으로 왜장을 풀어주기는 했지만 마음속에 맺힌 응어리를 모두 풀어낼 수는 없었다.

최인규의 이야기를 모두 듣고 난 석천 스님은 삼도 순찰사 이성계 장군에게 거듭 감사의 뜻을 전했다. 그런데 궁금한 것은 삼도의 대군을 거느리는 순찰사가 일개 주조 기술자의 아들 한 명을 위해서 이런 산골의 암자를 찾아왔다는 사실이 믿어지지 않았다. 이 고려 땅에 왜구들의 침구로 부모를 잃거나 자식을 잃은 사람들이 한둘이 아니었다.

"장군님께서 어린 청년 하나를 위해서 귀한 걸음을 해주셔서 감사드립니다."

"음, 우리가 여기에 온 것은 이 청년 하나 때문이 아니오. 바로 스님께서 흥덕사에서 금속활자를 만드셨기 때문입니다."

"그게 뭐가 잘못되었나요?"

"아닙니다. 잘못된 것이 아니라 이 나라에 소중한 것이기 때문입니다. 우리 고려국에서는 일찍이 금속활자로 남명천화상송증도가를 만들었지요. 그 다음에는 강화에서 상정예문을 만들었는데 그후에 원나라의 간섭으로 서적을 만드는 기능이 마비가 되었습니다. 우리 고려국이 질서를 바로잡고 나라를 새롭게 일으키려면 많은 책을 만들어야 합니다. 나라를 다스리는 사람들은 치국을 다루는 책을 읽어야 하고 전쟁을 하는 사람들은 병서를 읽어야 하는 것이지요."

"그 말씀에는 깊이 공감합니다. 성리학을 배우는 사람들에게는 공자 맹자의 글을 담은 책이 필요하고 부처님을 섬기는 사람들은 불법을 담은 책이 필요하지요."

"맞습니다. 자고로 나라가 융성해지려면 많은 사람들이 책을 읽도록 나라에서 힘을 써야 합니다. 스님께서는 꼭 불법에만 치우치지 말고 고려국의 부흥을 위해서 주자소를 운영할 수 있도록 힘을 써 주셔야합니다. 이곳은 산세가 너무 험악하니 저희와 함께 속리산을 넘어 중원 쪽으로 가 봅시다."

삼도순찰사 이성계 장군은 지리산 실상사에서 만났던 흑두타 스님의 가르침을 그대로 따랐다. 속리산을 넘어 한강이 나올 때까지 지형을 두루 살펴볼 생각이었다. 그날 저녁 늦게 홍덕사를 살피러 나갔던 남자가 돌아왔다. 아직까지 홍덕사로 돌아온 사람은 아무도 없으며 불탄 절터 근방에는 사람이 얼씬도 하지 않는다고 했다. 함부로 흔적을 남겼다가는 무슨 일이 생길지 알 수 없어 불타고 남은 주춧돌 옆에 자신의 이름을 새긴 말목을 하나 세워놓고 왔다고 했다.

다음날 석찬 스님을 비롯한 홍덕사 식솔들과 삼도순찰사 이성계 장군이 이끄는 고려 군사들은 함께 은월암을 떠났다. 인출장 최은집의 아들 최인규는 길을 떠나면서 몇 번이나 은월암을 뒤돌아보았다. 은월암은 아버지를 왜구의 손에 잃은 곳이라 지울 수 없는 상처를 남긴 장소였다.

일행은 한나절이 걸려 속리산을 넘었다. 곧이어 선유동 계곡으로 접어들었다. 맑은 계곡물이 기암괴석을 휘감아 돌아가는 풍경은 선경에 들어온 느낌이 들었다. 일행은 잠시 풍경에 취해 세상 시름을 잊은 듯 했다.

"우리 고려국의 구석구석 안 가본 데가 없는데 이렇게 풍광이 뛰어난 곳은 처음이구나. 이곳도 경상도 땅인가?"

"이곳은 경상도가 아니라 양광도 땅입니다. 아까 넘어 온 큰 고개를 경계로 남쪽이 경상도이고 북쪽은 양광도입니다."

"그렇구나. 과연 이곳 풍광은 금강산이 부럽지 않을 만큼 빼어나구나. 시인 묵객이 이곳에 들면 나갈 생각을 잊을만하겠다. 이 앞의 산 이름은 무엇이더냐?"

"우리가 넘어 온 산은 속리산이고 이곳은 군자산이라 부릅니다."

"군자산이라? 군자산."

이성계 장군은 산 이름을 몇 번 되뇌었다. 일행은 선유동 계곡에서 지체하는 바람에 어스름 녘에 산길을 빠져나와 괴강 줄기에 닿았다. 날이 완전히 어두워지기 전에 강가에 진을 치고 하룻밤을 유하기로 했다.

그날 밤 야영 막사에서 이성계 장군과 석찬 스님은 의미 있는 이야기를 주고받았다. 석찬 스님은 불법을 널리 펼치기 위해 금속 활자가 꼭 필요하다는 이야기를 했다. 이성계 장군은 나라가 안팎으로 어지러운 탓에 책의 간행을 맡은 서적포가 제 역할을 하지 못했던 점을 이야기 했다.

"책의 간행은 불법을 펴는 데만 쓰이는 것이 아닙니다. 성리학을 배운 학자들로 학문을 가르치는 데 쓰이고 나라에서는 병서를 포함한 온갖 서적들이 필요한 것입니다. 책을 만드는 일은 전적으로 나라에서 주관을 해야 합니다."

"그렇게 해야 하는 데 이견은 없습니다. 그러나 지금 나라가 처한 상황이 좋지 않군요."

지금은 오히려 백 년 전보다 금속활자 제조기술이 뒤쳐져 있었다. 홍덕사에서 만든 백운화상초록불조직지심체요절도 순전히 신도들과 묘덕 스님의 정성으로 이루어진 것이다. 지금 나라에서 금속활자를 만들려 해도 기술을 가진 사람들이 부족한 상황이었다. 백 년이 지나는 동안 기술을 가진 사람들이 하나 둘 사라져 갔다.

"백 년 전에 꽃피웠던 주조기술이 주춤하게 된 것은 원나라의 간섭 때문이었소. 이제 그들로부터 국권이 회복되었으니 다시 시작해야 합니다. 스님께서 이 일에 힘을 써주셔야 합니다. 이 일이야말로 나라의 기틀을 바로 세우는 일이 되는 것입니다."

석찬 스님은 장군의 얼굴을 물끄러미 바라보았다. 북으로는 홍건적을 비롯한 오랑캐들을 쳐부수고 남으로는 준동하는 왜구들을 제압한 무장의 늠름한 기상이 그대로 느껴졌다. 거기에 무장으로서의 기백뿐만 아니라 나라의 융성을 위해 생각하는 바가 남다르다는 걸 느낄 수 있었다. 아무려면 책을 많이 찍어 보급을 널리 한다면 그 만큼 나라의 힘이 강해질 것은 자명한 이치였다. 지금은 중국에서 들어오는 서적에서 새로운 지식을 습득하고 있지만 책을 반입하는 게 쉬운 일이 아니었다.

"예를 들어 중국에서 어렵게 들여온 의서는 감추어 놓고 혼자 볼 것이 아니라 책으로 많이 만들어 의원들이 쉽게 구할 수 있게 한다면 이 땅의 많은 백성들이 큰 혜택을 볼 것이오."

"지당하신 말씀입니다. 장군님의 백성을 아끼는 마음이 갸륵합니다. 고려에 장군님 같은 분이 계시니 곧 나라가 안정될 것입니다."

"그렇게 되어야지요. 스님께서는 이곳에서 잠시 기다리고 계십시오. 내가 백방으로 사람을 풀어 흥덕사 식솔들을 찾아 이곳으로 데려오겠습니다."

석찬 스님은 장군의 말에 마음이 든든했다. 나라에서 필요한 일이라면 병서든 의서든 금속활자를 만들어 내는 데 일조할 생각이었다. 그나저나 뿔뿔이 흩어진 흥덕사 식솔들은 도대체 어디로 간 것인지 답답하기만 했다.

괴강의 강변에서 야영을 마친 일행은 일찌감치 길을 떠났다. 왼쪽으로 강을 따라 내려가면 괴주를 지나 충주로 갈 수가 있고 강을 따라 오른쪽으로 거슬러 올라가면 경상도 땅으로 넘어 다니는 조령으로 갈 수 있었다. 경상도 쪽에서 올라오는 파발은 모두 조령을 넘어 연풍을 거쳐 충주로 바로 올라갈 수 있었다.

이성계 장군은 편한 왼쪽 길을 놓아두고 오른쪽 길로 방향을 잡았다. 실상사에서 만났던 흑두타 스님이 조령을 넘어 다니는 역마길 가까운 곳에 금광과 철광이 있는 박달산에 꼭 들러보라고 당부한 때문이었다. 조금 앞으로 나가니 오른쪽에 커다란 바위 두 개가 마주보고 서 있었다. 바위의 모양이 말의 귀처럼 생겨 눈에 금방 들어왔다. 바위 사이는 제법 틈이 벌어져 있고 맑은 내가 흘렀다. 바로 쌍곡계곡 입구였다. 일행은 바위가 이루고 있는 절경에 한참을 머물렀다.

"여기서 가까운 곳이라고 했는데 박달산이 어디에 있는가?"

"바로 저곳입니다."

길잡이를 하는 군사가 동북쪽을 가리켰다. 거기에 속리산 군자산과는 동떨어져 있는 커다란 산 하나가 의연하게 자리잡고 있었다. 산세가 날카롭지는 않게 보이면서도 위압감을 느끼도록 웅장했다. 마치 왕이 앉는 용상처럼 남다른 위엄이 서려 있었다.

"으음."

삼도 순찰사 이성계 장군이 마른 침을 삼켰다. 실상사에서 흑두타 스님이 박달산을 찾아보라고 한 이유를 단번에 알 수 있었다. 그만큼 산이 내뿜는 정기가 출중했다.

일행은 그날 일찌감치 박달산 금은사를 찾아갔다. 금은사의 노스님은 갑자기 들이닥친 일행을 보고 깜짝 놀랐다. 말로만 듣던 그 유명한 이성계 장군이 이런 산골을 찾아오리라고는 꿈에도 생각하지 못했다.

"장군님께서 이렇게 누추한 곳을 찾아 주셔서 영광입니다."

주지 스님은 합장을 하고 허리를 깊숙이 숙였다. 아무리 산골이라도 장군의 활약상을 전해들은 터라 진심으로 존경의 마음에서 허리를 숙인 것이었다.

"전갈도 없이 이렇게 불쑥 찾아와서 송구스럽습니다. 오래 머물지는 않을 테니 크게 마음 쓰시지 않아도 되겠습니다."

이성계 장군은 홍덕사 식솔들을 금은사에 머물게 한 뒤 자신은 군사들을 이끌고 박달산 주변을 둘러보았다. 산 능선 위에서 멀리 서남쪽으로 바라보니 자신들이 지나왔던 군자산이 한눈에 들어왔다. 말의 귀처럼 커다란 바위 두 개가 서 있는 곳이 쌍곡계곡 입구였다. 조령산에서 발원하여 서쪽으로 흐르는 강이 넓은 들판을 만들고 있었다. 그야말로 산과 강과 들판이 잘 어우러진 아늑한 풍광이었다.

박달산은 큰 산줄기에 이어져 내려온 산이 아니라 사방으로 강과 들판을 두르고 우뚝 솟아 있는 산이었다. 과연 기운이 출중한 산이었다.

고려장수

충주목병마사 도홍이 수하들을 데리고 장연현에 도착한 것은 해거름 녘이었다. 장연현의 호장 홍인석은 십여 기의 고려 군사를 보고 깜짝 놀라 눈을 화등잔만 하게 치켜떴다.

"병마사님께서 이곳에 어인 일이십니까?"

"어인 일이라니? 자넨 아직 아무것도 모르고 있나보군."

호장 홍인석은 정말 아무것도 모르고 있었다. 바로 지척에 왜구들이 들어와 있는데도 전혀 눈치를 못 채고 있었다. 홍인석은 장연현 병정 나한유를 불렀다.

"이보게, 나 병정. 여기 무슨 일이 있었나?"

호장이 모르는 일을 병정이라고 알 리가 만무한 일이었다. 홍인석은 온종일 점촌에 있는 젊은 애첩의 집에서 뒹굴다가 해거름 녘에 돌아와 현이 돌아가는 내용을 전혀 모르고 있었다.

"지금 왜적 수백 명이 장연현에 들어왔다는데 호장이라는 사람이 그걸 모르고 있으면 어쩐단 말인가? 그리고 자네 나한유라 했나?"

"네 그렇습니다. 장연현 병정 나한유입니다."

"자네 밑에 군사들이 얼마나 있나?"

"저까지 열 명입니다."

"모두 데리고 오게."

도홍은 박달산 쪽을 바라보며 생각에 잠겼다. 송덕마을을 불사르고 이동했다면 이쪽 방향이 틀림없을 텐데, 아직 나타나지 않았다면 왜구들이 박달산 너머의 금광으로 빠진 게 분명해 보였다. 도홍은 장연현의 창정을 불렀다. 창정은 현의 재정을 맡아보는 관리였다. 재정뿐만 아니라 장연현에서 생산되는 철과 금의 관리를 맡는 중요한 요직이었다. 병마사 앞에 불리어 나온 창정 이무한은 벌벌 떨기부터 했다. 그동안 자신이 의도적으로 빼돌린 야철이며 황금의 숫자가 장난이 아니었다. 빼돌린 재물을 자기 혼자 꿀꺽한 것은 아니지만 지은 죄가 있어 떨릴 수밖에 없었다.

"이곳에서 생산된 야철과 금을 덕홍창으로 보낸 게 언제인가?"

"바로 나흘 전에 보냈습죠."

"그럼 이곳 창에 남아 있는 재고가 얼마나 되나?"

"지금은 남아 있는 게 없습니다. 내일이나 되어야 야철로에서 물건이 좀 나올 겁니다."

"음, 알겠네."

도홍은 적이 안심이 되었다. 놈들이 노리는 것이 야철은 아닐 테고 황금이라면 노려볼 만하다고 생각되었다. 그런데 창고가 비어 있다니 오히려 안심이 되었다.

장연현의 군사는 모두 열 명인데 군마는 세 필뿐이었다. 병정 나한유와 수하 두 명이 말에 타고 나머지는 창을 들고 걸어서 나왔다. 스무 명의 고려 군사가 장연현을 떠나 솔치재로 향했다. 솔치재로 오르는 길은 가파른 언덕길이었다. 재까지 오르자 말들이 거친 숨을 쉬었다. 일곱 명의 장연현 보병들은 아직도 중간쯤을 올라오고 있었다.

솔치재 정상에 이르렀을 때 눈앞에 해괴한 목책이 길게 세워져 있었다. 멀쩡한 길 위에 목책이라니? 도홍은 긴장하지 않을 수 없었다. 일부러 가까이 가지 않고 오십 보쯤 떨어진 곳에서 한껏 목청을 높여 소리를 질렀다.

"여봐라. 거기 누구 없느냐? 어떤 놈들이 멀쩡한 고갯길에 목책을 세워 놓은 것이냐?"

소리가 골짜기를 쩌렁쩌렁 울리고 메아리가 되어 돌아왔다. 아무런 응답이 없었다. 다시 한 번 고함을 치려던 도홍은 비명을 지르며 말에서 떨어졌다. 화살 하나가 날아와 오른쪽 팔에 박혔다. 뒤이어 여남은 개의 화살이 더 날아왔다. 타고 있는 말들이 콧김을 내뿜으며 앞발을 치켜들었다. 고려 기병들은 간신히 말머리를 돌려 솔치재 아래로 내달릴 수밖에 없었다. 도홍도 화살을 팔에 매단 채 다시 말 위에 올라 아래로 달아났다.

화살이 미치지 않는 거리까지 물러난 도홍은 말을 멈춰 세웠다. 장연현의 보병 일곱이 그제야 어슬렁거리며 도홍의 앞까지 걸어왔다. 도홍은 화가 머리끝까지 올랐다.

"오라질 놈들. 갑자기 이런 걸 멕이다니."

도홍은 팔에 박힌 화살을 내려다보며 씩씩거렸다. 옆에 말 한 마리가 주인을 잃고 어정거리고 있었다. 군사들을 둘러보니 장연현의 병정 나한유가 눈에 보이지 않았다. 솔치재 쪽에서 등에 화살을 고슴도치처럼 짊어진 나한유가 힘겹게 아래쪽으로 걸어오는 게 보였다. 그러나 잠시 잠깐이었다. 힘겨운 걸음을 더 이상 이어가지 못하고 그 자리에 고꾸라지고 말았다. 나한유의 몸은 아래쪽으로 몇 번인가 굴러 내려왔다.

"빨리 올라가서 끌고 오너라."

도홍이 고함을 질렀다. 보병들이 잽싸게 위쪽으로 달려 올라갔다. 둘이서 나한유의 팔을 하나씩 잡고 그대로 바닥에서 질질 끌어 아래로 내려왔다. 도홍이 끌고 내려온 나한유의 등을 내려다보니 열 개가 넘는 화살이 박혀 있었다. 나한유는 이미 숨이 끊어졌다. 부릅뜬 눈을 감지 못하고 허공을 바라보고 있었다. 도홍은 부릅뜬 눈을 손바닥으로 쓸어내려 주었다.

"내가 이놈들을 가만두지 않으리."

도홍은 어금니를 뿌드득 소리가 나도록 간 뒤 입을 앙다물었다. 나한유의 시체를 수습한 도홍은 장연현으로 일단 철수했다. 도홍은 여러 장의 공문을 작성해 충주목의 군사들에게 들려 보냈다. 한 명은 괴주로 다른 한 명은 단월역으로 보내 파발을 띄우도록 했다. 나머지 두 명에겐 청주와 목참으로 보냈다. 김사혁 양광도 도순문사와 왕안덕 양광도 조전원수에게 보낸 것이었다.

왜구 수백기가 박달산을 거점으로 솔치재에 목책을 세우고 거문동에 웅거하고 있습니다. 연풍마을 사람들과 송덕마을 주민 그리고 거문마을 사람들을 인질로 잡고 있는 듯합니다. 본인은 이십 여기를 거느리고 솔치재를 공격하였으나 장연 병정 나한유가 적의 화살에 맞고 죽었습니다. 왜적의 수가 감당할 정도가 넘었으니 신속한 지원을 바랍니다. 충주목 병마사 도홍

목참에서 비보를 접한 김사혁 양광도 도순문사는 긴 한숨을 푹 내쉬었다. 방금 목참에 침구한 왜구 20명을 베고 돌아온 참이었다. 잠시 쉴 틈도 없이 비보를 접한 것이었다.

김사혁은 병진년에 공주에서 왜구와 벌였던 전투를 떠올렸다. 그때는 왜구의 실체를 몰라 적잖이 허둥댔다. 상대는 낯선 곳에 와서 전쟁을 하다 보니 주눅이 들 수밖에 없는데도 오히려 고려의 군

사들이 전투를 낯설어 한 게 패인이었다.

김사혁은 잠시 깊은 생각에 빠져들었다. 경신년 진포해전 이후에 왜구들이 내륙으로 침구하는 쪽으로 방향을 틀기는 했지만 이렇게 깊은 곳까지 들어오리라고는 생각하지 못했다. 고려 땅 제일 깊은 곳이 괴주였다. 그곳에서 탈취할 수 있는 게 무엇일까 곰곰이 생각해 보았다. 개천사에 있는 고려사적이 목표였다면 이미 지나간 정보를 믿고 들어온 셈이었다. 개천사 고려사적은 이미 두 달 전에 익주의 칠장사로 옮긴 터였다. 그렇다면 괴주에 남아 있는 것은 야철과 금광이 전부였다.

장연의 철은 고려에서도 품질이 좋기로 으뜸이었다. 정사년에 청주 흥덕사에서 석찬과 달잠 스님이 만든 백운화상초록불조직지심체요절을 만들 때 사용한 재료가 바로 장연현에서 생산한 청동이었다. 성능 좋은 야철로에서 나온 청동이 금속활자를 만드는 데 일조를 했다. 고려 이전의 삼국시대에는 백제가 이곳에서 나는 철로 최고의 품질인 백제검을 만들었다. 그리고 박달산에서 나는 금으로 왕관을 만들도록 했다. 박달산의 정기가 천하를 호령할 만한 영기가 있다는 믿음에서였다. 예전부터 중원을 지배하는 나라가 천하를 다스린다는 말이 있었다. 백제 다음에 중원을 차지한 고구려는 국원성을 쌓고 고구려의 제2의 수도로 삼아 남진정책을 펼쳤다.

다음으로 중원을 차지한 것이 신라였다. 신라 진흥왕이 중원을 차지한 후 신라의 국운이 날로 강해져 결국은 삼국을 통일하기에 이르렀다.

김사혁은 침구한 왜구들이 박달산을 기점으로 웅거했다는 말에 서늘한 한기를 느꼈다. 이번 왜구들은 단순히 고려국의 보물만을 노리고 들어온 것이 아니란 느낌이 강하게 들었다. 김사혁은 장연현에 침구한 왜구들의 목적에 의구심을 지울 수 없었다.

충주목에서 보낸 파발은 이틀이 걸려 고려의 개경에 도착했다. 마침 그때는 왕이 장단현으로 사냥을 나가 왕궁이 비어있는 상태였다. 결국은 마찬가지겠지만 파발은 영문하부사 이인임의 손까지 도달했다. 이인임은 급보를 들고 영삼삼사사 백호장군 최영을 찾아갔다.

"이 일을 어찌 처리하면 좋겠소?"

"충주목으로 왜구가 들어왔다고요?"

"아직 충주까지는 들어오지 않고 코앞의 장연현까지 들어와 웅거하고 있답니다. 기병만 수백이라고 하니 정예병을 뽑아 보낸 것 같습니다."

"이럴 때 이성계 장군이 있었으면 좋았을 텐데."

이성계 장군은 동북면 도지휘사가 되어 이지란과 함께 길주에 가 있었다. 여진족 호바투가 4만 기병으로 고려 땅을 침범해 들어왔던 것이다.

"양광도엔 도순문사 김사혁, 조전원수 왕안덕이 있습니다. 그리고 원수 도홍도 있습니다."

"일단 그들을 모두 보내 싸우도록 하지요."

"그런데 지금까지 그쪽으로 들어온 왜구는 없었지요?"

"그렇습니다. 목적이 무엇인지 궁금하군요."

"양광도 군사들을 모두 보내면 몇 명쯤은 사로잡아 올 수 있겠지요. 놈들을 국문하면 알아낼 수 있을 겁니다."

백발이 성성한 노장의 눈에는 대륙을 호령하던 민족의 기상이 어려 있는 듯했다. 대체적으로 수백 기의 왜구정도야 간단하게 물리칠 수 있다고 생각했다. 개경에서는 두 사람의 결정으로 쉽게 왜구척결의 명령이 양광도로 내려갔다.

사방으로 파발을 띄우고 난 충주병마사 도홍은 의원을 불러 팔에 박힌 화살을 뽑았다. 뼈를 다치지 않고 살만 꿰뚫었기 때문에 회복에 큰 무리는 없어 보였다. 화살이 들어가고 나온 자리는 불에 달군 인두로 지졌다. 그런 다음 송진을 바른 면포를 대고 삼베포로 감았다.

"이곳 현의 인구가 얼마나 되오?"

도홍은 장연 호장 홍인식에게 현의 현황에 대해 자세하게 물었다. 거문마을에 웅거하고 있는 왜구들이 이곳 오가마을로 들어올 것은 불을 보듯 뻔했다. 마을 사람들을 대피시키든지 무슨 수를 쓰긴 써야만 하는 상황이었다. 그러지 않으면 왜구들에게 무참히 살해당하거나 포로로 잡힐 것이 분명했다.

"오가마을 사람은 모두 오십 호에 이백 오십 명쯤 됩니다."

"그들은 모두 무얼 하는 사람들이오?"

"농사를 짓는 사람들 보다는 쇠잿골에 있는 철광에서 철광석을 캐거나 당오재에 있는 야철로에서 일하는 사람들이 많습니다."

"내일 광산에서 일하는 사람들은 작업을 중단시키도록 하시오. 야철로도 마찬가지요. 이 난국에 한가롭게 일만하고 있을 수는 없는 노릇이오. 젊은 장정들을 뽑아서 마을을 지키는 데 써야할 것 같소. 내일 아침 마을 사람들을 모두 모이도록 하시오. 아직 고려 군사들이 이곳에 오기까지는 시간이 걸릴 듯하오."

도홍은 호장 홍인식을 데리고 마을을 둘러 본 뒤 야철로로 향했다. 야철로는 솔치재에서 내려와 평지가 시작되는 곳에 있었다. 박달산과 대성산에서 생산되는 숯을 공급받기에 유리한 지점이었다. 야철로 안에는 이글거리는 불꽃이 너울거리며 춤을 추고 있었다. 장연현 야철로의 불꽃은 고려가 개국을 하기 훨씬 전부터 줄기차게 타오르고 있었다. 철이야말로 나라를 지탱하는 근간이 되는 물건이었다.

도홍은 왜구들이 야철을 약탈해서 가져가기란 불가능할 것 같았다. 야철로를 부순다 해도 자기네에게 이득이 될 것은 없어보였다. 가능한 일이라면 야철 기술자를 납치해 자기네 나라로 데려가는 정도일 것이다. 홍인식 호장에게 내일 아침에 야철 기술자들을 모두 대피시키라고 했더니 펄쩍 뛰었다.

"야철로 안에 녹이고 있는 물건은 어쩌란 말입니까? 지금 그대로 놓아두고 기술자가 피하고 나면 야철로 자체가 굳어버리게 됩니다. 그러면 다시는 쓸 수가 없습니다. 굳어버린 야철로를 뜯어내는 일은 새로 만드는 것보다 더 어렵습니다."

도홍은 머리가 지끈 아파왔다. 화살을 맞은 팔의 통증도 같이 몰려왔다. 야철로를 내어주는 일은 아무것도 아닐 수가 있었다. 그러나 왜구들의 코앞에 있는 오가마을 사람들을 대피시키는 게 문제였다. 도홍은 병사들에게 마을 곳곳을 지키게 해놓고도 밤에 잠을 이룰 수 없었다.

후지와라는 자신을 찾아 온 이 노인을 방으로 불러 들였다. 투구와 갑옷을 벗은 후지와라의 모습은 제사를 지낼 때와는 사뭇 달랐다.

"고려 조정에서 종부부령을 지내셨다구요? 그게 무슨 벼슬입니까?"

"종부시의 종4품 하찮은 벼슬입니다."

"말씀은 그렇게 하시지만 고려 조정의 돌아가는 내용은 훤히 알고 계시겠군요."

"잘은 몰라도 조금은 알고 있습니다."

"지금 고려의 왕이 나이 어린애라고 들었소."

"그건 예전의 일이지요. 지금은 열아홉의 기품 있는 군주이십니다."

"열아홉이라. 적은 나이는 아니군. 지금 고려는 원나라 편이오. 아니면 명나라 편이오?"

"지금 딱히 어느 편이라고 말씀드리기가 그렇습니다. 사실은 저도 잘 모르겠습니다. 이번엔 제가 좀 물어봐도 되겠습니까?"

"물어보시오."

"지금 일본국은 둘로 나뉘어 전쟁을 하고 있다는데 장군께선 어느 쪽 편인지요?"

"나라가 둘로 나뉜 건 아니오. 아시카가 다카우지란 자가 막부를 세우고 천황을 욕보이고 있는 중이오. 일본의 천황은 둘이 될 수가 없소. 삼종신기를 모신 조케이 천황만이 우리 일본국의 천황일 뿐이오. 지금은 조케이 천황께서 요시노산에서 삼종신기를 모시고 있소. 고다이고 천황의 아들이신 가네요시 왕자님께서 명나라로부터 일본 국왕으로 책봉까지 받으시었소. 아직 고려의 왕께선 책봉을 받지 못한 걸로 알고 있소. 유감스럽게도 고려국은 막부의 심복인 이마카와 료순이란 자의 간계에 빠져 우리와 등을 지고 있는 것이오. 나는 이런 잘못된 관계를 바로 잡고자 밀명을 받고 온 사신이란 말이오. 조케이 천황이 고려 국왕에게 보내는 밀서를 가지고 왔소."

"사신이 무장을 하고 들어오는 예는 없는 걸로 알고 있습니다."

"지금은 상황이 틀어져서 어쩔 수 없는 일이오."

"사신이 무장을 하고 마을 사람들을 인질로 삼는 건 가당치 않은 일입니다. 연풍과 송덕마을 사람들을 돌려보내 주실 수는 없는지요?"

"그건 안 될 일이오. 밀서가 개경에 무사히 전달되면 그때 보내 드리도록 하겠소."

"밀서라면 여기서 가까운 충주목이나 괴주로 보내면 되지 않소."

이 노인의 반박에 후지와라는 아무런 대꾸도 하지 않았다. 아마도 밀서는 후지와라 자신이 꾸며낸 이야기인 것 같았다. 이 노인이 궁금한 것은 밀서가 아니라 내륙 깊숙이 들어온 왜구의 침구 목적이었다. 무엇인가 값나가는 것을 노리고 들어온 것만은 분명한데 그것이 무엇인지 짐작할 수 없었다.

"장군께서 고려 조정에 원하는 것이 무엇인지요?"

"우리가 고려 조정에 원하는 것은 아무것도 없소. 고려 조정은 이제 아무것도 할 수 없는 허수아비나 마찬가지요. 곧 서산으로 저물어갈 저녁 해와 같지요. 지금 고려 왕실이 여러분들에게 해줄 수 있는 것이 무엇이오? 아무것도 없지 않소. 저물어 가는 나라에서는 양민들의 안위는 내팽개치기 마련이오. 중국에서 원나라가 저물어가고 명나라가 새로 떠올랐듯이 고려도 그리될 것이오."

이 노인은 후지와라의 주장이 전혀 일리가 없지 않다는 생각을 했다. 존망이 위태로운 나라에서 양민들의 안위는 뒷전이었다. 관리들은 백성들의 고혈을 짜냈다. 견디다 못한 백성들은 사는 곳을 떠나 유리걸식으로 연명했다. 무리를 지어 도적질을 일삼는 사람들도 부지기수였다. 입에 풀칠을 하기 위해 왜구들의 앞잡이가 되는 일이 다반사였다. 유리걸식을 하다 견디지 못한 부모는 왜구에게 딸을 팔기도 했다. 그런 사람들에게 고려 왕실은 왜구보다 나을 게 하나도 없는 원수 같은 존재였다.

"우리가 궁핍한 고려 백성들을 구할 것이오. 새 세상을 이곳에서 열어갈 것이오."

이 노인은 후지와라의 말에 벌린 입을 다물지 못했다. 아무리 고려군이 허술하다고 해도 수백 기를 거느린 일개 왜구에게 나라를 넘겨줄 리는 만무였다. 궁핍한 고려 백성들의 원성이 높다고 하지만 사람 목숨을 짐승보다 못하게 다루는 왜구들을 따를 리 없었다.

"새 세상을 열어간다면 백성들에게 덕을 베풀어야 하지 않겠소? 백성들의 목숨을 너무 가벼이 여겨서는 곤란하지 않겠습니까."

"그건 걱정하지 마시오. 우리에게 협조하는 백성들에겐 지극한 대우를 해줄 것이오. 어떻소? 노인께서도 우리 일에 적극 협조를 해야 하지 않겠소. 노인이야말로 우리에게 잘 협조만 한다면 새 나라의 최고 공신 자리를 보장할 것이오."

그때 솔치재를 지키던 왜구 한 명이 후지와라를 찾아왔다.

"고려 군사 이십여 명이 우리 목책선으로 다가와 격퇴시켰습니다. 한 명은 화살을 맞고 도주하였고 대장으로 보이는 한 명은 확실하게 죽었습니다. 시체는 놈들이 수거해 갔습니다."

"음, 알겠다. 잘했다. 가서 쉬도록 해라."

후지와라는 보고를 받고도 대수롭지 않다는 표정이었다. 이 노인은 고려군 대장이 화살을 맞고 죽었다는 말에 실망을 금할 수 없었다. 고려 군사가 왔다면 놈들의 침구 소식이 어떻게든 전해졌다는 뜻이었다.

"찾아 온 고려 군사를 죽이면 밀서는 어떻게 전하려고 합니까?"

"그건 노인이 걱정할 일이 아니오."

후지와라는 신경질적으로 쏘아붙였다. 더 이상 이야기하는 것이 불가능할 것 같아 후지와라의 방에서 나왔다.

흥덕사 사람들

삼도순찰사 이성계 장군은 박달산 일대를 둘러보고 바로 금은
사를 떠났다. 장군이 거느린 고려 군사들도 모두 떠나가고 흥덕사
식솔들만 그대로 남았다. 조용하던 금은사는 흥덕사 식솔들로 붐
볐다. 당장 거처할 곳을 마련하지 않으면 모두 처마 밑에서 잠을
자야했다. 다행히 장군이 떠나가면서 약간의 양곡을 덜어놓고 간
덕에 끼니 걱정은 하지 않아도 되었다.

장군의 부탁도 있고 딱히 어디론가 떠나갈 곳도 없어서 그대로
금은사에 눌러앉기로 했다. 우선 거처할 곳을 마련하기 위해 산 위
에서 나무를 베어왔다. 굵은 나무로 집을 짓기에는 기술도 필요하
고 시간도 많이 걸릴 것 같아 되도록 작은 나무들을 모아 집을 짓
기로 했다. 요사채 옆의 빈 공간에 터를 잡았다. 큰 돌덩이들을 골

라내고 바닥을 고른 다음 베어 온 나무로 기둥을 세웠다. 여자들과 아이들도 일손을 보탰다. 집을 짓는 일은 생각보다 어렵지 않았다. 비를 피하고 바람을 막아주기만 하면 더 이상 바랄 게 없었으므로 멋을 낼 필요가 없었다. 요사채에 딸린 정지는 너무 좁아 열 명이 넘는 식구들의 밥을 짓기에는 불편했다. 새로 세운 집에 정지도 넓게 만들었다. 겨울이 되면 안에서 불을 피울 수 있도록 고래도 만들었다.

아이들은 새로 생긴 주거지에 신이 났지만 어른들의 마음은 착잡했다. 이곳에서 언제까지 생활해야 하는지 기약할 수 없었다. 할 수만 있다면 빨리 흥덕사로 돌아갔으면 했다. 정신없이 일에 몰두해 지내던 흥덕사 시절이 그리웠다.

은월암에서 아버지를 잃은 최인규도 금은사에서 바쁜 일정을 소화해 냈다. 어른들과 섞여 산에서 집 지을 재목을 잘라왔고 직접 집짓는 일에 참여했다. 땀 흘려 일하는 시간에는 가족을 향한 그리움도 잠시 잊을 수 있었다. 보름마다 한 번씩 흥덕사의 사정을 살피러 나가는 어른을 따라 청주에 다녀오기도 했다. 폐허가 되어버린 흥덕사 터를 바라보는 인규의 마음은 미어지듯 아팠다. 예전에 좋았던 시절을 생각하면 몸 안에 가득 차 있던 눈물이 저절로 터져 나왔다.

"아버지."

최인규는 아버지를 불러보았다. 예전에 인출장을 했던 아버지의 일하는 모습도 곁에서 지켜보았었다.

"이것이 무엇인지 아느냐? 이게 바로 유연묵이라는 것이다. 소나무 그을음으로 만든 송연묵과는 완전히 다른 먹이지. 기름동백나무에서 나온 동유를 태워 만든 먹이란다. 먹 중에는 최고지."

아버지 목소리가 들리는 듯했다. 인출장 최은집은 인규의 나이가 열 살이 넘자 자신이 일하는 공방에 꼭 데리고 다녔다. 자신이 익힌 기술을 아들에게 전수시키기 위한 것이기도 했지만 외아들인 인규와 함께 지내는 걸 무엇보다 즐거워했다.

인규는 아버지를 도와 먹을 갈기도 하고 인쇄된 종이를 널어 말리는 것도 도왔다. 아버지가 먹과 종이를 다루는 걸 보면 긴장하지 않을 수 없었다. 그런 아버지를 보고 있노라면 이 세상에서 제일 소중한 물건이 먹과 종이인 것 같았다.

"아무려면 이건 황금보다 소중한 것이란다."

최은집은 늘 아들에게 먹과 종이를 다루는 일이 무엇보다 소중하다는 걸 가르쳤다.

최인규는 잿더미로 변한 흥덕사 터에서 옛적을 추억했다. 왜구들에게 몰살당한 가족들이 그리웠다. 흥덕사에서 함께 일했던 사람들도 너무나 보고 싶었다. 지금은 뿔뿔이 흩어져 서로 생사조차 모르고 있는 상황이었다.

석찬 스님은 장정 둘을 뽑아 사람을 찾으러 보냈다. 되도록 깊은 산을 찾아 절이나 암자를 뒤져보라고 했다. 절에서 일했던 사람

들이라 어디 깊은 산중의 절에 숨어 있을 것 같았다. 그러나 홍덕
사 식구들은 쉽게 찾아지지 않았다. 그런데도 홍덕사 식구들에게
힘이 되었던 것은 금은사를 떠나가면서 삼도순찰사 이성계 장군
이 남긴 한 마디였다.

"상황이 되는 대로 여러분들을 다시 한군데로 모실 겁니다. 힘
들더라도 그때까지 참고 견디어 봅시다."

사람들은 언젠가는 예전처럼 홍덕사로 돌아갈 수 있다는 믿음
으로 하루하루를 버틸 수 있었다.

장군이 금은사를 떠나가고 겨울이 깊어지자 반가운 손님이 금
은사에 찾아왔다. 젊은 청년 한 사람이 고려 군사 두 명을 대동하
고 금은사에 나타났다. 군사들은 삼도순찰사가 보냈으며 청년은
장군의 아들인 방원이라고 했다. 홍덕사 식솔들은 그렇게 반가울
수가 없었다. 뒤이어 쌀가마니를 짊어진 짐꾼들이 금은사로 들어
왔다. 안 그래도 양식이 떨어져 가고 있던 참이라 그렇게 반가울
수가 없었다. 몇몇 사람들이 장군님 만세를 외쳤다.

"우리는 장군께서 우리를 이곳에 버리고 가신 걸로 생각했습니
다."

"그럴 리가 있겠습니까? 아버님께서는 나라에 큰일을 하실 분
들이라며 극진히 보살피라고 하셨습니다."

"이렇게 고마울 수가. 장군께서는 평안하신지요?"

"네. 여러분들이 염려해 주시는 덕분에 안녕하십니다."

석찬 스님은 방원의 대답에 뭔가 석연찮은 느낌을 받았다. 황산에서 왜구를 크게 무찔러 나라의 근심을 덜어낸 장군의 공과에 대해 아무런 소식도 듣지 못했었다. 어쩌면 권력의 실세인 문하시중 이인임과 최영 장군의 그늘을 벗어나지 못하고 있는 게 확실하단 생각이 들었다. 이인임의 처세는 고려국의 아이들도 알아차릴 정도로 대단했다. 수단과 방법을 가리지 않고 사사로운 이익을 거두어들였다. 연이은 흉작으로 관리들의 녹봉을 제대로 지급하지 못하는 상황에서도 이인임만은 다른 세상 사람 같았다. 자연 국민들의 원성을 살 수 밖에 없었다.

황산에서 귀경한 삼도 순찰사 이성계 장군은 세상의 이목을 받지 않으려고 신중에 신중을 더해 처신하고 있었다. 사소한 움직임도 노출시키지 않으려고 금은사에도 자신의 어린 아들을 보냈던 것이다. 방원의 나이 이제 열다섯이었다. 인출장 최은집의 아들 최인규와 같은 나이였다.

같은 동갑이면 서로 통하는 게 있는 것인지 최인규는 자신과 같은 나이의 방원을 보고 마음이 쏠렸다. 나이가 자신과 같다고 하지만 군사들을 거느리고 온 방원에게 위압감을 느꼈다. 석찬 스님이 자신을 방원에게 소개했을 때 이마가 땅에 닿도록 조아렸다.

"이 아이는 작년에 왜구들에게 부모를 모두 잃었습니다. 다행히 장군님께서 원수를 갚아주어서 은공을 잊지 않고 있습니다. 장군님이야말로 이 아이의 어버이와 같은 분이십니다.

방원은 석찬 스님의 설명에 손을 내밀어 최인규의 손을 잡았다. 같은 나이에 부모를 잃었다는 사실에도 연민이 가고 자신의 아버지가 원수를 갚아주었다는 사실에도 마음이 쓰였다. 둘이 생일을 맞추어보니 방원의 나이가 조금 앞섰다. 방원은 인규에게 어려워하지 말고 형처럼 여기라고 말했다.

최인규는 잊고 지냈던 부모님의 원수에 대해 다시 생각하느라 가슴이 먹먹하던 차에 방원의 말을 듣고 깜짝 놀랐다. 아무려면 대장군의 자제에게 아우 대접을 받는다는 게 있을 수 없는 일이었다.

"이렇게 미천한 소인을 챙겨 주셔서 감사합니다. 이 은혜를 어떻게 갚아야 할지요."

"너는 장차 이곳에서 아주 중요한 일을 하게 될 것이다. 내 기꺼이 너를 아우로 여길 것이니 최선을 다 하거라."

"네."

최인규는 마지못해 모기가 기어들어 가는 소리로 대답을 하긴 했지만 무엇을 어떻게 최선을 다해야 하는 것인지 짐작조차 할 수 없었다. 방원의 말뜻을 못 알아듣기는 석찬 스님도 마찬가지였다. 이렇게 외진 산골에서 자신들이 무엇을 할 수 있는지조차 생각할 수 없었다. 방원이 그런 석찬 스님의 의중을 알겠다는 듯 이야기를 꺼냈다.

"먼저 금속활자를 만드는 공정부터 이야기를 해보도록 합시다. 금속활자가 목판활자보다 좋은 점을 이야기 해보시지요."

"그야 금속활자는 쇠로 만들었으니 나무처럼 썩지 않고 오래 보관할 수 있다는 장점이 있지요."

"아니 틀렸습니다. 나무는 썩고 뒤틀려 오래 보관하기 힘들다는 것은 사실이지요. 그렇지만 우리가 인쇄본을 만드는 이유를 생각해 봅시다."

둘러앉은 사람들은 젊은 청년 방원의 이야기에 귀가 솔깃했다. 아무리 장군의 아들이라고는 하지만 이제 나이 열다섯이었다. 그 나이에 어떻게 금속활자에 대해 해박한 지식을 지니고 있는지도 의아했다. 자신들이 금속활자를 만들었으면서도 구체적인 효용에 대해서는 생각해 본적이 별로 없었다.

"목판이나 주조판을 만드는 이유가 오래 보관하려는 것이 아닙니다."

방원은 구체적인 활자본의 제작 이유를 사리에 맞게 설명해 나갔다. 금속활자를 만드는 근본적인 이유는 한꺼번에 많은 책을 만들어 내는데 있음을 환기시켰다. 책을 만드는 제일 쉬운 방법은 똑같이 따라 쓰는 필사가 있음을 이야기했다. 필사야말로 지필묵만 있으면 어디서나 가능하고 복잡한 과정도 필요가 없는 것이다. 그런데 많은 양을 만들어내는 데 한계가 있어 인쇄를 하는 것이었다.

석찬 스님은 흥덕사에서 직지를 만들 때 얼마나 많은 애로 사항이 있었는지 일일이 기억할 수가 없었다. 예전에 국가에서 금속활자를 만들 때는 엄격한 관리를 했다는 이야기를 들은 적이 있었다.

인출장이 글자 하나만 틀려도 곤장 열 대를 쳤다고 했다. 그러나 홍덕사에서는 그렇게 엄격하게 관리할 수가 없었다. 일은 힘들고 관리는 엄격해 주조 기술을 배우려는 사람이 없어 노련한 기술자를 찾는 일부터가 쉽지 않았다. 홍덕사 사람들은 불법을 수호한다는 신념으로 일을 했다.

"우리 고려국도 머잖아 안정이 될 것입니다. 그렇게 되면 여러분들이 해야 할 일들이 너무 많습니다. 지금까지 알고 있는 기술을 대폭 발전시켜나가야 합니다."

석찬 스님은 청년 방원이 하는 말을 이해할 수 없었다. 백운화상초록불조직지심체요절을 만들어 낸 것도 많은 사람들이 혼신의 힘을 합쳐 이루어 낸 것이었다. 지금은 감교관 박재만도 죽고 인규의 아버지 인출장 최은집도 죽은 상황이고 전국으로 뿔뿔이 흩어진 사람들은 찾을 수도 없는 상황이었다. 흩어진 사람들도 살아 있어야만 만날 수 있었다. 최은집과 박재만처럼 왜구들과 맞닥뜨려 목숨을 잃을 수도 있었고 유랑생활을 하는 화척들을 만나도 목숨 부지하기가 쉽지 않은 상황이었다. 아직까지 나라가 안정되려면 시간이 더 흘러야 가능할 것 같았다.

"그나저나 홍덕사에선 아무도 다녀간 흔적이 없었습니다. 하루 빨리 홍덕사 식구들을 찾아야 할 텐데 쉽지가 않군요."

"거기에 대해 제가 반가운 소식하나를 전해 드리겠습니다. 강원도 철원에 도피안사라는 절이 있습니다. 거기에 홍덕사에서 일하던 분들이 여럿 들어와 계십니다. 균자장 이무홍이라는 사람이 이끌고 있는데 모두 열 명이 모여 있습니다."

균자장 이무홍이라면 달잠 스님과 함께 홍덕사를 떠났던 사람이었다. 그런데 달잠 스님 이야기가 없는 걸 보면 뭔가 잘못된 것이 분명했다.

"도피안사라고요. 거기에 달잠 스님은 안 계시는가요?"

"네 스님은 안 계시고 균자장 이무홍이라는 분이 무리를 이끌고 계십니다."

"당장 사람을 보내 이곳으로 데리고 오겠습니다."

석찬 스님은 마음이 다급해졌다. 그동안에도 보름마다 사람을 홍덕사로 보내 다른 사람들이 돌아왔는지 확인을 했었다. 살아 있는 홍덕사 식솔들의 소식을 들은 것이 이번이 처음이었다. 당장이라도 철원으로 달려가고 싶었다. 그런 석찬 스님의 마음을 아는지 모르는지 청년 방원은 태연했다. 도피안사에 있는 사람들을 이곳으로 데려와도 장소가 협소해 지내기가 마땅치 않을 것이고, 여기 있는 사람들이 철원까지 가는 것도 쉽지 않을 것이라 했다.

"그러면 홍덕사 식구들은 이대로 흩어진단 말인가요?"

"그건 그렇지 않습니다. 지금은 나라가 어수선해 한군데 뭉쳐 있어도 오히려 위험하지만 조만간 나라가 안정되면 다시 일으켜 세워야지요. 그때는 어디 사찰이 아닌 나라에서 운영하는 서적점에서 일하셔야 할 것입니다. 전에도 서적점이라는 곳이 있지 않았습니까."

석찬 스님은 한참 동안 방원 청년을 바라보았다. 이제 나이 열다섯의 청년이 나랏일에 대해 아는 것이 너무 많았다. 도대체 어디서 누구에게 교육을 받았기에 이런 내용들을 모두 알고 있는 것인지 궁금했다. 아마도 방원 청년이 하는 말들이 삼도순찰사 이성계 장군의 의중을 그대로 드러낸 것이라고 보아야 할 것 같았다.

"그러면 우리가 이곳에서 식량을 축내며 해야 할 일이 무엇인가요?"

"지난날 홍덕사에서 하셨던 일을 복기해 보시지요. 개선해야 할 점을 알아내시고 어떻게든 좀 더 쉽고 빠른 인쇄법을 연구하시면 됩니다."

석찬 스님은 자신이 챙겨 온 활자판 하나를 자리 가운데 펼쳐 놓았다. 그런 다음 책을 펼쳐 인쇄된 면을 찾았다. 상권의 열 번째쯤 되는 부분이었다. 밀랍 가지를 이용해 주물틀에서 나온 글자 하나하나를 떼어내어 면을 잘 갈아낸 뒤 균자장 이무홍이 글자판에 맞추어 놓은 것이었다. 글자판에 먹물을 묻혀 종이에 찍어내기만 하면 책의 면과 똑같은 활자가 찍혀 나올 것 같았다. 방원이 글자판의 글씨 하나하나를 손가락 끝으로 만져 보았다.

" 이 글자와 글자 사이에 채워 넣은 것이 밀랍인가요?"

"그렇습니다. 글자를 순서대로 맞추어 놓은 뒤 빈 공간에 녹인 밀랍을 부어 움직이지 않도록 굳힌 것입니다."

"그런데 이 가는 선은 왜 끊어져 있지요?"

글자판과 책을 번갈아 살펴보던 방원이 책에서 선이 끊긴 계선을 손가락으로 짚었다. 글자판에는 광곽(책장의 네 변을 둘러싸고 있는 선)과 계선(각 줄 사이를 구분하기 위해 그은 선)이 끊어진 곳이 아무 데도 없었다.

"그건 인출장의 실수입니다. 먹이 묻지 않았거나 이미 말라버려서 찍히지 않았던 것입니다."

석찬 스님이 자신의 실수인 것처럼 변명을 했다. 석찬 스님의 곁에서 책을 들여다보던 최인규의 얼굴이 붉어졌다. 마치 돌아가신 아버지가 모욕을 당하고 있는 기분이 들었다. 최인규는 아버지가 활자를 찍어낼 때 곁에서 지켜보곤 했었다. 그 때는 모든 일이 신기하기만 했었다. 일을 하는 아버지의 얼굴에는 세상 어디에서도 볼 수 없는 신중함이 묻어 있었다. 인규는 그런 표정의 아버지가 너무 좋았다. 그런데 이제 와서 아버지가 한 일에 대해 트집이 잡히니 죽을 맛이었다. 상대가 장군의 아들만 아니었더라면 주먹으로 얼굴을 갈기고 싶었다.

"이게 먹에 문제가 있는 것인지 아니면 종이의 문제인지 정확하게 판단해 보세요. 그냥 단순한 실수라면 되풀이 되어서는 안 되겠지요."

석찬 스님은 대꾸를 할 수 없었다. 지난 날 흥덕사에서 금속활자를 만들던 일들이 주마등처럼 스쳐 지나갔다. 금속활자는 목판

활자와는 다르게 까다로운 과정이 너무 많았다. 목판은 각수 혼자서 글자 전체를 정성들여 새기면 끝이었다. 계선이나 광곽선도 조각도 하나로 간단하게 만들 수 있었다. 목판 하나에 모든 걸 새겨 넣고 인출해내면 되므로 글자를 별도로 맞추는 균자장이 필요가 없었다. 각수가 조각을 마치면 인출장이 인출해내면 끝이었다.

인출할 때 쓰는 먹도 일반적으로 사용하는 송연묵을 사용하면 되었다. 목재가 적당히 먹물의 수분을 머금고 있어 연속으로 인출해내는 일도 손쉬웠다. 거기에 비해 금속활자는 먹을 묻히고 종이를 덮어 찍어내는 일이 쉽지 않았다. 최인규는 일할 때의 진중한 아버지의 표정을 잊을 수 없었다.

웅거

후지와라는 아침 일찍 일어났다. 갑옷과 물소뿔이 달린 투구를 쓰고 방문을 열고 바깥으로 나섰다. 마당으로 내려선 후지와라 앞에 야마다를 비롯한 수하들이 줄지어 도열해 있었다. 후지와라는 수하들에게 오늘 할 일을 일일이 일러 주었다.

수하들은 지시를 받은 뒤 마을 사람들이 차려 내놓은 아침밥을 먹고 일사불란하게 움직였다. 어제처럼 조를 짜서 마을 사람들을 작업장으로 배치했다. 대부분의 청년들은 박달산으로 나무를 베러 보내고 목재를 다루는 솜씨가 좋은 남자들을 모아 마을을 둘러싸는 목책을 만들도록 지시했다. 그런 다음 자신은 말을 타고 마을을 중심으로 사방으로 뻗어 있는 작은 샛길을 돌아다녔다. 마을의 지형을 익히기 위해서였다.

후지와라는 마을 곳곳을 돌아다니다가 오얏나무골 위쪽 산비탈로 난 길을 주목했다. 제법 사람의 왕래가 잦은 길이었다.

"저리로 가면 어디로 가는가?"

"절골이 나옵니다."

마지못해 길 안내를 맡은 거문동 주민이 간단하게 대답했다.

"절골이라고? 저 길 넘어가면 절이 있는가?"

"네. 조그만 절이 있습니다."

"음. 우리가 꼭 찾아가야 할 곳이 거기 있었군."

마을 사람은 대수롭지 않게 대답을 했다. 후지와라는 회심의 미소를 지으며 야마다에게 절까지 다녀오게 했다. 그런 다음 어제 목책을 세워 놓은 솔치재로 갔다. 어젯밤에 고려 군사 이십여 명이 왔었다는 사실을 상기한 후지와라는 솔치재에 도착해 장연현이 있는 오가마을을 내려다보았다.

이십 명의 고려 군사가 왔다 갔다면 머잖아 대부대가 도착하는 것은 불을 보듯 뻔한 사실이었다. 후지와라는 고려군의 대부대가 들어왔을 때의 상황을 가정해 보았다. 무엇보다도 가파른 경사가 마음에 들었다. 아무리 많은 수의 군대라 하더라도 가파른 경사를 올라오는 게 쉽지는 않을 것이었다. 자신이 데리고 온 200명의 군사로 제대로 지키기만 한다면 고려군 2,000여 명 쯤은 방어할 수 있을 것 같았다. 사방을 둘러보아도 솔치재로 오는 길은 없었다.

좌측도 경사가 급하고 높은 산으로 막혀 있고 오른쪽 역시 깊은 골짜기로 이어져 결국에는 가파른 산에 막히는 지형이었다. 후지와라는 회심의 미소를 지었다. 자신이 제대로 자리를 잡았다는 생각이 들었다. 후지와라는 솔치재를 떠나 자신들이 들어왔던 오얏나무골로 말을 몰아갔다. 골짜기가 좁고 양쪽 산이 가팔랐다. 오얏나무골 중간쯤 내려가자 목책을 세우고 있는 마을 사람들과 그 작업을 감독하는 자신의 수하들이 보였다. 꼼꼼하게 세워지고 있는 목책을 바라본 후지와라는 흐뭇한 표정을 지었다. 서쪽에서 고려군이 들어온다고 해도 막아내기는 아주 쉬워 보였다.

병철은 아침 일찍 일어나 노부인이 차려주는 아침 밥상을 받았다. 노부인은 병철이 갈 데가 없으면 자신들의 집에 머물러 주길 은근히 바랐다. 병철은 가족들이 모두 붙잡혀 간 상황에서 편안하게 있을 수가 없었다. 아침을 먹기 바쁘게 노부인의 집을 나섰다.

"가다가 배가 고프면 이걸 먹고 가려무나."

노부인이 부엌에서 기름종이에 싼 주먹밥 하나를 내밀었다. 병철은 허리를 굽혀 거푸 인사를 올리고 길을 떠났다. 아직까지 잠에서 깨어나지 못한 미친 여자가 따라붙을까 봐 서둘렀다. 노부인이 일러 주는 대로 강을 건너 문강을 지나 방곡을 향해 걸었다. 잰걸음으로 한 시진을 걸어 박달산 끝자락인 방곡마을에 도착했다. 방곡에서는 갈림길에 직면했다.

좌측으로 가면 대성산 자락을 끼고 추점을 지나 장연현으로 가는 길이고 우측으로 가면 박달산 북쪽을 끼고 감물을 지나 괴주로 가는 길이었다. 병철은 우측 길로 방향을 잡았다. 왜구들이 복거리에서 박달산으로 들어갔다면 언젠가는 추점, 장연현으로 빠져 나올 것이 분명했다. 혼자의 몸으로 왜구와 맞서서 이로울 일이 없을 것 같았다. 감물로 해서 박달산 정상을 넘어 갈 생각이었다.

병철은 감물마을에 도착해 민가를 찾아 들어가 찬밥 한 술을 얻어먹었다. 노부인이 싸준 주먹밥은 아껴 먹을 심산이었다. 주인은 아무 이유도 묻지 않고 낯선 청년에게 밥을 내주었다. 병철이 밥을 다 먹고 나서 박달산 정상으로 가는 길을 물었다. 주인은 이유도 없이 박달산을 오르려는 병철을 의아한 눈으로 바라보았다.

충주병마사 도홍은 화살에 맞은 팔의 통증 때문에 일찍 잠에서 깼다. 팔이 붓지는 않았는데 어깨까지 욱신거렸다. 평시에 그랬더라면 한동안 움직이지 않고 상처 치료에 전념해야 할 텐데 지금은 그럴 형편이 못되었다. 아침을 챙겨 먹고 군사들을 데리고 현리를 돌아보았다.

마을을 한 바퀴 돌아보고 나서 종합적인 상황을 점검해 보았다. 솔치재에 목책을 쳤다는 것은 그곳에서 오래 머물겠다는 계산이 깔린 것으로 보였다. 그러나 언젠가는 목책을 뒤로하고 오가마을로 내려올 게 분명했다. 왜냐하면 금을 얻으려고 해도 장연현으로 내려와야 하고 철을 얻으려 해도 내려와야 하는 상황이었다. 정확하지는 않지만 고려사적을 노리고 개천사로 간다 해도 장연현을 통과해야만 했다.

해안에서는 조창을 털어 병량미를 탈취해 갔지만 이곳에서 병량미를 탈취하러 충주목에 있는 덕흥창으로 가지는 않을 것 같았다. 덕흥창의 양곡을 털었다 해도 남한강을 따라 한강하구로 빠져나가야만 바닷길에 닿을 수 있었다.

수백 명의 마을 사람들을 인질로 잡고 있는 것이나 목책을 설치한 것으로 보아 왜구들의 침구 목적은 뭔가 다른 게 분명했다. 도홍은 장연현 호장 홍인식을 시켜 마을 사람들을 끌어모아 쇠잿골로 들어가도록 지시했다. 쇠잿골은 아주 오래 전부터 철을 생산한 곳이기에 붙여진 이름이었다. 거문동의 왜구들이 솔치재를 내려와도 충주목 방향으로 바로 진격할 것이기 때문에 골짜기에 숨어 있는 민간인을 찾아내려고 시간을 낭비하지는 않을 것 같았다. 쇠잿골은 깊은 산을 끼고 들어가기 때문에 목을 지키기도 쉬웠다.

장연현 오가마을 사람들은 피난 보따리를 싸느라 야단법석이었다. 소달구지에 남아 있는 양식과 가재도구를 실었다. 달구지가 없는 집은 소 등에 길마를 얹고 그 위에 보따리를 묶었다. 소가 한 마리도 없는 집이 문제였다. 하는 수 없이 지게 짐을 지는 수밖에 없었다.

마을 여기저기서 돼지 멱따는 소리도 들렸다. 돼지를 몰고 갈 수는 없기 때문에 미리 잡아서 고기로라도 가져가려는 것이었다.

돼지 멱따는 소리에 철없는 어린아이들이 동네를 이리 뛰고 저리 뛰면서 더욱 어지럽게 했다

도홍은 오후가 되어 군사들을 데리고 솔치재로 다시 올라갔다. 멀리에서 바라보니 목책 위로 왜구의 머리가 보였다. 한두 명이 아니라 여러 명이 목책을 지키고 있었다. 도홍은 화살이 미치지 않는 거리까지 접근해 큰소리를 질렀다.

"나는 충주목 병마절도사 도홍이다. 감히 섬나라 쪽바리 놈들이 여기가 어디라고 함부로 들어와서 쥐새끼 마냥 숨어 있는 것이냐. 그곳의 대장 놈과 대화를 하고 싶으니 불러오너라."

도홍의 호령 소리에 목책 위에 내밀고 있던 왜구들의 머리가 사라졌다. 고려 군사들은 왜구들이 도망을 치는 것은 아닌가 생각했다.

"이놈들, 강아지 새끼처럼 숨지 말고 썩 나오너라."

도홍이 다시 소리를 버럭 질렀다. 그 소리가 얼마나 우렁찬지 당오재 건너편 산비탈까지 갔다가 메아리가 되어 되돌아왔다. 고려 군사들은 어제 저녁에 화살을 맞고도 당당해 보이는 대장이 든든해 보였다.

잠시 후 솔치재의 목책 문이 슬그머니 열렸다. 고려 군사들은 의아했다. 무슨 일일까, 시선을 집중하고 있는데 갑자기 목책 안에서 요란한 말발굽 소리와 함께 수십 기의 왜구들이 쏟아져 나왔다. 그 모습을 보고 고려 군사들이 술렁거렸다. 말머리를 돌려 아래로

달아나기에도 시간이 급박했다.

"당황하지 말고 말에서 내려 활을 준비해라."

도홍이 사방을 찢을 듯한 목소리로 명령을 내렸다. 고려 군사들이 신속하게 말에서 내려 대형을 짰다. 장연현의 군사들까지 20여명이 신속하게 대장의 지시에 따랐다. 우마차가 다니는 좁은 길은 비워놓고 길 위쪽으로 올라가 사선으로 늘어섰다. 도홍은 그대로 길 한가운데 서서 달려 나오는 왜구들을 기다렸다. 길 위에는 오직 도홍만이 남아있었다.

왜구들은 고려 군사들이 전부 산으로 줄행랑을 놓고 대장 혼자 남아 있는 것으로 착각했다. 모두 칼을 뽑아 들고 도홍을 향해 전속력으로 달려 내려왔다. 도홍이 칼을 높이 뽑아들었다. 잠시 기다렸다가 시간을 맞춰 아래로 내렸다. 왜구들이 거의 도홍 앞으로 다가 왔을 때였다. 길 위에 사선으로 늘어선 고려 군사들이 화살을 날렸다. 세 명이 화살에 맞아 말 위에서 떨어졌다.

갑작스레 예상치 않은 화살 공격을 받은 왜구들은 도홍에게 칼을 휘두를 엄두도 내지 못하고 허둥지둥 말머리를 돌려 달아나기 시작했다. 고려 군사들이 다시 활시위에 화살을 메겼을 때 왜구들은 벌써 저만치 언덕을 달려 올라가고 있었다. 고려 군사들이 두 번째 화살을 날렸다. 그러나 거리가 멀어진 데다 오르막이라 고개를 잔뜩 숙이고 있어 한 명도 맞히질 못했다. 말 궁둥이에 몇 개의 화살이 박혔을 뿐이었다.

혼비백산한 왜구들은 목책 안에 들어가 문을 닫았다. 도홍은 주인을 잃은 말 세 필을 데리고 병장기를 챙겼다. 왜구들의 시체는 자기들이 챙겨가도록 그 자리에 놓아두었다. 도홍은 군사들을 데리고 솔치재를 내려왔다. 더 이상 접전이 불가능하다고 판단했다. 목책으로 접근해 문을 부수고 들어가기에는 고려군의 숫자가 너무나 적었다.

곧이어 거문동에서 금은사로 넘어오는 산모퉁이에 요란한 말발굽 소리가 들렸다. 야마다의 보고를 받은 후지와라는 급하게 솔치재에서 이곳으로 달려왔다. 후지와라와 야마다를 비롯한 왜구 열 명이 금은사 마당에 급하게 들이닥쳤다.

"오호. 이런 산중에 절이 있었구만."

후지와라는 안하무인으로 대웅전 문짝을 거칠게 열어젖혔다. 대웅전 한가운데는 온화한 미소를 짓고 있는 석가모니 본존불이 모셔져 있었다. 불상은 나무로 만든 목불상이었다. 그러나 표면에 금박을 입혀 광채가 났다.

"오호, 금불상이구나. 박달산에 금이 많이 난다더니 금으로 불상을 만들어 놓았네."

후지와라는 금박을 입힌 화려한 목불상이 금불상으로 보이는 모양이었다. 부하들을 시켜 불상을 끌어내도록 지시했다. 왜구들이 후지와라의 지시에 우루루 법당 안으로 몰려 들어갔다.

"어? 이게 아닌데."

우르르 몰려들어 불상을 옮기던 왜구들이 잠시 손을 놓았다. 무게가 엄청나리라 생각했던 금불상이 손쉽게 움직였다.

"이거 금이 아닙니다. 나무불상입니다."

"뭐라고 금불상이 아니라고? 이런 망할…. 고려 놈들은 믿을 게 못되는구나. 놔두고 다른 걸 찾아봐라."

왜구들이 불상 옆에 걸려있던 오백나한상 불화를 북 찢었다. 불상 앞의 공양물을 뒤엎고 집기를 마구 던져댔다. 급기야는 불상을 들어내어 바닥에 팽개쳤다. 이번에는 불상을 받쳐 놓았던 불단을 마구 부수기 시작했다.

"여기 뭐가 있습니다."

왜구 한 명이 보자기에 싸인 물건을 번쩍 들어보였다.

"풀어보아라."

후지와라가 무뚝뚝하게 명령을 내렸다. 보자기를 들어낸 왜구가 조심스럽게 내용물을 들어냈다. 보자기에는 금속활자로 인쇄된 책 두 권이 나왔다. 바로 상,하권으로 이루어진 두 권의 백운화상초록불조직지심체요절이었다.

겉표지를 자세히 들여다본 후지와라가 입가에 회심의 미소를 지었다. 삼 년 전 속리산 은월암에서 취했던 바로 그 책을 알아보았다. 책표지를 넘겨 가운데를 펼쳐 들었다. 목판으로 찍은 글씨보다는 선이 날렵했다. 잘 벼려놓은 칼날과도 같은 기운이 감돌았다.

"드디어 찾아냈구나. 이곳에서 만날 줄 생각하고 있었다. 하하하. 그러고 보니 꼭 삼 년만이구나. 하하하."

후지와라가 입이 함박만큼 벌어져 크게 소리 내어 웃었다.

"여기 주지가 누구냐? 나이를 보니 네 놈이 주지겠구나."

불교를 국교로 하는 고려 땅에서 스님들에게 함부로 하대를 하는 사람은 아무도 없었다. 국왕조차 국사와 왕사에게는 함부로 대하지 않았다. 노스님은 혀를 찼다.

"백운화상초록불조직지심체요절이라? 음. 이것이 바로 흥덕사에서 쇠를 녹여 만들었다는 그 책이렷다. 삼 년 전에 도둑맞은 물건을 여기서 이렇게 쉽게 만나다니 하늘이 나를 돕는 것이 틀림없구나. 이게 어떻게 된 연유로 여기에 와 있는 것이냐?"

"우리는 모르는 일입니다."

"모른다고? 어디서 함부로 거짓말을 하려는 것이냐. 여봐라. 여기 이놈들을 묶어라."

왜구들이 득달같이 달려들어 노스님과 석찬 스님을 묶었다.

"저 어린놈과 할망구도 같이 묶어라."

졸지에 금은사에 있던 네 명은 모두 왜구들에게 묶이는 신세가 되었다. 석찬 스님과 주지 스님은 담담한 표정인데 동자승이 계속 울어댔다.

"저 어린놈부터 서까래에 거꾸로 매달아라."

왜구들은 동자승을 번쩍 들어 대웅전 대들보에 매달았다. 동자승을 거꾸로 매달자 주머니에 들었던 물건이 바닥으로 툭 떨어졌다. 그것을 바라본 석찬 스님의 표정이 하얗게 굳었다. 동자승의 주머니에서 굴러 떨어진 것은 글자가 새겨진 작은 쇳덩어리들이었다.

"흐음."

동자승의 주머니에서 떨어진 쇳덩어리를 집어든 후지와라가 가벼운 신음을 냈다.

"이것이 바로…. 무엇인지 짐작하겠다."

후지와라가 집어든 쇳덩이에는 글자가 거꾸로 도드라져 있었다. 후지와라는 백운화상초록불조직지심체요절을 펼쳐들고 쇳덩이에 거꾸로 새겨진 글자를 유심히 들여다보았다.

"바로 이것이군. 우리가 이곳에 온 목적도 어쩌면 이것 때문이다. 저 어린 녀석을 내려라."

거꾸로 매달려 있다가 바닥에 떨어진 동자승은 낯빛이 파랗게 질려 있었다.

"바른 대로 말하면 죽이지는 않을 것이다. 이 물건이 어디서 났는지 그것만 말하라."

동자승은 단번에 불단 밑에서 훔쳤다고 실토했다. 몇 개를 훔쳤느냐고 물으니 주머니에서 나온 게 전부라고 했다. 그러면 불단 아래에 몇 개나 있었느냐고 물으니 아주 많이 있었다고 바른 대로 고해바쳤다. 석찬 스님의 얼굴이 험하게 일그러졌다.

"자, 이제 되었다. 저 어린놈의 눈알을 뽑아내어라."

후지와라의 명령에 왜구 한 명이 오른 손 검지와 중지를 동자승의 눈알에 집어넣었다. 동자승의 비명이 산골짝을 울렸다.

"자, 이제 네놈 차례다. 순순히 물건을 내놓을 테냐? 아니면 눈알을 뽑힐 테냐?"

후지와라는 노스님의 얼굴을 손가락으로 쿡쿡 찔렀다.

"말 할 테니 이걸 잠깐 풀어다오."

왜구는 두말없이 노스님을 포박하고 있는 밧줄을 풀어주었다. 노스님은 밧줄이 풀리자 팔에 피가 통하지 않아 저렸던 것인지 양팔을 몇 번 흔들었다. 그러더니 순식간에 오른손 검지와 중지로 자신의 눈알을 사정없이 찔렀다.

묶여 있던 석찬 스님도 놀라고 후지와라도 깜짝 놀랐다. 노스님의 손 안에 피가 뚝뚝 떨어지는 자신의 눈알이 들려 있었다. 놀라기는 왜구들도 마찬가지였다. 그러자 묶여있던 석찬 스님도 자신을 풀어달라고 했다. 후지와라는 움찔했다. 석찬 스님이라고 자신의 눈을 찌르지 않으리란 보장이 없었다. 어떻게든 입을 열게 해서 금속활자를 찾아야 했다.

"흠, 보통 독한 놈들이 아니구나. 눈알이 빠진 놈들은 기둥에 꽁꽁 묶어놓아라. 밤에 산짐승이 내려와 뜯어먹도록 내버려 두어라."

왜구들은 동자승과 노스님을 대웅전 기둥에 묶었다. 그런 다음 석찬 스님을 데리고 거문동으로 돌아갔다. 금은사 골짜기에는 눈알이 뽑힌 동자승의 울음이 슬프게 울려 퍼졌다.

해가 중천에 떠서야 잠이 깬 옥분은 부스스 기지개를 켜며 밖으로 나왔다. 마당에 모여 있던 아낙들은 문밖으로 나온 옥분을 보고 기겁을 했다. 옥분은 실오라기 하나 걸치지 않은 알몸이었다.

"아이고 이를 어째."

아낙들은 주위에 남정네들이 없나 둘러보았다. 다행히 남자들은 모두 일을 하러 끌려가고 노인들 몇 명만 남아 있었다. 아낙 둘이 잽싸게 옥분에게 달려가 방안으로 밀어 넣었다.

"아이고, 이제 실성을 한 것이고만. 오라질 놈들 같으니라고. 아직 어린 처녀를 뭘 어떻게 했길래 정신 줄을 놓을까. 에이구, 정신 좀 차리거라."

옥분의 어미가 달려와 딸을 끌어안고 대성통곡을 했다. 옥분은 사람들이 왜 이렇게 시끄럽게 하는지 모르겠다는 듯 태연한 표정을 지었다. 아낙들 여럿이 대들어 옥분에게 옷을 강제로 입혔다.

옥분은 제 어미도 몰라보고 히죽거리며 웃었다. 옷을 다 입히자 곧바로 입은 옷을 벗어 제쳤다. 옷을 벗은 다음 제 어미를 떠밀어 뒤로 제쳐놓고 배 위에 올라타더니 엉덩이를 마구 내리찍으며 말 타기를 했다. 아낙들이 옥분을 다시 끌어내려 강제로 옷을 입혔다.

"아이구, 야가 왜 이러니."

아낙들은 다시 옷을 벗으려는 옥분을 팔을 잡고 놓아주지 않았다. 그러자 옥분이 힘을 쪽 빼고 바닥에 털썩 주저앉았다.

"나 배고파."

"그래 알았다. 밥을 줄 테니 얌전히 있거라."

한 아낙이 잽싸게 밖으로 나가 아침에 먹다 남은 찬밥을 무김치와 함께 챙겨왔다. 밥을 본 옥분은 그릇을 낚아채더니 맨손으로 입안에 쑤셔 넣었다.

"에구 정신은 나가도 배가 고픈 건 아는 모양이구나. 필시 어제 저녁에 제사지내는 걸 보고 정신 줄을 놓은 게야. 그걸 보고도 정신이 말짱한 우리가 잘못된 것이지. 에구 짐승 같은 놈들."

밥을 다 먹고 난 옥분은 한참 동안 제 어미를 쳐다보더니 눈을 몇 번 껌벅거렸다.

"어무이는 밥을 먹은 거야?"

"어이구 이년아, 에미를 알아보는 걸 보니 이제 정신이 돌아왔는가 보다. 정신 단단히 차리거라."

금은사에서 석찬 스님을 데리고 거문동으로 돌아온 후지와라는 화가 머리끝까지 올랐다. 솔치재를 지키던 왜구들이 함부로 목책을 나가 고려군을 공격했다가 반격에 말려들어 세 명이나 전사를 했다.

"내가 단단히 지키라고만 했지 언제 목책을 나가 공격하라고 했느냐."

후지와라는 부하들을 거칠게 나무랐다. 보고를 올린 왜구는 머리를 땅에 처박고 꼼짝도 않았다. 후지와라는 칼을 뽑았다가 도로 칼집에 집어넣었다.

후지와라는 수하들을 이끌고 솔치재로 갔다. 거문동마을에서 솔치재로 가려면 나른한 평지를 지나 잠시만 나가면 되었다. 솔치재 가까이 가면 수백 년은 되었음직한 커다란 소나무 한 그루가 서 있었다. 나무는 곧게 우뚝 서 있는 게 아니라 노인처럼 구부정하게 굽어 있었다. 마치 솔치재에 서서 거문동마을을 향해 인사를 하는 형상이었다. 그 나무 한 그루 때문에 솔치재라고 하는지는 알 수 없었다. 예전부터 솔치골과 거문동에는 굵직한 소나무들이 많았다.

후지와라는 자신을 향해 고개를 숙이고 있는 듯한 소나무를 바라보고 흡족한 미소를 지었다. 방금 전에 금은사에서 있었던 일은 벌써 잊은 듯했다. 목책 가까이 가자 급습을 시행했다가 고려군의 화살에 맞아 숨진 왜구 세 명의 시체가 나란히 눕혀져 있었다.

자세한 전투 상황을 듣고 난 후지와라는 함부로 목책 밖으로 나가지 말 것을 지시한 다음 새로운 목책을 세우도록 했다. 이미 세워놓은 목책 안쪽에 또 다른 목책을 세우도록 했다. 바깥에서 적이 목책 문을 열고 들어오면 또 하나의 목책이 정면을 막아서는 구조였다.

후지와라는 목책의 출입문 양쪽에 높은 망루도 세우도록 했다. 높은 망루에 올라가 목책 밖에 있는 적의 동태를 자세히 살필 수 있도록 했다.

솔치재의 목책은 장연현만 바라보고 세운 게 아니었다. 괴주 쪽으로 빠지는 솔치골 입구에도 똑같은 목책을 세웠다. 두 목책 사이의 거리가 불과 오백 보밖에 떨어져 있지 않았다. 괴주 쪽에서 오얏나무골로 들어오지 않고 솔치골로 바로 들어오면 거문동을 거치지 않고 장연현으로 나갈 수 있었다.

후지와라는 고려군이 들어올 방향을 장연현에서 올라오는 길과 괴주 쪽에서 올라오는 두 갈래를 모두 생각했다. 분명 오얏나무골로 들어오다 목책을 만난 고려군이 솔치골로 우회할 것은 불을 보듯 했다. 솔치골과 오얏나무골 사이에는 칼날을 세워놓은 듯한 대성산이 가로질러 있어 중간에서 넘나드는 게 불가능했다.

"작업지시를 새로 내린 후지와라는 만족한 미소를 지었다.

"아주 좋아, 어쩌면 이곳은 하늘이 우리에게 내린 장소 같아."

후지와라는 거문동을 향해 고개를 숙이고 있는 노송을 한 번 더 바라보았다. 마치 박달산을 향해 읍하고 있는 신하의 모습과 흡사하다고 생각했다.

'흠, 박달산! 나무도 산의 정기를 알아보잖아. 저 산을 일본국으로 가져 갈 수 없다면, 저 산에 우리 일본국 황궁이 있어야 해.'

후지와라는 혼자서 박달산을 바라보며 중얼거렸다.

활자

이방원이 다녀간 뒤 금은사는 활기를 띠기 시작했다. 흥덕사 식솔들이 충분히 먹을 만큼의 양식이 생긴 때문이기도 했지만 희망이 생겼기 때문이었다. 석찬 스님은 가지고 온 인판 틀에서 인출을 하려고 시도했다. 우선 먹과 종이를 구하는 것이 급선무였는데 워낙 오지여서 쉽지 않았다. 멀리 괴주까지 사람을 보내 유연먹과 종이를 구해왔다. 그것도 충분한 양은 아니었다.

최인규는 석찬 스님의 지시로 먹을 갈고 종이에 활자를 찍어내기까지의 일을 손수하기로 했다. 어깨너머로 보기만 했지 직접 해 보지는 않은 일이었다. 흥덕사에서 가지고 온 인판 틀은 모두 세 개였다. 균자장 이무홍이 정성들여 글자를 맞추어 놓은 것이었다. 최인규는 인판 틀을 조심스럽게 어루만졌다. 아버지의 손길이 닿왔던 물건이라 감회가 남달랐다.

아버지의 어깨너머로 보아왔던 기억을 더듬어 갈아놓은 먹을 묻히고 종이를 올렸다. 종이가 삐뚤지 않도록 신경을 집중해서 네 귀가 바른 위치에 가도록 했다. 인판 틀 위의 먹이 종이에 잘 스밀 수 있게 말총으로 만든 붓을 적당하게 힘을 주어 문질렀다. 작업을 하는 최인규도 긴장되었지만 지켜보는 석찬 스님도 마찬가지였다. 드디어 붓질을 끝내고 종이를 들어낼 차례가 되었다. 최인규가 양손으로 종이 끝을 잡고 들어 올리는 순간 석찬 스님이 마른 침을 꿀꺽 삼켰다.

최인규는 인판에서 떼어낸 종이를 눈높이로 들어 올렸다. 하얗던 종이 안에 글자들이 정갈하게 찍혀 있었다.

"오!"

석찬 스님이 짧은 탄성을 질렀다. 흥덕사에서 흔하게 보아왔던 일인데도 보는 느낌이 남달랐다. 죽은 인출장 최은집이 생각나기도 하고, 묘덕 스님과 달잠 스님을 비롯한 스님들 모습도 떠올랐다. 분주하게 움직였던 흥덕사의 전경이 떠올랐다. 흩어진 흥덕사 식구들은 다들 잘 있는지 궁금하기도 했다. 다행히 균자장 이무홍의 소식을 듣게 되어 안심이 되었다.

최인규가 활자가 찍힌 종이를 조심스럽게 작업대 위에 올려놓았다. 석찬 스님이 직지심체요절 상권의 같은 페이지를 갖다 댔다. 양쪽을 번갈아보던 최인규가 눈을 동그랗게 떴다. 석찬 스님의 표정을 살폈다. 석찬 스님 역시 눈을 크게 뜨고 글자들을 살펴보았다.

최인규가 방금 찍어낸 글자와 책 속의 글자는 색감부터가 달랐다. 책 속의 글자가 선명한 먹빛인데 반해 최인규가 금방 찍어낸 글씨는 색이 부드럽기는 한데 너무 연했다. 남아 있는 먹물을 붓에 찍어 종이 위에 글씨로 써보았다. 인쇄되어 나온 글씨보다는 짙었다. 붓으로 쓰는 먹물보다는 주조에 쓰는 먹은 더 진해야 한다는 결론이었다.

최인규는 먹을 더 오래 갈아 진하게 만들었다. 여러 번의 시도 끝에 드디어 비슷한 색감을 맞출 수 있었다. 그러나 완벽하게 같다고 할 수는 없었다. 글자의 획에 이물질이 끼인 듯 뭉쳐 보이는 부분이 군데군데 발생했다. 원인을 금방 알아차릴 수 없었다. 수차례 다시 찍어내기를 하다 보니 시간이 금방 지나갔다.

"인규야. 오늘은 이제 그만 하거라. 이 일이 하루아침에 이루어지는 게 아니다. 우리가 사용했던 먹과 종이부터가 다르지 않더냐. 꼼꼼하게 하나부터 잘 살펴보아야 할 것이다."

"네, 알겠습니다."

인출 연습에 매달리는 최인규는 흡사 미친 사람 같았다. 꼭두새벽에 일어나면 먹부터 갈았다. 작업에 몰두하다가 공양 시간을 넘겨 잔소리를 듣기 일쑤였다. 그러나 여름이 다가오자 한계에 부딪혔다. 오랜 연습에도 불구하고 결과물이 썩 나아졌다고는 할 수 없었다. 석찬 스님은 사용하는 먹이 흥덕사에서 쓰던 것과 다른 것 같다고 했다. 최인규도 그런 점을 느끼고 있던 참이었다. 거기다 괴주에서 구해온 먹도 이미 모두 사용해 버렸다. 누군가 밖에 나가 종이와 먹을 구해 와야 했다. 최인규는 자신이 손수 나갔다 오겠다고 했다.

"이번에 먹을 사 올 때는 어디에서 누가 만든 먹인지 출처를 자세히 알아보아야 한다. 같은 유연묵이라도 만드는 재료가 각기 다르니 먹의 성질도 다른 것이다."

"네, 명심하겠습니다."

다음 날이 괴주 장날이었다. 최인규는 새벽같이 일어나 행장을 갖추고 금은사를 나섰다. 석찬 스님은 빠른 걸음으로 절문 밖으로 나서는 최인규의 뒷모습을 보고 흐뭇했다. 어린 나이에 험한 일을 겪어서 그런지 하는 일에 애착을 가지고 달려들었다. 예전에 흥덕사에서 일하던 사람들이 모두 최인규처럼 일에 미쳤었다. 그렇지 않고 남의 일처럼 건성으로 대들어서는 성공할 수 없는 게 금속활자 만드는 일이었다.

그날 괴주장에 갔던 최인규는 밤이 깊어서 금은사에 돌아왔다. 돌아오자마자 자리에 퍼질러 앉았다. 낙담한 듯 고개를 푹 숙이고 한숨을 내쉬었다. 먹은 사지도 못하고 빈손이었다.

"먼저 사왔던 먹이 순수한 유연묵이 아니었어요. 장사치한테 꼬치꼬치 캐물었더니 동유에 송진을 섞어 만들었다는군요."

"그러면 반은 송연묵이었구나."

"그런 셈이죠."

"그러면 바로 되돌아와야지 왜 이리 늦은 게냐?"

"먹장이 산다는 동고개까지 다녀오느라 늦었습니다."

최인규는 먹을 만드는 방법도 알아야 할 것 같아 일부러 먼 길을 다녀온 것이었다. 거기에서 얻은 내용은 유연묵은 사용하는 기름의 종류에 따라 각기 다르다는 것이었다. 흔히 남쪽지방에서 나는 기름오동나무 열매를 사용한 먹이 널리 쓰이는데 최고의 먹은 호마유를 태워 만든 먹이 좋다고 했다. 그러나 호마유는 사람이 식용으로 사용하기에도 귀한 것이어서 먹으로 만들기에는 어려움이 있었다.

최인규는 당장 호마유를 태워 유연묵을 만들 태세였다. 석찬 스님에게 호마유를 구할 수 없느냐고 물었다. 하지만 사람이 먹기에도 흔치 않은 참기름을 먹을 만들기 위해 태운다는 것도 쉬운 일이 아니었다.

"그렇게 급하게 대들어서 해결할 문제가 아닌 듯하구나. 호마유를 구한다 해도 바로 유연묵이 되는 것이 아니지 않느냐. 세상에 허투루 이루어지는 일이 아무것도 없다."

석찬 스님은 먹 하나를 만드는데도 얼마나 많은 기술이 있어야 하는지 일일이 설명을 해주었다. 그을음만 얻는다고 바로 먹을 만드는 것이 아니었다. 아교를 섞어 만든다는 것은 알지만 거기에 다른 무엇이 들어가는지 보통 사람은 알 수 없었다. 먹장들이 일부러 그런 내용을 세상에 떠벌리고 다닐 리도 없었다.

석찬 스님의 설명을 듣고 난 최인규는 금은사를 나가 먹 만드는 기술을 배우러 해주에 다녀오겠다고 했다.

"허락만 해주시면 꼭 배워서 돌아오겠습니다. 우리나라에서는 해주먹을 최고로 친다니 그곳에 가겠습니다."

"허허. 너무 급하게 구는구나. 해주에서 어느 인심 좋은 먹장이 너를 기다리기라도 한단 말이냐?"

"해주 최고 먹장을 찾아가서 머슴살이를 할 생각입니다."

석찬 스님은 최인규의 결심이 굳게 서 있다는 걸 알고 승낙을 했다. 머슴살이도 불사할 결심이면 이루지 못할 일이 없을 것 같았다. 최인규는 다음 날 바로 괴나리봇짐을 싸들고 해주 땅으로 떠나갔다. 석찬 스님을 비롯한 흥덕사 식구들이 눈물을 훔치며 최인규를 배웅했다. 흥덕사를 떠나 속리산 은월암에서 아버지를 잃고 왜구에게 잡혀 남원 실상사까지 다녀온 최인규였다. 어린 나이에 겪은 일들이 이만저만 큰일이 아니었다. 자기의 부모들이 모두 금속활자 때문에 목숨을 잃은 걸 생각하면 한이 맺힐 수밖에 없었다.

최인규가 금은사를 떠나가고 세월은 무심하게 흘러갔다. 흥덕사 식구들은 산에서 나물을 채취하기도 하고 약초를 캐기도 했다. 어떤 사람은 박달나무를 베어다 다듬이 판이나 방망이를 깎아서 괴주 장에 내다 팔았다. 저마다 손을 놓지 않고 분주한 시간을 보냈다.

석찬 스님은 사람들을 시켜 거문동을 비롯한 인근 마을에서 닥나무를 사들였다. 간단하게 한지 공방을 만들어 놓고 종이를 떴다. 종이의 품질을 시험해보고자 박달산에 흔한 피나무 껍질을 벗겨다 닥나무와 섞어 종이를 떠 보기도 했다. 칡덩굴을 걷어다 칡포를 뜨기도 하고 느릅나무 껍질을 닥나무와 섞어보기도 했다. 닥나무로 만든 한지는 먹이 쉽게 퍼지는 경향이 있어 어떻게든 단점을 보완해보고자 함이었다.

가을에 접어들면서 산에 나는 나무 열매를 모았다. 기름을 짤 수 있는 열매는 종류를 가리지 않고 거두어들였다. 아낙네들이 기름을 짜서 머리에 바르는 생강나무 열매도 빠지지 않고 거두었다. 최인규가 유연묵 만드는 기술을 배워 돌아오면 실험을 해볼 생각이었다.

늦가을에 반가운 손님이 금은사에 찾아왔다. 바로 철원의 도피안사에서 온 홍덕사 식구였다. 균자장이 이무홍이 새로 짜 맞춘 인판을 짊어지고 왔다. 인판에 글자를 붙이는 재료로 밀랍을 사용하는데 새로운 방법으로 밀랍을 녹여 붙였다고 했다. 금은사에서 인출실험을 했다는 소식을 듣고 새로 짜 맞춘 인판을 실험해 보라고 보낸 것이었다. 기존에는 아무리 금속활자라도 수십 번 반복해서 찍어내면 활자가 움직이는 경우가 많았다. 그래서 가끔씩 손을 보아야 연속 사용이 가능했다. 금속활자가 목판활자보다 좋은 점은

물과 불에도 변형이 적고 오래 사용할 수 있다는 점이었다. 인판에 고정시킨 활자가 쉽게 흔들린다면 금속활자의 장점이 묻혀버리고 마는 것이다.

석찬 스님은 새로 만들어 온 인판을 세심하게 살펴보았다. 밀랍의 색깔이 먼저보다 더 짙어진 것 같았다. 분명 밀랍을 녹일 때 다른 물질을 첨가한 것으로 보였다. 인판과 함께 보내 온 서찰에는 도피안사의 근황을 자세하게 적어 보냈다. 금은사와 마찬가지로 삼도순찰사가 보내주는 양곡으로 끼니를 연명하고 있으며 금속활자의 연구를 위해 매달리고 있다고 했다. 달잠 스님과 묘덕 스님의 안부를 묻는 걸로 보아 다른 흥덕사 식솔들과는 전혀 접촉이 없었던 모양이었다.

석찬 스님은 머잖아 금은사에 새로운 주자소를 설치할 수 있겠구나 생각하며 희망에 부풀었다.

고려군

괴주 감무 이성길은 괴주의 연호군을 모아 장차 있을 전투에 대비하고 있었다. 전령이 수시로 충주목 관아와 충주 병마사가 남아 있는 장연현과 연락을 취하고 있었다. 오후가 되자 목참에서 보낸 김사혁 도순문사가 보낸 선발대가 괴주에 도착했다. 아직 개경에서 왕명이 내려오지 않았기 때문에 군대를 움직이지는 않았다.

김사혁 도순문사도 선발대를 충주가 아닌 괴주로 직접 보내면서 되도록 왜구와 접전은 피하라고 일러두었다.

"먼저 괴주에 도착해 왜구들의 동태부터 면밀히 살펴보고 대기하라. 상대를 알아야 전투에서 이길 수 있느니라."

김사혁은 신신당부를 하고 선발대를 보냈다. 선발대는 기병만 50기를 보냈다.

이성길은 충주병마사와 도순문사 그리고 왕안덕 양광도 조전원수에게도 전령을 보냈다. 왕안덕 조전원수는 청주목에서 이성길의 보고를 받았다. 상황이 예사롭지 않은 것 같아 급하게 군사를 정비하고 출동 준비를 마쳤다. 김사혁 도순문사에게 연락해 일단은 충주목에서 만나서 함께 작전을 의논하기로 했다. 왕안덕 조전원수에게 딸린 군사가 기병 200에 보병이 300이었다. 도합 500의 군사라면 양광도에 침구하는 어지간한 숫자의 왜구를 막아내는 데 부족함이 없었다.

김사혁 도순문사에게 딸린 군사들도 기병과 보병을 합쳐 500이 넘었다. 충주목의 군사들이 200을 넘었고 괴주의 연호군이 150이었다. 모두 끌어모으면 그야말로 볼 만한 규모였다. 지금까지 양광도에서 그만한 숫자의 대군이 한꺼번에 움직인 적이 없었다.

두 군대가 충주목에 도착한 것은 다음날 정오였다. 도착하자마자 개경에서 왕명이 내려왔다.

조전원수 왕안덕은 김사혁 도순문사 도흥 원수와 함께 침구한 왜구를 모조리 소탕하도록 하라. 절대 고려국의 보물에 손대지 못하게 하고 투항하는 자는 포박하여 개경으로 압송하라.

후지와라는 솔치재 목책에서 장연현을 내려다보다가 이상한 낌새를 챘다. 마을 안에 움직이는 게 전혀 눈에 띄지 않았다. 아무리 멀다 해도 사람이나 짐승이 오가는 모습은 볼 수가 있을 텐데 마을 안에 강아지 한 마리 얼씬하지 않았다.

후지와라는 열 명의 수하들을 대동하여 목책을 열고 나왔다. 고려군의 매복에 대비해 신중하게 좌우를 살피면서 장연현으로 내려갔다. 마을 입구에 들어서도 사방이 조용했다. 몇몇 집의 사립문을 부수고 들어가 방문을 벌컥 열어 젖혀보아도 개미 새끼 한 마리 보이지 않았다. 후지와라는 장연현 오가마을 전체를 돌아보고 나서 말을 돌려 세웠다.

"가자. 놈들이 겁을 집어먹고 모두 도망쳤구나."

후지와라가 실망한 것은 사람들이 사라지면서 양곡이나 짐승들을 모조리 치워 버린 것이었다. 돼지우리 옆에 급하게 도살을 하느라 그런 것인지 돼지 내장을 그대로 쏟아 놓고 간 게 보였다. 짐승이라고는 병아리조차 보이지 않았다. 집들을 돌아가며 부엌이며 창고를 샅샅이 뒤져도 보리쌀 한 톨 남아있지 않았다. 무엇보다도 거문동에서 수백 명이 버티려면 엄청난 양의 양곡이 필요했다. 연풍마을과 송덕마을에서 챙겨 온 식량으로는 수일을 버티면 그만이었다. 적어도 한 달 이상은 버틸 식량이 필요했다. 왜구들이 낙담을 하고 솔치재로 향할 때 당오재 입구에 우뚝 솟아 있는 탑이 눈에 들어왔다. 가까이 가보니 마을 안에 하나도 보이지 않던 사람들이 다섯씩이나 작업을 하고 있었다.

사람을 만난 게 반가웠지만 그들이 하는 일이 신기하기도 했다.

쇳물을 뽑는 광경을 보는 게 그리 쉬운 것은 아니었다. 일본에서도 철은 많이 생산되었다. 그러나 철을 만드는 기술이 모두 예전의 고려 땅에서 건너간 것이었다.

후지와라는 야철공들을 묶지는 않았지만 모두 포로로 잡아 거문동의 본채로 돌아왔다.

괴주에 도착한 김사혁 도순문사의 선발대는 가만히 앉아서 마냥 기다리고 있을 수 없었다. 먼저 접전을 하지 말라는 명령을 받은 바가 있어 조심스럽게 적진을 염탐해 보기로 했다. 20기의 군사를 뽑아 거문동으로 보냈다. 거문동에서 온 청년 한 명을 말 뒤에 태워 길잡이로 데리고 송덕리를 지나 솔치골과 오얏나무골로 갈라지는 삼거리에 이르러 망설이지 않을 수 없었다. 오얏나무골이 거문동으로 들어가는 빠른 길이 분명한데 중간에 초병을 만날 것은 뻔했다.

선발대는 초병을 만날 각오를 하고 오얏나무골로 들어섰다. 아니나 다를까, 오 리쯤 안으로 들어가니 방어용 목책이 나타났다. 화살이 미치지 않는 거리에서 소리를 질렀다.

"거기 길을 막고 있는 놈들이 누구냐?"

목책 위로 삼각뿔 모자가 불쑥 올라왔다. 화살이 미치기에는 다소 먼 거리였다.

"그냥 한 번 겁 좀 주게 한 방 먹여보아라."

선발대장이 궁수에게 명령했다. 궁수가 말 위에서 내리지도 않고 목책을 향해 화살을 날렸다. 화살은 보기 좋게 날아가 머리를 내밀고 있는 왜구의 아래쪽에 맞았다. 목책이 아니었다면 배에 맞았을 것이다. 왜구의 머리가 황급하게 목책 뒤로 사라졌다.

한참을 기다려도 목책 안에선 아무런 반응이 없었다. 선발대는 왜구들이 겁을 먹고 몸을 사리는 걸로 생각했다. 다시 한 번 큰 소리를 지르려는 순간에 목책 문이 열렸다.

"우와아!"

문이 다 열리기도 전에 요란한 함성과 함께 기마병이 쏟아져 나왔다. 고려군 선발대보다 훨씬 많은 숫자의 기병이 한꺼번에 쏟아져 나왔다. 말발굽 소리가 오얏나무골에 가득 찼다.

"말머리를 돌려랏!"

깜짝 놀란 선발대가 급하게 말머리를 돌렸다. 오십여 기의 기마가 오얏나무골의 지축을 흔들었다. 선발대는 순식간에 솔치골과 갈라지는 곳까지 후퇴했다.

"양쪽으로 갈라져라. 갈라선 다음 이백 보를 더 가서 돌아서라!"

그러자 솔치골 쪽으로 비켜서 있던 고려 기병 열 명이 동시에 왜구들의 등 뒤에 화살을 날렸다. 그와 동시에 송덕 쪽으로 달려 나간 열 명의 기병들도 왜구들의 정면을 향해 화살을 날렸다. 한 명의 왜구가 말에서 떨어지자 당황한 말들이 마구 뒤엉켜 날뛰기 시작했다. 왜구들이 숫자는 많아도 양쪽으로 포위된 상황이니 당황할 수밖에 없었다. 왜구들은 다급하게 말머리를 돌려 오얏나무 골로 퇴각해 들어갔다. 고려군 선발대는 도망치는 왜구들을 추격 하지 않고 물러났다.

선발대는 화살에 맞아 떨어진 왜구의 수급을 베어서 괴주로 돌 아왔다. 괴주의 연호군들은 선발대가 왜구의 수급을 베어오자 사 기가 올랐다. 왜구의 수급을 긴 장대 끝에 매달아 마을 입구에 세 워 놓았다.

후지와라는 오얏나무골에서 있었던 전투 보고를 받고도 얼굴색 하나 바꾸지 않았다. 목책 밖으로 치고 나간 게 패인이었다.

후지와라는 장연현 야철로에서 잡아온 김공철과 야철공들에게 저녁 대접을 후하게 하고 방안으로 들어오게 했다. 김공철은 자신 들에게 왜 후하게 하는지 이유를 알 수 없어 불안했다. 방안에 다 섯 명의 야철공들이 나란히 앉고 후지와라가 마주 보고 앉았다. 후 지와라의 앞에는 방금 주물틀에서 빼 온 야철괴 하나와 칼집에서 꺼낸 기다란 일본도가 놓여 있었다.

야철공들은 방금 꺼낸 야철괴로 칼을 만들어 내라고 요구하려 는가 생각했다. 후지와라는 이 노인을 비롯한 송덕마을과 거문동 의 촌장들도 함께 방안으로 들어오게 했다. 금은사에서 잡혀온 석 찬 스님도 같이 들어오게 했다. 사람들은 무슨 영문인지도 모르고 방안으로 들어갔다.

"이리들 앉으시오."

후지와라의 목소리는 지금까지와는 다르게 많이 부드러웠다. 세 개 마을의 촌장들은 윗목에 나란히 앉았다. 석찬 스님도 그 곁에 앉았다. 이 노인은 자리에 앉아 바닥에 놓인 물건을 유심히 바라보았다. 금방 뽑아낸 야철 편과 잘 만든 일본도 하나가 대조적이었다. 물론 일본도도 야철을 두드려 만든 물건임에는 틀림없었다.

"이제부터 하는 말을 잘 들으시오. 나와 여러분은 형제요. 특히 앞에 계신 분들과는 정말로 같은 피를 나눈 형제요. 나의 오랜 조상님들도 이곳에서 철을 생산해 내셨을 겁니다. 그러던 것이 형제가 갈라져 우리 먼 할아버지는 일본으로 건너가게 되었던 것이오. 만약 그때 나의 할아버님이 이곳을 떠나지 않았더라면 나도 지금 여기에서 여러분과 함께 일하고 있었을지도 모르는 일입니다. 나는 고려 땅에 보물이나 얻자고 들어온 게 아니오."

후지와라의 목소리는 낮지만 진지했다. 그러나 이 노인은 보물이 아니라면 그보다 더 귀중한 것을 얻으러 온 것이라 생각했다. 후지와라는 계속 이야기를 이어갔다.

"지금부터 천 년 전의 일입니다. 이곳을 다스리는 백제라는 아주 큰 나라가 있었소. 그 나라에 근초고왕이라는 위대한 왕이 있었지요. 일본도 그때는 백제의 나라였소. 우리 조상님들은 칠지도라는 보물과 함께 일본으로 보내졌지요. 지금의 규슈입니다. 규슈는 확실한 백제의 영토였습니다. 그때는 제대로 된 일본이라는 나라가 세워지기도 전이었습니다. 우리 조상님들은 바로 여기서 생산된 이 물건을 들고 건너간 것이었습니다."

후지와라는 바닥에 놓인 야철괴를 들어 올렸다.

"이것이 보습이 되고 괭이가 되어 규슈의 땅을 일구었지요. 그러던 것이 어느 때부턴가 이런 칼로 변한 것입니다. 내가 이곳에 온 것은 단지 내 조상의 땅에 돌아온 것뿐입니다. 여러분이 환영해 주지 않아도 할 수 없습니다. 이곳은 우리 할아버지의 땅이기도 합니다."

후지와라와 마주 앉은 야철공들도 마을 촌장들도 난데없는 말에 대꾸를 할 수 없었다. 예전부터 왜구들이 우리 땅을 침범해 노략질을 했다는 이야기는 숱하게 들었어도 이런 이야기는 처음이었다.

후지와라는 잠시 말을 끊고 품 안에서 콩알만 한 쇳조각들을 꺼내 바닥에 내려놓았다. 사람들의 시선이 일제히 바닥에 내려놓은 쇠붙이에 쏠렸다. 쇠붙이의 한 면에는 각기 다른 글자가 거꾸로 새겨져 있었다. 바로 금은사의 동자승이 훔쳐서 품에 넣고 다니던 물건이었다.

"여러분은 이것이 무엇이라 생각하시오?"

"이건 쇠가 아닙니까?"

"쇠가 맞습니다. 지금 당장 먹을 묻혀 글자를 찍어내 보도록 하지요."

후지와라는 밖에 서 있는 수하에게 먹을 구해오라고 명령했다. 거문동 촌장이 먹이라면 자신의 집에 있는 것을 가져오겠다고 했다. 후지와라가 그렇게 하라고 하자 거문동 촌장은 밖에 서 있는 아들을 불러 집에 있는 먹과 벼루를 가져오도록 시켰다.

"이건 어디에서 나온 물건입니까?"

"그것은 여기 앉아 계신 스님께서 잘 아실 겁니다. 아마도 청주의 홍덕사에서 만든 물건이 분명할 것이오. 이건 철이 아니라 청동으로 만든 물건 같은데 여러분들도 만들 수 있겠지요?"

후지와라가 야철공들을 바라보며 물었다. 야철공들은 모두 머리를 절레절레 흔들었다. 그러자 후지와라는 시렁 위에 놓아두었던 책을 내려왔다. 상하로 이루어진 백운화상초록불조직지심체요절이었다. 후지와라가 책의 가운데 장을 펼쳤다. 붓으로 직접 쓴 것보다 정갈한 글씨체가 양면에 빼곡히 들어차 있었다. 후지와라가 금속활자 하나를 들어 책 가운데에 놓고 뒤집어 보았다. 거꾸로 된 글이지만 글씨체가 같다는 걸 한눈에 확인할 수 있었다. 글자의 크기도 똑같았다.

잠시 후에 가져 온 벼루 위에 먹을 갈았다. 먹이 적당히 갈리자 후지와라가 쇠붙이에 먹물을 묻혀 가져온 한지 위에 꾹 눌러 찍었다. 쇠붙이를 들어 올리자 한지 위에 선명한 볼 관자가 나타났다. 그러나 책에 나타난 글자와 먹의 색깔이 현저하게 달랐다. 먹의 농도가 책보다 훨씬 진했다. 후지와라는 고개를 갸웃했다. 촌장들

옆에서 가만히 앉아 있는 석찬 스님을 바라보다 부드러운 목소리로 물었다.

"이것이 어째서 먹의 색이 다른 것이오?"

"그야 먹이 서로 다른 탓이 아니겠소. 이 책에 사용한 먹은 송연묵이 아니라 동유라는 기름을 태워 만든 유연묵이오."

"오호! 이건 먹부터 다른 것이구려. 스님 어떠시오? 여기 야철공들과 함께 하면 이런 물건을 만들어 낼 수 있겠소?"

석찬 스님은 후지와라의 물음에 대답도 하지 않은 채 고개를 가로저었다. 지난날 흥덕사에서 직지를 만들 때의 일이 주마등처럼 머릿속에 스쳐 지나갔다. 금속활자는 후지와라가 생각하는 것처럼 순식간에 만들 수 있는 물건이 아니었다. 물론 쇠를 녹이는 야철공도 필요하지만 그것은 아주 기초적인 기술에 불과했다. 인쇄할 글자를 쓰고 밀랍에 새기는 각수에서부터 황토로 주물틀을 만드는 과정까지만 해도 허투루 지나치는 과정이 하나도 없었다.

활자가 주물틀에서 완성되어 나와도 책으로 엮어지기까지는 또 수많은 과정을 거쳐야 했다. 활자 하나하나를 깔끔하게 다듬은 다음에는 인판 틀을 준비해야 한다. 인판 틀에 네 변을 돌리고 중간에 판심을 마련한다. 각 줄은 계선으로 칸막이를 한다.

인쇄하고자 하는 원고를 창준이 차례로 부르면 수장이 활자를 찾아내어 위에 올려놓는다. 골라 놓은 활자가 한 장이 되면 판에 올린다. 균자장은 활자 배열이 끝난 뒤 대나무 조각을 이용해 활자의 틈에 끼워 움직이지 않게 한다. 그런 다음 다지개로 활자가 수평이 되도록 바로잡는다.

균자장이 판을 완성해 놓으면 인쇄가 시작된다. 유연먹을 활자판에 바르는 사람이 있고 인출장이 종이를 올려놓고 말총을 이용해 잘 문지른다. 균자장이 오자와 탈자를 바로 잡으면 마지막으로 감교관이 마지막 교정을 보는 것으로 금속활자의 인쇄가 끝난다.

이렇게 수많은 사람들이 달려들어 한 치의 오차도 없이 해나가야 하는 일을 후지와라는 아무런 준비도 없이 단숨에 해내려고 욕심을 부렸다. 야철공들이 동전을 찍어내듯이 주물을 부어 글자만 만들어내면 되는 걸로 생각하는 것 같았다.

석찬 스님은 후지와라의 얼굴을 유심히 들여다보았다. 기억이 선명하게 남은 인상이었다. 처음 금은사에서 마주쳤을 때는 물소뿔 투구만 보고도 삼 년 전의 악몽이 떠올랐었다.

후지와라는 석찬 스님의 얼굴을 뚫어져라 바라보았다. 한참을 그렇게 바라보다가 고개를 좌우로 흔들었다.

"내가 고려 땅에서 스님들은 많이 만나보았지만 기억이 나지 않소."

"그러시겠지요. 그러나 이것은 처음 보는 책이 아니지요?"

후지와라는 석찬 스님이 가리키는 백운화상초록불조직지심체요절을 들여다보았다. 그의 얼굴에 묘한 떨림이 일었다. 석찬 스님은 미묘한 움직임을 놓치지 않고 바라보았다.

"장군께서는 삼 년 전 경신년에 진포로 들어오셨지요?"

석찬 스님의 질문에 후지와라의 검은 눈썹이 가늘게 떨렸다.

"도대체 스님은 어디에서 나를 본 것이오?"

"상주의 은월암을 기억하십니까? 속리산 자락에 있는 작은 암자였습니다. 거기에서 두 사람을 죽이고 이 책을 빼앗아가지 않았습니까?"

후지와라의 얼굴이 붉으락푸르락했다. 죄를 짓고도 오히려 화를 내는 아이처럼 흥흥 콧소리를 냈다.

"그때 사람을 죽이고 빼앗아간 책은 어떻게 되었습니까? 무사히 일본국으로 가져갔나요?"

"그만! 그만하시오. 그 이야기는 듣고 싶지 않소."

후지와라가 버럭 소리를 질렀다. 후지와라의 기세에 석찬 스님은 말을 멈추었다. 그때 상주로 들어왔던 왜구들은 결국 고려군에 쫓겨 경산부를 거쳐 지리산 자락의 인월과 운봉에서 삼도 순찰사 이성계 장군에게 전멸을 당하고 말았다. 그 중에 간신히 목숨을 부지한 왜구들은 지리산을 타고 남해안으로 나가 겨우 목숨을 건질 수 있었다.

"그 때 은월암에 숨어있던 자들과는 어떻게 되는 사이오?"

"장군께서 죽인 사람은 인출장 최은집과 감교관 박재만이었소. 이 고려 땅에서도 다시는 구할 수 없는 기술자들이었소. 금속활자를 만드는 데 없어서는 안 될 사람들이었지요."

"이곳에서 홍덕사까지는 거리가 얼마나 됩니까?"

"백팔십 리 길입니다."

"흠, 그리 멀지 않은 길이구려. 거기에 가면 예전의 기술자들을 데려올 수 있을까요?"

"이건 사람의 힘으로 만들어지는 게 아니오."

후지와라는 백운화상초록불조직지심체요절 상, 하권 두 권을 석찬 스님 앞에 밀어 놓았다.

"스님께서는 당장 내일부터 금속활자를 만들도록 하시오. 필요한 것이 있으면 무엇이든 말씀을 하시오. 이것이야말로 이곳에 새 나라를 만드는데 꼭 필요한 물건이 될 것이오."

"허어, 나무아미타불. 문명은 하늘에서 갑자기 뚝 떨어지는 게 아니라오. 이거야말로 우물에 가서 숭늉을 내놓으라고 하는 것과 같소. 지난 정사년에 홍덕사에서 이걸 만들었소. 자그마치 백 명에 가까운 사람들이 매달려 만든 것이오. 여기에 사람이 있어야 만들지요."

"야철로에서 일하던 야철공들이 있지 않소. 이것도 어차피 쇳덩이가 아니오."

후지와라는 품에서 잣송이처럼 생긴 활자 송이를 꺼내었다. 황토로 만든 주물틀에서 꺼낸 쇳덩이였다. 크기는 잣송이만 해도 백여 개나 되는 글자들이 가지 끝에 달려 있었다. 그 글자들을 떼어내 다듬어 활자판에 밀랍으로 고정시키면 되었다. 하지만 쇠를 녹여 주물틀에 넣기 전까지 수많은 과정을 거쳐야 비로소 활자가 되어 나올 수 있었다.

"이 쇳덩이는 무엇이오? 황금은 아닐 테지요?"

"이건 청동입니다. 구리에 주석을 섞어 만든 것이지요."

"쇠로 만들 수는 없단 말이오? 박달산에서 나오는 광석에서 청동을 뽑아낼 수 있지 않소? 아니면 금으로 만들면 되지 않소."

"쇠는 너무 고온에서 녹아 작은 주물틀에 부어 넣을 수가 없소. 그러다간 주물틀이 터져 사람이 크게 다치게 될 것이오. 금은 청동과 비슷한 온도에서 녹으니 가능은 하겠지만 많은 양을 구하기가 쉽지 않을 테지요."

"내일부터는 광산에 사람들을 보내도록 할 것이오. 스님께서는 금속활자를 만드는 데 무엇이 필요한지 일일이 목록을 만들어 놓으시오. 필요한 것은 하나하나 구하면 될 것 아니오. 우선 이곳에서 생산되는 황금으로 금속활자를 만들도록 하시오. 예전부터 금으로 장신구를 만들었으니 활자를 만드는 일도 과히 어렵다고 생각하지는 않소. 내 말이 틀렸소?"

석찬 스님은 말문이 막혀 대답을 하지 못했다. 황금으로 금속활자를 만든다는 이야기는 듣지도 보지도 못했다. 그만한 양의 황금을 구하는 일이 쉽지 않을 것이다. 이곳에서 구할 수 없는 것은 재료가 아니라 사람이었다. 금은사에 들어온 지 벌써 3년이 되었는데 균자장 이무홍과 야철장 김인국의 소식을 들은 게 전부였다. 새삼 자신이 지켜보는 가운데 은월암에서 후지와라에게 목숨을 잃은 인출장 최은집과 감교관 박재만이 그리웠다. 석찬 스님은 자신도 모르게 한숨을 내쉬었다.

후지와라의 얼굴에 만족한 빛이 번졌다. 박달산 금광에서 당장 노다지가 쏟아져 나오는 것으로 착각하는 것 같았다. 그 노다지로 황금의 나라를 세우기라도 하려는 사람 같았다.

"일에는 순서가 있는 법이지요. 너무 다그치지 말고 순리대로 풀어나가시기 바랍니다. 모든 일이 장군님이 바라는 방향으로 잘 풀리기를 바랍니다. 우리가 도울 일이 있으면 성심껏 돕도록 하겠습니다. 제발 산 사람의 목숨만은 귀하게 여겨 주시기 바랍니다."

"여부가 있겠습니까. 우리의 지시만 잘 따른다면 다치는 사람이 없을 것입니다. 먼저 야철로에서 나오는 황금은 이 책에 금박을 입히는데 사용하도록 하시오."

국운

홍덕사 식솔들이 금은사에 들어와서 두 해를 넘긴 해 가을이었다. 난데없는 반가운 손님이 들이닥쳤는데 바로 황산에서 왜구를 크게 무찔러 명성을 날린 삼도순찰사 이성계 장군이었다. 이 년 전에 홍덕사 식솔들을 금은사로 데려온 사람이 바로 장군이었기에 감회가 남달랐다. 석찬 스님과 홍덕사 식솔들은 모두가 무릎을 꿇고 장군에게 인사를 올렸다.

"장군님 덕분에 저희가 목숨을 건졌습니다. 우리 미천한 백성들을 위해 양곡을 보내주시니 그 은혜가 하늘과 같습니다."

"무슨 말씀이십니까. 미천하다니요. 앞으로 나라를 위해 큰일을 하실 분들인데. 그래 금속활자 연구는 많이 진척이 되었습니까?"

이성계 장군은 대뜸 금속활자에 대해 물었다. 석찬 스님은 그간의 진척에 대해 상세히 설명을 했다. 무엇보다 최인규가 해주에 가서 유연묵 제조기법을 배워 온 것은 큰 진척이었다. 그동안 채취한 각종 산열매의 기름을 사용해 만든 유연묵이 여러 종류였다. 인쇄된 종이 여러 장을 장군 앞에 펼쳐 놓았다.

"이것이 생강나무 열매에서 나온 동박기름으로 만든 유연묵입니다. 아마 세상에서 처음으로 만든 먹이 아닌가 싶습니다."

"오호, 그렇군요. 이건 무슨 먹으로 찍어낸 것입니까?"

장군이 종이 한 장을 별도로 짚었다. 글씨가 다른 것에 비해 선명하고 윤기가 흘렀다. 바로 참기름으로 만든 유연묵이었다. 워낙 재료비가 비싸서 함부로 만들 수가 없는 물건이었다.

"이것이 바로 호마유로 만든 유연묵입니다. 가격이 비싼 탓에 많이 만들 수가 없었습니다."

"가격이 만만찮다니 아쉽군요."

석찬 스님은 호마유 유연묵이 반드시 장점만 있는 것은 아니며 종류마다 장단점이 있으므로 배합을 잘하기만 하면 최상의 먹을 만들 수 있을 것이라고 했다. 이성계 장군은 인쇄된 종이를 들어 살펴보더니 만족하는 듯했다. 장군은 가지고 온 책 한 권을 내놓았다. 제목에 대명률이라고 쓰여 있었다.

"이건!"

석찬 스님이 놀란 입을 다물지 못했다. 대명률이라면 이제 개국

한 지 15년이 지난 명나라의 율법책인 것이다. 이런 책을 어떻게 입수할 수 있었는지 놀라웠다.

"이건 명나라에서 당나라의 당률과 원나라의 원전장을 참고하여 만든 것입니다. 이미 개국을 하기 전에 준비하여 공표를 한 것이지요. 모두 30권으로 되어 있다는 데 어렵게 한 권을 구했습니다. 물론 필사본이지요."

석찬 스님은 책을 들어 두서없이 펼쳐보다가 내려놓았다. 어쩌면 이런 책을 들여다보았다는 사실 하나만으로 목숨이 날아갈 것 같았다. 가만히 장군의 얼굴을 올려다보았다. 표정 없는 준엄한 모습이 바위를 보는 듯 했다.

"어찌하여 이런 책을 소승에게 보여 주시는 것입니까? 소승의 두 눈을 온전히 보전하기가 쉽지 않을 듯합니다."

"스님께서 너무 앞서서 생각을 하시는 것 같습니다."

장군은 대명률을 구하게 된 이유를 조목조목 설명했다. 불가에서는 불법의 포교를 위해 책이 필요하듯이 나라에는 나라를 다스리는 법이 필요하고 그걸 책으로 만들어 널리 읽히게 하는 것이 합당하다는 것이었다. 나라가 어수선 할 때는 간신이 활개를 치고 힘 있는 자가 권세를 휘두르게 되는데, 법이 바로 서야 나라가 휘둘리지 않고 바로 선다는 것이었다.

"힘으로 나라를 지키는 것도 중요하지만 사리에 합당하게 나라를 다스리는 것도 중요합니다. 당나라가 300년 동안이나 나라를 이어오고 문화가 융성했던 것도 당률이 있었기 때문입니다."

"그런데 원전장이 있었던 원나라는 어찌 백 년을 채우지 못하고 무너진 것인지요?"

"바로 그것입니다. 나라를 힘으로만 다스리려 하다 보면 반드시 단명할 수밖에 없는 것입니다. 힘은 힘에 눌리기 마련이니까요. 나라가 위기 때는 무가 필요하지만 태평성대를 구가하는 것은 문이 융성해야 가능하지요."

석찬 스님은 장군의 말뜻을 제대로 이해하기 힘들었다. 경신년 이후에 왜구들이 끝이 난 줄 알고 있었는데 그게 아니었다. 왜구들은 하루가 멀다 하고 각지의 연안을 침구했다. 경신년처럼 대규모 침구는 없었지만 끊이질 않았다. 그동안에 어찌하여 이성계 장군은 왜구토벌에 나서지 않았는지 궁금했던 차였다.

왜구들의 등쌀에 농사를 제대로 지을 수 없게 되자 기근이 들었다. 관리들에게 녹봉조차 제대로 지급할 수 없는 지경이었다. 왕은 매일 사냥으로 소일했고 나라를 다스리는 것은 이인임 영문하 부사가 도맡아 했다. 무장들을 누르고 있는 것은 백호만호 최영 장군이었다.

환관 이득분과 동지밀직사 목충이 이인임과 최영을 헐뜯는 말을 했다가 내침을 당했다. 누구도 함부로 바른 말을 할 수 없는 세상이었다. 이성계 장군이 황산에서 왜구를 크게 무찌르고도 함부로 공을 내세우기를 꺼린 것도 주변의 분위기가 좋지 않았기 때문이었다. 어수선한 시절에 함부로 앞에 나섰다가는 중상모략을 당하기 일쑤였다.

황산에서 대승을 거두고 귀경하는 길에 본향인 전주에 들렀었다. 전주의 유지들인 집안사람들이 모두 나서 이성계 장군의 출사를 종용했는데 하나같이 어지러운 조정을 바로 잡아야 한다는 것이었다.

"어지러운 나라를 바로 잡으려면 간신들을 과감하게 쳐내야 합니다."

그들이 주장하는 간신이라 함은 이인임을 이르는 말임은 두말할 나위가 없었다. 한 사람이 나서서 이런 이야기를 하다가는 가문이 멸족을 당할 우려가 있으니 조심해야 한다고 했다.

황산에서 왜구들을 대파하고 귀경한 장군은 처신에 신중을 기했다. 왕을 비롯한 문무백관들이 공적을 치하했지만 보이지 않는 칼날이 번뜩이는 걸 느낄 수 있었다. 공적에 취해 함부로 행동하다가는 누구의 모함에 걸려들지 알 수 없었다. 난폭하고 어리석은 왕을 보필하는 신하들 중에는 대의를 위해 몸을 던지는 자가 아무도 없었다. 모두가 자기 자리를 보전하기에 바빴다. 말로는 황산대첩의 전공을 치하했지만 속마음은 모두 불편해했다. 모두 예민한 눈초리로 장군의 일거수일투족을 바라보았다. 그러니 시기에 가득찬 사람들 틈에서 자신의 입으로 전공을 떠들고 다니다간 무슨 봉변을 당할지 알 수 없었다.

경신년 전투로 또 다른 시샘을 받는 사람이 있었다. 바로 화통도감을 운영해 화약과 화포를 만들어 진포에서 왜구 선단을 박살 낸 부원수 최무선이었다. 실세의 노골적인 견제로 화통도감을 제대로 운영하기 힘들 정도였다.

"전하, 화통도감을 폐쇄해야 마땅합니다. 화약의 힘이 너무 강하므로 자칫 나라의 안위가 위협 받을 수 있습니다. 화약의 제조와 유통을 금지령을 내려야 합당합니다."

실세 중에는 이런 터무니없는 주장을 하는 자도 있었다. 화약의 힘이 나라가 아닌 일개 개인이 독점할 경우 일어날 엄청난 재앙을 염려한 것이었다. 개중에는 화포를 이용해 왜구들의 근거지인 대마도와 규슈를 회복해야 한다고 주장하는 장수들도 있었다. 특히 사근내역 전투와 운봉전투에서 큰 고역을 치렀던 정지 장군이 앞장서 주장했다.

"대마도와 거제도 그리고 남해도는 본디 예부터 고려국의 땅인데 중국과의 교역에 왜인들이 이용하도록 허락해 준 곳입니다. 저들이 거제도와 남해도에서는 스스로 물러났지만 대마도에서는 물러나지 않고 오히려 우리나라 연안을 침구의 소굴로 사용하고 있는 실정입니다. 이에 국권을 회복하기 위해 진포에서 사용한 화포로 대마도의 왜구들을 치는 것이 합당하다고 생각합니다. 아울러 화포의 힘이라면 옛적 우리 영토인 규슈를 회복하는 것도 과히 어려운 일이 아닙니다. 지난날 원나라와 규슈를 치러 갔을 때는 태풍

철을 잘못 선택해 실패했지만 지금의 우리 수군은 그때 보다 월등한 힘을 갖추었으니 그다지 어려울 게 없을 것입니다."

정지 장군이 그런 주장을 하자 무장들이 제각기 한 마디씩 했다. 어떤 이는 화포를 사용해 명나라를 쳐야 한다고 하고 또 어떤 이는 원나라를 치는 게 유리하다고도 했다. 모두가 자기 입장에서 유리한 주장들을 하는 것이었다. 화통도감을 설치해 화포를 만들어 진포에서 진가를 발휘한 부원수 최무선에 대한 이야기는 없었다. 다들 최무선이 화통도감을 장악하게 되면 통제하기가 쉽지 않을 것 같다는 데 뜻을 같이 했던 것이다. 최무선으로서는 나서서 말 한 마디 함부로 할 수 없는 입장이 되어버렸다.

아직 혈기왕성한 30대 정지 장군의 주장을 심하게 질타하는 사람은 없었다. 아직까지 누구의 사람이라는 확실한 자리매김을 하지 않은 탓이었다. 언제라도 내 사람으로 만들 수 있다는 저의가 깔려있었다. 그리고 그의 주장이 현실에 와 닿기도 했다. 명나라를 치자는 주장은 화약을 지고 불구덩이로 들어가는 것과 같았다. 명나라는 일찍이 고려국보다 앞선 화약 기술을 가지고 있었다. 명나라에서는 고려에 사신을 보내 함께 왜를 치겠다고 했다. 그렇게 되면 고려 땅에 명나라 군대가 들어와야 하고 또다시 원나라 대신 명나라의 간섭을 받게 되는 것이었다.

"우리가 먼저 왜를 쳐서 바닷길을 안정시켜야 합니다. 그래야 명으로부터 부당한 대우를 받지 않을 것입니다."

혈기왕성한 정지 장군은 무에도 능하지만 문에도 통한 사람이었다. 사리 판단이 빠르고 적극적이었다. 저마다 꿍심을 가지고 있는 사람들도 정지 장군의 주장에 크게 반감을 표할 수 없었다. 오히려 그를 자신의 사람으로 끌어들이려고 애를 썼다.

석찬 스님은 이성계 장군에게 작금의 상황을 듣고 의아한 생각이 들었다. 상황이 이렇게 엄중한 때에 대명률을 구해 자신에게 내미는 의미를 생각해보니 소름이 끼쳤다. 그러나 내색을 하지 않으려고 금속활자에 관해 물어보았다.

"금속활자를 만들어내려면 모든 기능장들을 한자리에 모아야 하지 않겠습니까?"

"너무 조급하게 생각하지 마십시오. 때가 되면 모두 만나게 될 것입니다."

"지금 야철장이나 조각장이 있어야 하는데 이들의 근황은 알고 계시는지요?"

이성계 장군은 거기에 대답하지는 않고 고려국에 야철장이나 조각장은 얼마든지 구할 수 있을 것이라고 했다. 야철장 중에는 동종이나 동전을 만들던 기능장들도 있다고 했다. 조각장들도 마찬가지로 팔만대장경을 새기던 각수들이 있었기 때문에 찾으려면 얼마든지 가능하다고 했다. 말을 하는 것으로 보아 흥덕사에서 일했던 야철장 김원국이나 각수 장무실의 생사는 확인하지 못한 게 분명했다.

석찬 스님은 전적으로 이성계 장군을 믿고 의지할 수밖에 없는 처지였다. 딸린 식솔들을 먹여 살려 주는 분이니 따르지 않을 수 없었다. 장군의 도움이 아니었다면 많은 식솔들이 입에 풀칠하기도 힘들었을 것이다. 그러면 각자 흩어져 유리걸식을 했을 판이었다. 안 그래도 근래에 흉년이 든 데다 왜구들의 노략질로 집을 버리고 유랑하는 무리들이 늘어났다. 그들은 양식을 구걸하는 데 그치지 않고 도적질과 강도질을 서슴지 않았다.

석찬 스님은 장군이 금은사에 다녀간 뒤에 마음이 편치 않았다. 고려 조정의 암투가 눈에 보이는 듯했기 때문이었다. 나라가 위기에 처하면 군신이 한마음으로 뭉쳐 헤쳐 나가야 도리인데 작금의 상황은 그와는 동떨어진 것 같았다. 권력을 잡은 자들이 민초들의 고충은 안중에도 없는 듯했다. 장군이 남기고 간 책 한 권도 마음에 크게 걸렸다. 읽어보는 것 자체가 대역죄에 해당하는 것 같았다. 책을 기름먹인 한지에 곱게 싸서 대웅전 뒤에 묻었다.

홍덕사 식솔들은 장군이 다녀간 뒤에 일상으로 돌아왔다. 가을이라 산열매를 따러 박달산을 뒤지고 다녔고 멀리 칠성까지 나가 닥나무를 사들였다. 최인규는 산열매 기름을 태워 색다른 유연묵을 만드느라 정신이 없었다.

다음 해 봄에 이방원이 새로운 소식을 들고 금은사를 찾아왔다.

홍덕사에서 헤어진 야철공들이 동북면의 무산철광에서 일하고 있었다는 것이었다. 홍덕사에서 너무 멀리 떨어진 곳이어서 왕래가 쉽지 않았다고 했다. 그래서 최근에 충주목의 야철로로 이주시켰다고 했다. 홍덕사에서 헤어진 지 어언 3년이 흘러갔는데 소식을 안 것만으로 다행이었다. 한곳에서 지낼 수는 없어도 충주목은 근거리라 마음은 든든했다.

석찬 스님은 왜 하필이면 이곳 박달산 야철로가 아닌 충주목인가 물어보려다 입을 다물었다. 장군에게 직접 물어본다면 몰라도 방원도 거기에 대해서는 내막을 알지 못할 것 같았다. 장군이 홍덕사 식솔들을 거두는 이유를 어렴풋이 알 것도 같았다. 아직까지 모두를 한자리에 모으기에는 주변의 시선을 감당하기 힘들기 때문일 것이다.

석찬 스님은 그동안에 철원의 도피안사에 가서 균자장 이무홍을 한 번 만나고 왔다. 달잠 스님의 안부가 너무 궁금했기 때문이었다. 그러나 달잠 스님과는 처음부터 다른 길을 걸어 도피안사에 도착했기 때문에 아직 안부를 알 수 없었다.

방원은 최인규의 인출 솜씨가 일취월장한 데 만족감을 드러냈다. 먹의 품질을 개선하고 농도 조절을 잘한 결과였다.

"이제 많은 걸 이루었구나. 이만하면 된 것 같으니 이번에는 나를 따라가자. 나와 함께 글공부를 좀 해야겠다. 글자를 만지는 사람이 글을 모른대서야 말이 되겠느냐. 가는 길에 충주에도 들러보고 가자."

최인규는 함께 글공부를 한다는 말이 낯설었지만, 야철공 김원국을 만난다는 말에 마음이 들떴다. 김원국은 흥덕사 시절에 최은 집과 아주 가까이 지냈다. 가족들끼리도 허물없이 지내던 사이였다. 최인규는 김원국을 작은 아버지로 불렀다. 부모와 형제를 모두 잃어버린 최인규에게는 김원국이 살아 있다는 것만으로 위안이 되었다.

석찬 스님도 최인규와 같이 가겠다고 하자 방원이 난색을 지었다. 지금은 사람들의 움직임에 민감한 반응을 보이는 때라 신중해야 한다는 것이었다.

"지금은 권문세족과 신진사대부들의 신경전이 살얼음판을 걷는 것과 같습니다. 서로 간의 미세한 움직임에도 신경을 곤두세우고 있습니다."

"누가 우리 같은 무지렁이들의 발걸음에 신경이나 쓰겠습니까."

방원은 더 이상 석찬 스님의 제안에 토를 달지 않았다. 충주목이 지근거리라 같이 동행하지 않아도 언제라도 다녀올 수 있었다. 다음날 일행은 일찌감치 금은사를 나섰다. 일행은 정오가 되어 충주목에 도착했다. 야철공 김원국이 있는 곳은 충주 북쪽의 남한강 강변 목벌이라는 곳에 자리 잡고 있었다. 충주목은 사방에 철광석 산지가 있었다. 숯을 생산하기에 좋은 참나무 숲이 있으면 야철로

를 만들기에 좋았다. 중원의 철은 예전부터 품질이 좋기로 소문이
나 있었다.

야철공 김원국은 석찬 스님을 보자 한동안 말문을 열지 못했다.
홍덕사 식구들이 하던 일을 멈추고 모두 나와 석찬 스님과 최인규
를 맞았다.

"우리 조카가 그동안 몰라보게 컸구나. 이제 어엿한 장정 티가
나는구나."

모두 최인규의 어깨를 두드리며 반가워했다. 인규의 가족들이
왜구에게 참살 당한 걸 이미 알고 있었기에 가슴이 미어졌다. 최인
규는 야철공 김인국의 품에 안겨 북받쳐 오르는 슬픔에 한참을 울
었다.

일행은 점심을 함께한 후 오랜 회포를 풀었다. 김인국이 무산까
지 가게 된 사연을 듣고는 험난했던 여정에 절로 한숨이 나왔다.
석찬 스님은 금은사에서 지내고 있는 현황을 자세하게 일러 주었
다. 지난 날 활자의 인쇄 과정에서 미흡했던 부분을 점검해 보고
하나하나 개선책을 찾아가는 과정을 설명했다. 멀리 해주까지 가
서 유연묵 제조 기술을 배워 온 최인규의 열정에도 칭찬을 아끼지
않았다.

"그런데 이곳 야철로에서는 무슨 물건을 생산하고 있는지요?"

"청동입니다."

"그럼 활자를 주조하고 있나요?"

"그게 활자는 아닙니다. 활자를 주조하려면 조각장과 목장이 있어야 하는데 그 사람들 소식은 아직 듣지 못했습니다."

야철장 김인국은 재료의 배합을 잘 맞추어서 쇳물을 생산하는 역할뿐이고 주물틀을 만드는 것은 조각장과 목장이 하는 일이었다. 그리고 보니 흥덕사에서 일하던 식구들 절반 이상이 아직 소식을 모르는 상태였다. 이방원은 아직 찾지 못한 사람들의 행방도 계속 수소문하고 있으니 조만간 알게 될 것이라고 했다. 남은 사람들에게는 희망적인 이야기였다. 죽지만 않았으면 언젠가 만날 것이라는 희망이 생겼다.

이방원은 한참 동광석을 녹이고 있는 야철로를 둘러보고 바로 자리를 떴다. 최인규도 아쉬운 이별을 하고 이방원의 뒤를 따랐다. 석찬 스님은 이방원과 최인규를 보내고 난 뒤 야철장 김인국과 깊은 이야기를 나누었다. 김인국은 흥덕사를 나와 금강산으로 들어가려고 했었다. 결국은 생활고를 이기지 못해 무산철광까지 흘러 들어갔던 이야기에서부터 이성계 장군을 만나기까지의 이야기를 했다.

"장군님 덕분에 이곳까지 오기는 했지만 뭔가 석연치 않습니다. 스님께선 장군님을 어떻게 생각하시는지요? 지금은 동북면 도지휘사가 되어 여진족을 소탕하러 가셨습니다만."

"여진족이라고요?"

"호바투란 자가 동북면도 국경을 자주 넘나들면서 노략질을 일삼고 있는데 막아낼 장수가 없나 봅니다."

"그런데 뭐가 석연치 않다는 말씀이오?"

야철장 김인국은 대답 대신에 석찬 스님을 야철로에서 한참 떨어진 곳으로 데려갔다. 남한강 나루터 옆의 창고 뒤편이었다. 창고는 야철로에서 생산한 철괴나 동괴를 배로 실어내기 전에 보관해 놓는 곳이었다. 창고에서 한참 떨어진 곳에 봉긋한 무덤 같은 것이 있었다. 강에서 가까운 곳이라 무덤 같지는 않았다.

가까이 다가가니 봉분 같은 곳에 덧문이 달려 있었다. 자물쇠를 걸어 놓았는데 김인국이 허리춤에서 열쇠를 꺼내 자물쇠를 풀었다. 문을 열자 아주 좁은 공간이 나타났다. 김인국이 먼저 안으로 들어가서 석찬 스님을 안으로 들어오라고 했다.

봉분 안은 두 사람이 겨우 설 수 있을 만큼 비좁았다. 김인국이 무릎을 꿇고 앉았다. 바닥에서 가마니를 들어내더니 보라고 했다. 석찬 스님은 어두컴컴한 바닥에서 아무것도 볼 수 없었다. 도대체 무슨 물건을 이렇게 은밀한 곳에 감추어 놓았는지 궁금했다. 열어 놓은 덧문으로 빛이 들어와 차츰 사물을 분간할 수 있게 되었다.

"이게 무슨 물건인지 알아보시겠습니까?"

석찬 스님은 손을 내밀어 바닥에 놓인 물건을 더듬어 보았다. 손바닥에 차가운 느낌이 왔다. 쇠로 만든 물건이 틀림이 없는데 생전에 보지 못한 것이었다.

"이게 도대체 어디에 쓰이는 물건이오? 토기로 만든 굴뚝같기도 한데.”

눈이 어둠에 적응하면서 서서히 물건의 전체 윤곽이 드러나긴 했지만 도대체 알 수가 없었다.

“이게 바로 화포라는 물건입니다.”

“아! 경신년에 진포에서 사용했다는 그 화포란 말이오? 이런 물건이 왜 여기에 와 있는 것이오?”

석찬 스님은 화포라는 말에 정색을 했다. 두 눈을 부릅뜨고 바닥에 놓인 화포를 쓰다듬었다. 화포는 모두 세 개가 포개져 있었다. 김인국은 석찬 스님이 화포를 충분히 살펴보았다고 생각하자 가마니를 도로 덮었다. 야철로로 돌아와 같이 차를 마시며 이야기를 나누었다. 김인국이 이성계 장군의 주문대로 화포를 만든 이야기를 들려주었다.

일반적으로 철이 동보다는 강하지만 화포를 만드는 데는 적합하지 않았다. 동에 주석을 넣어 만든 청동은 철보다 내압성이 강해 화약의 폭발에도 잘 견딜 수 있었다. 철로 화포를 만들었을 경우에 내압을 견디지 못해 부서졌다. 그런 이유로 종을 만들 때도 철 대신 청동을 사용하는 것이다. 청동은 녹도 슬지 않고 충격에도 잘 버틴다. 금속활자를 청동으로 만드는 이유와는 좀 달랐다. 금속활자에 청동을 사용하는 것은 녹이 슬지 않는다는 장점도 있지만 철보다 다루기가 쉽기 때문이다. 청동을 만들 때 동과 함께 배합을 하는 주석은 녹는 온도가 현저하게 낮아 주조하기가 편리했다.

"이 화포들을 여기서 손수 만들었단 말입니까?"

"그렇습니다. 밖으로 새어나가지 않게 하라고 신신당부를 했지요."

"주물틀은 누가 만들었지요?"

김인국은 야철장이었다. 재료의 조합을 맞추고 불의 온도를 조절하는 것이 그의 일이었다. 주물틀을 만드는 것은 목공과 형틀공이 하는 일이었다.

"개경에서 데려왔다고 했는데 세 명의 기술자들이 왔습니다. 그 사람들은 이걸 만들고 바로 돌아갔습니다."

"아!"

석찬 스님은 짧게 한숨을 내쉬었다. 금은사 뒤뜰에 묻어 놓은 대명률 책이 생각났다. 연결해 보니 뭔가 큰 그림이 그려졌다. 자신들이 어떤 큰 흐름에 올라탄 기분이었다. 이제는 그 흐름에서 벗어나려 해도 불가능할 것 같았다. 홍덕사 식구들이 할 수 있는 일이라고는 비밀을 잘 지키는 것 밖에 별다른 수가 없어 보였다.

전투

병철이 박달산 정상에 오른 것은 날이 완전히 어두워진 뒤였다. 달천 강변의 노부부가 싸준 주먹밥을 꺼내 먹었다. 주먹밥을 다 먹고 나니 목이 말랐다. 배가 고픈 것만 생각했지 목이 마를 것은 생각하지 않았었다. 산 정상에서 밤을 샐까 생각하다가 슬슬 골짜기를 타고 내려왔다. 밤중에 산에 있다가는 사나운 산짐승을 만날 수도 있었다.

어둠 속에 길도 없는 골짜기로 내려오다 보니 나무뿌리에 걸려 넘어지는 것은 일도 아니었다. 몇 번인가 급한 비탈길에 넘어져 굴러 내려왔다. 그나마 바위 절벽 위에서 떨어지지 않은 게 다행이었다.

한참을 그렇게 엎어지고 구르며 내려왔더니 경사가 점점 완만

해지기 시작했다. 곧이어 물 흐르는 소리가 졸졸 들리기 시작했다. 물소리를 따라가니 겨우 한 모금 마실 정도의 물이 나뭇잎이 덮인 돌 사이로 흐르고 있었다. 천천히 나뭇잎을 걷어 내고 조심스럽게 물을 마셨다. 어느 정도 갈증이 가시자 다시 개울을 따라 아래로 내려가기 시작했다. 아래로 내려갈수록 물이 많아졌다. 오백 보 정도를 내려가니 제법 큰 물웅덩이가 나타났다. 그런데 신기한 것은 물웅덩이 옆에 커다란 바가지가 놓여 있었다. 누군가가 금방 물을 길어간 것 같기도 했다.

병철은 바가지로 물을 떠서 시원하게 들이켰다. 갈증이 가시자 살 것 같았다. 바가지를 내려놓고 어둠 속을 주시하니 흐릿한 형태의 기와집 처마가 눈에 띄었다. 병철은 발소리를 죽여 가며 기와집으로 살살 걸어갔다. 가까이 다가가니 산속에 어울리지 않는 기와집 한 채가 나타났다. 병철은 직감으로 절이라는 걸 알아차렸다. 기와집 서까래를 쳐다보니 울긋불긋 단청이 칠해져 있었다. 그런데 사람의 기척이 없는 게 이상했다.

병철은 하마터면 비명을 지를 뻔했다. 대웅전 앞으로 돌아 나오려고 모퉁이를 도는데 뭔가 물컹한 것이 발에 걸렸다. 낮에 눈알이 뽑힌 동자승이었다. 동자승은 병철의 발에 걸리자 희미한 신음을 냈다. 병철은 동자승이 대웅전 기둥에 묶여 있는 상황을 어떻게 보아야 하는지 알 수 없었다. 바로 옆에는 노스님이 묶여 있었다. 노스님과 동자승은 고개를 푹 숙이고 완전히 늘어져 있었다.

"도대체 이게 어떻게 된 일입니까?"

"어서 이걸 풀어주기나 하시오."

병철은 요사채에 들어가 부엌칼을 들고 나왔다. 밧줄을 풀자 두 사람은 몸을 가누지 못하고 그 자리에 맥없이 드러누웠다. 병철은 늘어진 두 사람을 요사채로 옮겼다. 두 사람 모두 눈알이 뽑혀 나온 자리에서 검붉은 피가 흘러내려 굳어 있었다.

병철은 얼른 부엌으로 나가 쌀을 찾아 솥에 안쳤다. 아궁이에 불을 피워놓고 대야에 물을 받아다 동자승과 노스님을 씻겼다.

"댁은 어디 사는 누구인데 이 밤중에 이곳에 온 거요?"

병철은 사흘 동안 자신에게 일어난 일을 차분하게 설명했다. 연풍마을에서 무고한 사람을 죽인 이야기를 듣고 노스님이 몸을 부들부들 떨었다.

"놈들은 짐승보다 더 독한 놈들이오. 이걸 어떡하지요? 날이 밝으면 분명히 놈들이 다시 이곳으로 올 것 같은데."

"놈들이 오기 전에 이곳에서 빠져나가야지요."

"하지만 앞을 못 보는 사람 둘을 데리고 이 밤중에 어떻게 나간단 말이오."

"업고서라도 나가야지요. 이곳에서 산을 넘어가면 양지실이라는 마을이 있습니다. 우선 그곳으로 내려가는 게 좋을 것 같습니다. 총각도 우리와 함께 갑시다."

병철은 망설이지 않을 수 없었다. 할아버지를 비롯한 가족을 구하기 위해서는 무조건 범의 굴로 들어가야 한다고 생각하고 있었다. 한 시간이라도 빨리 할아버지에게 가보고 싶었다. 더구나 옥분이 무슨 일을 당하고 있을지 몰라 조바심이 더했다.

충주목에는 고려 군사 1,300명이 모였다. 양광도 조전원수 왕안석의 기병이 200이요. 보병이 400이었다. 양광도 도순문사 김사혁이 거느리고 온 군사가 기병 200에 보병이 300이었다. 거기다 원수 도홍이 거느린 군사가 기병 50에 보병이 150이었다. 도열한 군사의 사기가 하늘을 찌를 듯했다. 선두에 선 왕안덕 조전원수는 당당한 자세로 말 위에서 호령했다.

"이제 고려땅에 더 이상의 왜구는 없을 것이다. 패잔병이나 마찬가지인 왜구놈들 이번에는 씨를 말려 놓을 것이다. 모두 담대한 마음으로 임하고 놈들에게 틈을 주지 마라. 자비는 없다. 눈에 보이는 놈은 무조건 베어라."

왕안덕 조전원수의 군사들은 곧바로 달천을 따라 들어가 방곡을 지나 추점을 지나서 장연현의 북쪽으로 곧장 들어가기로 했다. 김사혁 도순문사의 군사는 괴주로 들어가서 서쪽으로 진격해 들어갔다. 고려 군사들이 지나는 중원의 연도에는 사람들이 몰려나와 만세를 불렀다.

김사혁 장군의 군대는 불정을 지나 곧장 괴주로 들어갔다. 점심때가 되어 괴주에 도착했는데 입구에 높은 장대가 세워져 있고 그 끝에 사람의 머리통이 걸려 있었다. 멀리서 보기에도 앞머리가 번들번들한 왜구의 수급이었다. 그걸 본 군사들의 사기는 하늘을 찌를 듯했다. 괴주사람들이 나와 만세를 불러 김사혁 장군을 환호했다.

김사혁 장군은 미리 와 있던 선발대의 활약을 치하했다. 준비해 놓은 점심을 들고 곧장 거문동을 향해 출발했다. 이번에는 먼저 와 있던 선발대와 합류하고 괴주감무 이성길이 거느리는 연호군 150명이 뒤따랐다. 왜구 200기쯤은 순식간에 쓸어버릴 기세였다.

김사혁 장군의 군사는 오얏나무골과 솔치골로 갈라지는 지점에 와서 잠시 행군을 멈추었다. 선발대 대장으로부터 먼저 있었던 전투를 자세히 보고 받은 김사혁 장군은 군사를 둘로 나누었다.

선발대로 왔던 기병 50과 보병 300을 오얏나무골로 보내고 기병 200과 괴주 연호군을 솔치골로 들여보냈다. 양쪽 골짜기에 고려 군사들로 빼곡히 들어차 앞으로 나갔다. 어지간한 병력이 아니면 정면으로 치고 나오기는 힘들었다.

왕안덕 장군의 기병대는 빠른 속도로 진격해 점심 무렵에 장연현에 도착했다. 장연현에는 골목을 어슬렁거리는 강아지 한 마리 눈에 보이지 않았다. 왕안덕 장군은 먼저 있었던 솔치재에서의 전투상황을 보고 받고 미간을 찌푸렸다. 멀리 솔치재를 바라보니 왠지 전투가 만만하지 않을 것 같았다.

"화살을 많이 준비하고 화공도 준비하라."

왕안덕 장군의 머릿속에선 목책을 부술 묘안을 생각해 내느라 바빴다. 장연현에서 점심을 마친 후 군대의 편제를 다시 짰다. 군사들이 한꺼번에 공격하기가 쉽지 않다는 판단 하에 단위를 50명으로 줄여서 짰다. 50명 이상으로 공격하기에는 장소가 너무 비좁아 힘을 쓰기가 어려울 것 같았다. 왕안덕 장군의 일진이 솔치재로 올라갔다.

아침 일찍 잠자리에서 일어난 후지와라는 핵심 수하들을 한군데로 모았다.

"오늘은 고려 군사들이 많이 몰려올 것이다. 철저히 준비를 해서 막아내야 할 것이다. 지금부터 내가 하는 지시를 철저하게 이행하도록 하라."

후지와라는 엄숙한 목소리로 수하들에게 각자 할 일을 분담시켰다. 왜구들은 인원을 셋으로 갈랐다. 한 패는 오얏나무골로 나머지 둘은 솔치재로 가서 솔치골 쪽 목책과 장연현 쪽 목책을 지키게 했다.

후지와라는 군사들만 보낸 것이 아니라 연풍, 송덕, 거문동 사람들을 적당히 나누어 왜구들의 앞에 세우고 갔다. 한 가족을 몽땅 한군데로 보내는 것이 아니라 각자 흩어지게 해서 나눈 다음 딸려 보냈다. 혼자 도망치면 다른 곳에 있는 가족을 죽이겠다는 뜻이었다. 야마다를 오얏나무골로 보내면서 어떻게 전투에 임해야 하는지를 꼼꼼하게 일러 준 다음 자신은 솔치재로 향했다.

왜구들은 목책에 이르자 건장한 남자들을 골라 손목을 묶었다. 50여 명의 손목을 묶은 뒤 목책 문을 열고 밖으로 데리고 나갔다. 그런 다음 목책을 따라 일렬로 줄을 세웠다. 마을 사람들은 무슨 짓을 하려는 것인지 알 수가 없었다. 잠시 후에 손목이 묶인 자신들을 고른 간격으로 목책에 묶기 시작하자 어렴풋이 사태를 눈치챌 수 있었다. 자신들을 화살막이용으로 이용하려는 것이었다.

화살막이용으로 마을 사람들을 이용한 것은 오얏나무골도 마찬가지였다. 김사혁의 기병들이 오얏나무골을 한참 거슬러 올라가자 왜구들의 목책이 나타났다. 김사혁은 화살이 닿을 거리에 궁수들을 배치했다. 막 발사 신호 깃발을 치켜올렸는데 목책 앞에 어른거리는 물체가 눈에 들어왔다. 아뿔싸, 목책 앞에 촘촘하게 마을 사람들을 묶어 놓은 것이 보였다.

"궁수들은 뒤로 물러나라."

화살을 날렸다가는 마을 사람들이 화살에 맞아 고꾸라질 게 뻔했다. 기병을 앞에 세워도 목책을 치고 들어갈 방법이 없었다. 할 수 없이 방패를 든 보병을 일렬로 줄을 세워 앞으로 진격시켰다. 보병이 목책을 50 보쯤 남겨놓았을 때 화살이 쏟아져 나왔다. 화살이 방패에 날아와 박혔다.

"계속 전진하라!"

김사혁 장군이 소리를 질렀다. 보병들은 비처럼 쏟아지는 화살을 고스란히 맞으며 앞으로 걸어 나갔다. 그러나 거리가 가까워질수록 방패를 뚫는 화살의 힘이 점점 강해지기 시작했다. 방패를 뚫고 들어 온 화살촉이 몸에 닿을 지경이 되자 더 이상 앞으로 나가기가 불가능해졌다. 서너 명의 고려 군사가 방패를 뚫고 들어 온 화살에 맞아 앞으로 쓰러졌다.

"뒤로 물러서라!"

사태를 짐작한 김사혁 장군이 군사들을 뒤로 물렸다. 고려군은 몇 명의 희생자만 내고 물러설 수밖에 없었다. 목책을 향해 화살을 쏘아대면서 기병이 말을 지쳐 들어가 목책을 부수어야 하는데 그럴 수가 없었다. 목책을 향해 화살을 날렸다가는 목책 밖에 묶여있는 마을 사람들이 모두 목숨을 잃을 것 같았다.

군사를 뒤로 물린 김사혁 장군은 묘책을 생각하느라 측근들을 불러 모았다.

"이 상황을 돌파할 묘책이 있겠는가?"

"방법이 없을 것 같습니다. 전군이 한꺼번에 들이닥쳐 마을 사람들을 구해내고 목책을 부수는 도리밖에 없습니다."

"그러자면 우리 쪽의 손실이 만만치 않을 텐데."

"그래도 방법이 없습니다. 이 군사로 놈들을 잡지 못한다면 우리들도 자리를 보존하기 힘들 것입니다."

생각해 보니 맞는 말이었다. 300이 넘는 군사로 고작 60여 명의 왜구들을 섬멸하지 못한다면 세상의 조롱거리가 될 것 같았다. 그때였다. 적진을 바라보니 정면의 목책 문이 스르륵 열리는 것이었다. 김사혁은 생각해볼 겨를도 없이 자신이 앞장서 기병으로 목책을 들이쳤다. 앞에 선 기병이 목책 앞에 이를 때까지 문은 그대로 열려 있었다.

김사혁 장군이 맨 먼저 목책 문 앞을 지쳐 들어가자 눈앞에서 창날이 목을 향해 쑥 들어왔다. 잽싸게 머리를 숙여 창날을 피한 뒤, 창을 든 왜구의 목을 베었다. 목이 떨어진 왜구의 시체가 나무 토막처럼 자빠졌다. 그러나 계속해서 앞으로 지쳐 들어가려던 김사혁 장군의 말이 앞발을 번쩍 치켜들고 비명을 질렀다. 김사혁 장군은 말에서 떨어질 뻔했다. 겨우 말고삐를 잡고 앞을 보니 또 다른 목책이 정면에 가로막혀 있었다.

목책을 피해 옆으로 돌아가는 수밖에 없었다. 빠른 속도로 말머리를 좌로 돌리니 이번에는 목책 뒤에서 창날이 밀고 들어왔다. 이때 뒤에서 따라 들어오던 고려 군사의 말이 김사혁 장군의 말 엉덩이에 부딪치고 말았다. 김사혁 장군의 말이 무릎을 꿇는가 싶었다. 그 바람에 얼굴로 밀고 들어왔던 창날은 목 뒤로 지나가고 말았다. 말이 무릎을 세우는 뒷간에 김사혁 장군의 칼날이 왜구의 목을 베었다. 선혈이 장군의 얼굴에까지 튀었다. 그러나 이번에는 고려군의 말들이 한꺼번에 좁은 공간으로 밀려 들어오는 바람에 서로 뒤엉키기 시작했다.

기회를 놓칠세라 왜구들의 창이 고려군의 목을 노리고 들어왔다. 말이 방향을 틀면 또 다른 목책이 나타나고, 또 피했다 싶으면 또 다른 목책이 나타났다. 고려군은 좁은 공간을 돌파하느라 진땀을 뺐다. 몇몇 기병이 적의 창날을 피하지 못하고 목이 찔려 말에서 떨어졌다.

"후퇴하라. 뒤로 물러나라."

계속 밀어붙여도 불리하다는 판단이 선 김사혁 장군은 기병을 뒤로 퇴각시켰다. 물러 나오면서도 좌우에서 공격해 들어오는 창날에 곤욕을 치렀다.

돌아와서 헤아려 보니 10명이 넘는 기병이 돌아오지 못했다. 목책을 무너뜨릴 묘안을 짜내지 않으면 숫자로 밀어붙이기는 힘들다는 판단이 섰다. 가까운 수하들 몇몇을 불러놓고 작전을 의논했다.

"우리는 놈들보다 숫자가 많은데도 공격하기가 쉽지 않다. 놈들은 계획적으로 좁은 곳에 목책을 세운 것이다. 어떻게 목책을 무너뜨릴지 이야기를 해보시오."

"힘으로 안 되는 것은 화공으로 무너뜨려야 합니다. 목책은 생나무라서 불이 잘 붙지는 않겠지만 마른 볏짚을 이용하면 불을 붙일 수 있습니다."

부장이 나서서 자신의 의견을 피력했다. 그러나 화공을 하기 싫어서 안 하는 것이 아니었다. 그렇게 되면 목책 밖에 묶여 있는 마을 사람들이 몽땅 불에 타 죽을 수밖에 없었다.

"마을 사람들이 50명이나 목책에 묶여 있네. 그들은 어찌하란 말인가?"

"대를 위해 소를 희생하는 건 어쩔 수 없는 일입니다."

"50명이나 되는 목숨이 적단 말인가?"

"놈들을 막지 못하면 500이 희생될 수도 있습니다."

말은 일리가 있지만 눈앞에서 생사람 50명을 태워 죽일 수는 없는 노릇이었다.

"뭔가 다른 묘수를 찾아보세."

"대성산을 올라가 적을 내려치는 건 어떻겠습니까?"

"그것도 좋은 방법은 아니네. 산이 너무 가팔라서 말이 올라가지 못할 것이네. 보병이 오른다 해도 내려갈 때 적의 화살받이가 되기 십상이네."

오랜 시간 회의를 거쳐도 목책을 부술만 한 의견은 나오지 않았다. 목책을 만만하게 보아서는 안 될 것 같았다. 제대로 된 준비를 하지 않으면 목책을 부수기가 쉽지 않다는 결론이었다.

"목책보다 높은 공성차를 만들어라."

김사혁 장군은 마음이 썩 좋지 않았다. 공성차를 순식간에 뚝딱 만들 수 있는 것도 아닌데 조정에서는 많은 군대로 200기 밖에 안 되는 왜구들을 쳐부수지 못한다고 닦달할 것이 분명했다. 마음은 급한데 난관을 뚫을 묘책이 떠오르지 않았다.

솔치재에서 목책을 만난 군사들 역시 마찬가지였다. 왜구는 좁고 높은 위치에 목책을 설치해 아예 근접하기 곤란하게 만들어 놓고 있었다. 거기다 목책 앞에 마을 사람들을 묶어 놓고 있으니 공격할 방법이 없었다. 고려 군사들은 맥없이 목책 너머로 빈 화살만 날려 보낼 뿐이었다.

장연현에 도착한 왕안덕 조전원수 역시 마찬가지였다. 솔치재에서 목책을 지키는 왜구들은 성문을 열고 나올 기미가 없었다. 목책 밖에 묶어 놓은 마을 사람들은 애타는 눈빛으로 고려군들을 바라보고만 있었다. 목책 문이 스르르 열리는가 싶으면 안에서 짧고 굵은 통나무 조각을 굴리고 나와 고려군 쪽으로 굴려 보냈다. 함부로 말을 타고 비탈면을 어슬렁거리다가는 굴러오는 통나무에 치여 목숨이 날아갈 판이었다. 굴린 통나무는 비탈을 다 내려가 당오재입구의 야철로 마당까지 굴러갔다. 왕안덕 조전원수는 목책을 부술 묘책을 찾을 수 없자 기병을 보내 목책에 묶인 마을 사람들을 먼저 구하기로 했다. 왜구들은 말이 지쳐 올라오자 화살을 비 오듯 쏘아 댔다. 몇몇 기병이 화살에 맞아 말 위에서 떨어졌다.

"물러서지 마라. 목책까지 무조건 밀고 올라가라."

그러나 장군의 목소리는 군사들의 귀에까지 들어가지도 않았다. 목책 문이 열리더니 굵은 통나무들이 마구 굴러 내려왔다. 왜구들은 마을 사람들을 이용해 계속 둥근 통나무를 아래로 굴려 보냈다. 기병 하나가 굴러 내려오는 통나무를 피해 용하게 목책 앞까지 도착했다. 잽싸게 말에서 내려 묶여 있는 마을 청년 앞으로 갔다. 고려 군사가 보기에 묶여 있는 사람들 중에 유난히 몸집이 크고 힘이 있어 보이는 청년을 선택했다. 잽싸게 묶여 있는 밧줄을 끊었다. 그런 다음 청년에게 짧은 칼 한 자루를 내밀었다.

"얼른 이걸 받게. 옆에 있는 사람들을 모두 풀어주게."

두 사람은 빗발치듯 쏟아지는 화살을 피해 여러 사람의 밧줄을 잘라내었다. 밧줄에서 풀려난 마을 사람들은 아래쪽으로 내달렸다. 그러나 더 이상 마을 사람들을 풀어내기가 불가능하다는 판단이 서자 두 사람도 아래를 향해 내달렸다. 마을 청년은 몸집도 좋았지만 민첩성도 매우 뛰어났다. 화살을 한 대도 맞지 않고 고려군의 진영까지 무사히 도망쳐 왔다. 그러나 처음 밧줄을 끊은 고려 군사의 등엔 화살이 고슴도치 바늘처럼 꽂혀 있었다.

그 광경을 처음부터 지켜본 후지와라는 얼굴색이 붉으락푸르락했다.

"달아난 저 놈 이름이 무엇이냐?"

왜구 하나가 모여 있는 마을 사람 중에 겁이 많아 보이는 아낙의 목에 칼을 들이대고 도망간 청년의 이름을 물었다.

"네 눈으로 똑똑히 보았지? 달아난 저 놈 이름이 무엇이냐?"

"영규란 사람입니다."

후지와라는 왜구 한 명을 급하게 오얏나무골로 보냈다. 오얏나무골의 목책에 도착한 왜구는 마을 사람들 앞에 나타나 영규란 청년의 가족이 있느냐고 물었다. 자초지종을 모르는 영규의 가족들은 영규에게 무슨 급한 일이 생겼나보다 하고 앞으로 나섰다. 왜구는 앞에 나선 가족 중에 청년의 어머니를 데리고 솔치재 목책으로 돌아왔다.

영규 모는 솔치재에 끌려와서야 사태가 심상치 않음을 직감했다. 그러나 연약한 여자의 몸으로 도망을 치거나 어찌해볼 도리가 없었다.

"여봐라. 저 늙은 년을 묶어서 소나무에 매달아라."

왜구들은 달려들어 영규 어머니를 꽁꽁 묶었다. 그런 다음 길가에 서 있는 늙은 소나무에 밧줄을 걸었다. 왜구들 여럿이 달려들어 여자를 밧줄에 묶고 잡아 당겼다. 여자의 몸이 소나무 끝까지 달려 올라갔다. 순식간에 벌어진 일이었다.

"어떠냐? 거기서 보니 네 아들놈 영규가 보이지 않느냐? 한 번 크게 불러 보거라."

밧줄에 매달린 여인은 목책 너머 고려 군사의 진영을 바라보았다. 그러나 차마 아들의 이름을 부를 수는 없었다. 오히려 고려진영에 넘어와 있던 영규가 소나무가지 끝에 매달려 올라온 어머니를 알아보고 부르짖었다.

"어머니 안 됩니다. 이놈들아, 우리 어머니를 내려놓아라."

영규는 목의 핏줄이 터지도록 큰소리로 울부짖었다.

"이제 모자상봉을 제대로 했구나. 이제 저 년을 내려놓아라."

왜구들이 밧줄을 놓자 여인은 바닥에 퍽 소리를 내며 떨어졌다. 허리가 부러지지 않았으면 다리 관절이 부러졌을 것 같았다.

"죽여라."

후지와라가 손수 지시를 했다. 왜구 하나가 짧은 칼을 빼어 들고 여인에게로 갔다. 여인은 왜구가 칼을 들고 오는 걸 보고 비명을 지르며 그 자리에 까무러쳤다. 다가선 왜구는 여인을 짐승 다루듯 숨을 끊어놓았다.

"잡아당겨라."

여인의 몸이 맥없이 공중으로 올라갔다. 그 모습을 본 마을 사람들은 모두가 고개를 돌려 외면했다. 근방에 피비린내가 진동했다. 멀리 고려진영에 있던 영규는 어머니가 이미 죽었다는 사실을 알아차렸다. 공중으로 달려 올라가는 어머니의 모습은 이미 산 사람이 아니었다. 왜구들이 한 짓을 알아차린 영규는 눈이 뒤집혔다.

"이 능지처참할 놈들."

영규는 옆에 있던 병사의 창을 빼앗아들고 목책으로 달려갔다. 왜구들이 기다렸다는 듯이 화살을 날렸다. 몸의 여기저기에 화살이 날아와 박혔다. 목책 문에서 열 보 앞까지 왔을 때 영규의 몸엔 셀 수 없을 정도의 화살이 박혀 있었다. 마지막 안간힘을 쓰며 창을 목책 위로 던지려는 순간 화살 하나가 영규의 이마에 푹 하고 박혔다.

청년이 쓰러지고 나서 양쪽 진영에는 침묵이 흘렀다. 마을 사람들은 끔찍한 광경에 혼이 나간 듯 아무도 입을 여는 사람이 없었다. 그때 침묵을 깨고 후지와라가 마을 사람들을 향해 외쳤다.

"우리에게 협조를 하지 않으면 누구나 이렇게 될 것이다. 너희는 이미 고려국 사람이 아니라 새로운 나라의 사람이라는 걸 명심해라. 우리는 이곳에 일본국도 아니고 고려국도 아닌 새로운 나라를 세울 것이다. 너희들은 우리가 세우는 새로운 나라의 주인이라는 것을 명심하라. 자 이제 모두 보았을 테니 몸을 묶지는 않겠다. 자진해서 목책 밖으로 나가 이곳을 지키도록 하라."

잠시 후 목책의 문이 열리고 부족한 만큼의 마을 사람들이 밖으로 걸어 나왔다. 밧줄에 묶여 있던 사람들이 탈출한 자리에 섰다. 방금 벌어졌던 광경을 보면 밧줄에 묶여 있지 않아도 함부로 도망칠 생각도 할 수 없는 노릇이었다.

고려진영의 왕안덕 조전원수는 이제까지 맞닥뜨렸던 왜구들과는 비교할 수 없을 정도로 교활하고 악랄한 놈들이라는 걸 뼈저리게 느꼈다. 군사의 숫자만으로는 목책을 부수는 일이 불가능하다는 판단을 했다. 그렇다고 마냥 시간만 죽이고 있을 수는 없었다. 시간이 무한하다면야 어려운 일은 없었다. 목책을 지키고만 있으면 놈들의 양식이 떨어져 손들고 나오는 수밖에 없을 것이다. 그러나 200기의 왜구를 1,000명이 넘는 고려 군사가 물리치지 못한다면 조정에서 어떻게 생각할지 뻔한 노릇이었다.

왕안덕 조전원수는 수하 한 사람에게 백기를 들고 목책으로 가게 했다. 협상을 하자고 보낸 것이었다.

"우하하하. 진작 그럴 것이지. 우리도 고려 군사들과 전쟁을 하러 온 것이 아니다. 대장을 이리로 보내라. 나도 나가겠다."

백기를 든 군사가 돌아오고 나자 목책 문이 열리고 말을 탄 후지와라가 목책 앞에 섰다. 갑옷으로 온몸을 두르고 머리에는 두 개의 물소뿔이 치켜 올라간 투구가 괴물 같은 느낌을 주었다.

왕안덕 조전원수가 고려진영에서 말을 타고 언덕 위로 올라갔다. 양쪽 진영에서는 숨을 죽이고 두 사람의 조우를 지켜보고 있었다.

두 사람은 정확히 양 진영의 중간 지점에서 만났다. 두 사람은 먼저 자기의 이름을 밝히고 가벼운 목례로 인사를 나누었다.

"일본국의 장수가 우리 고려 땅에 허가도 없이 나타난 것이 무슨 이유요?"

"나는 전쟁을 하러 고려국에 온 것이 아닙니다. 고려국의 국왕을 뵈러온 사신입니다."

"사신이 허락도 없이 무장을 하고 오는 법은 없습니다."

"법도에 어긋나는 줄은 알고 있습니다. 그러나 이번만은 아주 특별한 경우입니다."

"무엇이 특별하다는 것입니까?"

"이건 두 나라 사이의 국운이 걸린 일입니다. 고려국에 이로울 뿐 절대 해로운 일이 아닙니다. 나는 고려국왕에게 보내는 국서를 가지고 왔습니다."

"국서라구요? 누가 보내는 국서란 말이오?"

"일본국의 천황께서 보내는 국서요."

"일본국 천황이 도대체 누구란 말이오?"

"장군도 일본국의 복잡한 사정을 알고 계시는군요. 우리는 중원 대국인 명으로부터 가네요시왕자가 국왕으로 책봉을 받은 나라요. 고려국은 아직 책봉을 받지 못한 걸로 알고 있소."

"그 가네요시 왕자가 보냈단 말이오?"

"아니오. 일본국의 정통 국왕이신 조케이 천황께서 보낸 밀서요."

"그렇다면 밀서를 넘겨주시지요."

"제가 이인임 영문하부사께 직접 전달하겠소."

"이인임 영문하부사를 어떻게 아는 것이오?"

"일본국 사람들은 고려국을 실제로 통치하시는 분이 이인임 영문하부사라는 걸 삼척동자도 다 알고 있소."

왕안덕 조전원수는 끙 하는 신음을 내뱉었다. 고려 천지에 이인임을 모르는 사람은 아무도 없었다. 자신도 선왕이 죽고 어린 우왕을 보위하는데 이인임의 옆에서 큰 역할을 했던 사람이었다.

"그렇다면 더더욱 나에게 넘겨주도록 하시오. 나 왕안덕하면 고려 천지에 이인임의 사람이라는 걸 모르는 사람이 없소."

"그렇다면 잘 되었소이다. 기다리시오. 가서 밀서를 가져오겠습니다."

"그리고 마을 사람들을 함부로 죽이는 일은 삼가주시오."

"알겠습니다. 화해하는 의미로 소 10마리와 쌀 10섬을 보내주시오. 그러면 나무 위에 사람을 매다는 일은 없을 것이오."

"알겠소."

왕안덕 조전원수는 수락하기는 했지만 고약한 생각이 들었다. 소와 쌀을 보내지 않으면 마을 사람들을 죽이겠다는 협박이나 다를 게 없었다. 속으로 쾌재를 부른 것은 거문동에 식량이 많이 남아 있지 않다는 사실을 알아차린 것이었다. 수백 명이 넘는 인원이 매일 먹자면 어지간한 식량으로는 힘들 것이다.

왕안덕 조전원수는 후지와라가 건네준 밀서를 받아들고 적잖이 고민에 빠졌다. 나라의 허락도 없이 도적처럼 침구해 온 왜구에게 밀서를 받는다는 사실이 상식에 어긋난 때문이었다. 두루마리로 되어 있는 밀서의 봉인을 뜯어보자니 망설여졌다. 진짜 일본 국왕이 보낸 봉인을 자신이 뜯는다는 것은 국법에 맞지 않았다. 나중에 일이 어떻게 풀어질지 모르는 상황에서는 모든 결정이 어렵기만 했다. 왕안덕 조전원수는 숙고 끝에 밀서의 봉인을 뜯지 않고 바로 개경으로 올려 보냈다.

　왕안덕의 군사들은 솔치재 목책 앞에 일부만 남아 있고 나머지
는 장연현으로 철수했다. 소 10마리를 구해 길마를 얹고 그 위에
쌀을 얹어 거문동으로 올려 보냈다. 후지와라도 목책 앞에 묶어 놓
았던 마을 사람들을 모두 풀어 목책 안으로 데리고 들어갔다. 전투
는 잠시 휴전상태로 들어갔다.

　오얏나무골에서 대치하고 있는 김사혁 도순문사는 군사를 솔
치골 입구로 물렸다. 그러나 공성차를 만드는 일은 계속 진행시켰
다. 목책을 부술 방도 하나는 확보해 놓고 있어야겠다는 생각이었
다. 밀서가 개경으로 올라갔다고 해서 모든 일이 잘 풀릴 것이라는
보장은 없었다.

　거문동에서는 때 아닌 잔치가 벌어졌다. 왜구들은 고려군이 보
내 온 소 10마리를 한꺼번에 잡았다. 쌀 10섬으로 한꺼번에 밥을
짓고 떡을 만들었다. 왜구들은 물론이고 마을 사람들도 모두 대들
어 고깃국과 쌀밥을 먹게 해주었다. 배를 주리고 있던 마을 사람들
은 모처럼의 포식에 긴장했던 마음을 풀어놓았다.

　그 모습이 가관이었다. 방금 많은 마을 사람들이 죽어나간 현장
을 보고 온 사람들 같지 않았다. 더군다나 왜구의 칼에 죽은 영규
의 어머니를 생각하면 차마 먹을 것이 목구멍이 넘어가지 않아야
정상이었다. 사람은 옆에서 누가 죽어나가도 자신의 배고픈 것이

제일 서럽다는 말이 사실이었다. 그러나 자신들이 하는 짓이 얼마나 인간으로서 한심한 짓인지 미처 깨닫지 못했다.

그 때 밖에서 왜구 한 사람이 보고할 것이 있다며 후지와라를 찾아왔다. 후지와라가 일어서지도 않은 채 방문을 벌컥 열어젖혔다.

"무슨 일인가?"

"하이! 금은사에 포박해 놓았던 중놈들이 사라졌습니다."

"뭐라고? 눈알을 뽑아놓았는데 어떻게 도망을 쳤단 말이냐?"

"그걸 모르겠습니다. 묶어놓은 밧줄이 잘린 걸 보니 침입자가 있었던 것 같습니다."

"침입자라고? 지금부터라도 마을 사람들을 단단히 감시하도록 하라. 침입자가 있다면 반드시 잡아 내야 한다. 마을 사람들을 철저히 감시하도록 하라."

"하이!"

보고를 마친 왜구가 물러가자 후지와라가 방문을 거칠게 닫았다. 이 노인은 마을 안에 심상찮은 일이 벌어지고 있다는 걸 느낄 수 있었다. 후지와라는 다시 직지심체요절을 면밀히 들여다보았다. 석찬 스님은 노스님과 동자승이 탈출했다는 소식을 듣고 가슴을 쓸어내렸다.

토착왜구

아침부터 수수밭에 숨어든 병철은 바로 옆에 있는 콩밭에서 익지도 않은 콩꼬투리를 따서 씹었다. 비릿한 맛이 입 안에 가득 찰 뿐 허기가 채워지지 않았다. 뱃속에선 연신 꼬르륵 소리가 났다. 날이 저물고 나서 할아버지를 찾아볼 생각으로 하루 종일 수수밭에서 꼼짝하지 않고 기다리고 있었다.

병철은 날이 완전히 저물자 수수밭 고랑을 슬슬 걸어 나왔다. 병철이 수수밭을 막 빠져나오려는 순간이었다. 검은 그림자들이 앞을 떡하니 막아섰다. 뒤돌아보니 뒤에도 가로막고 서 있었다. 자신의 위치를 미리 알아차리고 에워싼 것이었다. 병철은 도망치는 걸 포기했다. 수수대궁 때문에 달아나기가 쉽지도 않을 뿐더러 사방을 에워싸고 있으니 도망칠 구멍이 보이지 않았다.

"우리는 숫자가 많으니 아예 도망칠 생각일랑 접거라."

걸걸한 목소리가 병철을 타이르듯 말했다

"누구신데 저의 앞길을 막으시는 것입니까?"

"너의 앞길이라니 도대체 어딜 가려던 것이냐?"

"마을에 잡혀 있는 가족을 구하러 가려던 참입니다. 그런데 댁들은 누구십니까?"

"우리가 누구냐고? 척 보면 모르겠느냐. 우리는 왜구다. 너는 이 마을 사람이냐?"

병철은 왜구라는 말에 웃음이 픽하고 나왔다. 말로만 듣던 토착 왜구가 바로 이런 자들이구나 생각이 들었다. 진짜 왜구들이 아니어서 그나마 다행이란 생각이 들었다. 떠도는 재인과 양수척들이 왜구를 가장해 마을을 털어간다는 소문이 돌았다. 어떤 자들은 왜구를 가장해 마을을 노략질하고 사람까지 해쳤다.

"지금 상황을 모르시는 모양이군요. 지금 저 아래 거문동마을에는 왜구들이 수백 명 들어와 마을 사람들을 인질로 잡고 있습니다. 나는 연풍마을 사람인데 가족이 모두 잡혀 와 있습니다. 댁들이 내려가면 왜구들이 좋아하겠네요."

"허, 이런 제기럴. 호랑이 피하니 범 만난다고 우리가 꼭 그 꼴이네."

"호랑이를 피하다뇨?"

"아니 아무것도 아니다. 저 마을 안에 있는 놈들이 왜구들이란 말이지?"

"그렇다니까요."

병철이 자신을 에워싼 화척들을 헤아려보니 모두 15명이었다. 아마 어느 마을에선가 도둑질을 하다가 관군에 쫓기는 자들 같았다.

"형님들 지금 가실 곳이 없으신가 본데 나하고 마을에 내려가 왜구놈들 머리를 잘라오면 어떨까요? 왜놈들 머리를 잘라다 고려군에 갖다 바치면 어지간한 죄는 사하여 주지 않을까요?"

"뭐라구? 이 맹랑한 녀석 좀 보게. 왜구놈들 대가리가 물먹은 호박꼭지처럼 그렇게 쉽게 떨어진다더냐?"

"형님들 둘러메고 있는 게 큰 칼이구먼요. 머리 몇 개 자르는 게 뭔 대수겠습니까. 그런데 형님들은 여기에 어떻게 들어오신 겁니까? 지금 사방이 막혀 있는데."

"그런 줄 모르고 범의 아가리 안으로 들어왔구나. 우리는 저 넘어 분지골에 며칠 머물다 고개를 넘어왔느니라."

"분지골이라고요. 박달산을 쉽게 넘어가는 길이 있습니까? 그 길을 어떻게 아신 겁니까?"

"우리같이 도망 다니는 사람들은 넓은 길보다는 남들이 모르는 길을 더 잘 아는 법이다."

"그럼 그길로 되돌아 갈 수도 있겠군요?"

"되돌아가면 누가 우릴 반겨 준다던? 호랑이 굴이나 범의 굴이

221

나 그게 그거지."

"아무리 죄를 지었더라도 왜놈 머리 몇 개 가져가면 반겨 주지 않겠습니까?"

"한 번 생각해 보자."

화척들은 수수밭에 둘러앉아 한참 동안 의견을 나누었다. 결론은 병철이 권하는 대로 한번 부딪쳐 보는 것이었다. 제일 처음에 목표로 삼은 집은 수수밭을 지나고 콩밭을 지난 다음 디딜방앗간 옆에 있는 초가였다. 분명 왜구들은 고려 처녀를 데려다가 그 짓거리를 하고 있을 게 뻔했다. 옷을 모두 벗고 그 짓거리를 하는 놈은 멱을 따기도 쉬울 것 같았다.

병철도 화척들의 틈에 섞여 마을로 내려갔다. 화척들이 방앗간 벽에 모두 붙어 있다가 바로 옆의 초가로 자리를 옮겼다. 싸리나무로 대충 울타리를 두른 집이어서 손쉽게 뜯고 집 안으로 들어갔다. 제일 먼저 초가 뒷벽에 붙은 화척 한 사람이 문구멍에 눈을 대고 안을 들여다보았다. 한 번 문구멍에 눈을 갖다 붙인 화척은 몸이 굳어버린 듯, 그 자리에 가만히 서 있었다. 뒤에 서 있던 화척이 옆구리를 서너 번 쿡쿡 찌른 다음에야 마지못해 눈은 떼고 자리를 양보했다.

두 번째 화척이 문구멍에 눈을 가져다 대었다. 흔들리는 황촉불에 방안의 풍경이 고스란히 들여다보였다. 문구멍에 눈을 붙인 화척은 물러날 기미가 없었다. 다른 화척이 달려들어 허리를 감싸 안고 문에서 떼어냈다. 자신이 문구멍에 눈을 갖다 붙이고 안을 들여다보았다. 밀려난 두 놈의 화척이 바로 옆의 문풍지에 침을 발라 구멍을 뚫었다.

세 놈이 문구멍에 매달리자 남은 놈들도 안에서 무슨 일이 벌어지고 있는지 짐작할 수 있었다. 모두가 방안을 들여다보고 싶어 문 앞으로 우루루 몰려들었다. 앞에서 문구멍을 들여다보는 놈들이 물러날 기미가 보이지 않자 강제로 끌어내었다 그 바람에 부스럭거리는 소리가 제법 크게 들렸다. 안에서 한참 일을 벌이고 있던 왜구들이 인기척을 느꼈는지 잠시 동작을 멈추고 뒷문 쪽을 바라보았다. 문구멍에 붙어 있던 화척들이 화들짝 놀라 뒤로 물러났다.

화척 떼가 큰 칼을 빼들고 막 방문을 잡아당기려는 순간이었다. 깜깜하던 마당이 대낮처럼 환하게 밝아졌다. 동시에 "와아"하는 함성이 들렸다. 화척들이 깜짝 놀라 울타리 밖으로 나오려는 순간 말을 탄 왜구들 수십 명이 울타리 밖을 에워쌌다.

"꼼짝마라. 너희는 완전히 포위되었다."

병철은 앞이 캄캄했다. 지금까지 왜구들이 한 짓거리로 보아 가차 없이 목을 자를 것이 분명했다. 가족을 구하지 못하고 이렇게 허무하게 붙잡히다니 어이가 없었다. 양수척들을 믿은 게 화근이었다. 혼자서 몰래 잠입했더라면 이렇게 허무하게 잡히지는 않았을 것 같았다.

병철을 포함한 화척들은 모두 붙잡혀 마을 마당으로 끌려갔다.
후지와라가 말 위에서 소릴 질렀다.

"네놈들이 올 줄 알고 있었다. 금은사에서 중놈들을 풀어 준 것
도 네놈들이렷다."

병철은 아뿔싸 싶었다. 금은사에서 스님을 풀어 준 것은 자신이
었다. 아마 그 사실을 알고 난 왜구들이 일부러 지키고 있었던 게
분명했다. 애꿎은 화척들까지 덤으로 잡힌 것이다.

후지와라가 긴 칼을 뽑아 공중 높이 치켜들었다. 그때였다. 화
척 한 명이 앞으로 나와 양손을 싹싹 빌었다.

"용서해 주십시오. 우리는 방금 이 마을에 들어왔습니다. 금은
사니 중놈이니 하시는 말씀은 하나도 모르는 일입니다. 우리는 고
려군에 쫓기는 몸입니다. 살려주십시오. 살려주신다면 앞에 나서
서 고려군과 목숨 걸고 싸우겠습니다."

"허어, 그러냐? 네놈들은 무슨 죄를 짓고 쫓기는 것이냐?"

"우리는 지난달에 교주강릉도 원주에서 관아를 습격하고 사람
을 죽였습니다."

"그게 사실이렷다?"

"틀림없습니다. 우리를 고려군에 넘기면 우리는 죽은 목숨입니
다. 싸움이 끝나면 우리를 일본국으로 데려가 주십시오."

후지와라가 뽑았던 칼을 도로 칼집에 집어넣었다. 병철로서는
한심한 일이었다. 결국은 자신 혼자 재수 사납게 걸려든 것이었

다. 하는 수 없이 목숨을 부지하려면 화척들과 함께 왜구의 앞잡이가 되어 고려군과 싸우게 생겼다. 칼을 거둔 후지와라가 병철 앞에 다가왔다. 매서운 눈으로 병철을 노려보던 후지와라가 입을 열었다.

"너는 나이도 어려 보이는 놈이 할 짓이 없어 도적질이나 하고 다녔느냐?"

병철은 아무 말도 못하고 고개를 땅에 떨어뜨릴 수밖에 없었다. 다행히 화척들도 병철에 대해 아무 말도 하지 않고 넘어가 주었다.

화척들은 후지와라의 지시에 따라 마을 사람들 옆에 자리를 잡았다. 며칠 동안 지옥 구경을 하는 마을 사람들은 화척들의 등장에도 그다지 놀라지 않았다. 장연현에는 화척들이 나타난 적이 없었다. 교주강릉도에 화척 떼들이 크게 일어나 많은 사람들이 죽거나 다쳤다는 소문이 떠돌았을 뿐이었다.

화척들은 재인이나 양수척을 말하는 것이었다. 재인은 재주꾼들로 여러 마을로 떠돌아다니면서 악기를 연주하고 춤을 추기도 했고, 마술을 하기도 하고, 줄타기 같은 묘기도 부렸다. 때로는 술을 팔기도 하고, 여자들이 몸을 팔기도 했다. 나라가 어수선해지자 재인들을 청하는 마을이 없어져 먹고 살길이 막막해졌다. 그러자 마을에 들어가 도적질도 하고, 강도질까지 일삼게 되었다. 양수척은 소나 돼지를 잡는 사람들인데 역시 사람대접을 못 받는 부류들이었다.

화척들은 숫자가 많아지면서 무리를 이끄는 우두머리가 생겨나기도 하고, 지능적으로 왜구로 가장해 관아 창고를 습격하기도 했다. 나라에서는 왜구만 해도 골머리를 앓고 있는 참에 화척들까지 가세해 나라를 어지럽히니 여간 어려운 일이 아니었다.

지난여름에도 화척과 재인들이 왜구를 가장해 원주, 평창, 영주, 순흥에 나타나 노략질을 했다. 그러자 원수 김입견과 체찰사 최공철이 50여 명을 체포해 목을 베었다. 그 처자식들은 노비로 삼아 전국에 분산해 예속을 시켰다.

마을 사람들은 화척들 소문을 들었을 때 두려운 생각에 혀를 내둘렀다. 그러나 며칠 동안 왜구들의 만행을 지켜본 마을 사람들은 화척들이 측은하다는 생각까지 들었다. 나이 듬직한 마을 노인이 화척들에게 말을 걸었다.

"어쩌다가 이 지경에까지 이른 것이오?"

"낸들 알겠소. 다 같은 이 나라 백성인데 우리는 개돼지 취급을 받으니 살기가 힘들 수밖에요."

"그렇다고 나라를 지키는 군사들에게 대들어서야 쓰겠소. 그건 나라님에게 대드는 것과 같은 것인데."

"그놈의 나라님이 잘 좀 해보라고 하지요. 말로만 나라님이지, 행세를 하는 놈은 따로 있는 것이 아니오?"

"큰일 날 소리요. 누가 듣기라도 하는 날에는 목숨 부지하기가 힘들 거요."

"우리는 하루하루를 날파리처럼 사는 목숨들이라오. 오늘 죽을지 내일 죽을지 어찌 알 수가 있겠소."

병철은 화척들의 가운데 자리를 잡고 앉았다. 혹시라도 연풍마을 사람들이 자신을 알아볼까 고개를 바닥으로 숙였다. 눈을 치뜨고 바라보니 모닥불 건너편에 할아버지의 모습이 보였다. 연로한 할아버지가 한뎃잠을 자는 모습을 보니 눈물이 왈칵 올라왔다. 그러나 함부로 아는 체를 할 수 없었다. 마당 한가운데 감시를 하는 왜구가 있었다. 자신이 들어왔다는 것을 왜구들이 모르게 알려야 했다.

마을 사람들은 아무도 병철을 알아보지 못했다. 병철을 알아본 것은 옥분의 어미와 이 노인, 그리고 병철의 부모뿐이었다. 이 노인은 화척의 무리들이 체포당해 마을 마당으로 들어서자 바로 병철을 알아보았다. 그러나 함부로 아는 체 나섰다가는 무슨 봉변을 당할지 알 수 없었다.

옥분의 어미도 병철을 알아보았으나 역시 모른 척 시침을 떼고 있었다. 옥분의 어미는 병철을 알아보고 억장이 무너지는 것 같았다. 말은 하지 않았어도 병철을 사윗감으로 점찍어 놓은 터였다. 두 젊은 남녀가 말은 하지 않아도 서로 호감을 가지고 있다는 사실도 알고 있었다. 병철의 부모나 할아버지인 이 노인도 옥분을 며느릿감으로 진즉부터 생각하고 있었다.

그런데 일이 이 지경이 되고 보니 두 사람의 혼사는 물 건너간 것이 확실했다. 옥분은 왜놈들에게 정조를 유린당한 것은 둘째로 치더라도 정신마저 혼미해져 사람 구실도 못하게 되고 말았다. 병철을 본 옥분의 어미는 아직까지 정신을 차리지 못하고 늘어져 있는 옥분을 내려다보자 억장이 무너졌다.

이 노인은 불빛 너머에 앉아 있는 병철을 바라보았다. 화척들과 함께 잡혀 오는 병철을 단번에 알아보았다. 그러나 내색을 할 수 없었다. 그랬다가는 무슨 일을 당할지 알 수가 없었다.

이 노인은 옆자리에 있는 연풍마을 사람에게 병철이 들어와 있다는 사실을 알렸다. 아침이면 모두가 알아볼 텐데 미리 알지 못하면 단번에 들통이 날 게 뻔했기 때문이었다.

"우리 손주가 화척들과 함께 들어와 있다네. 보고도 모른 척해야 하네."

새벽녘이 되어서 연풍마을 사람들 모두가 병철이 화척들과 함께 들어와 있다는 사실을 알게 되었다.

첩자

석찬 스님은 후지와라의 방에서 나와 마당가 기둥에 묶여 있는 첩자 요시무라의 곁을 지나가게 되었다. 무슨 연유인지 요시무라는 온종일 묶여 있고 감시자가 잠시도 틈을 주지 않고 지키고 있었다. 이번에는 감시를 하는 왜구와 요시무라가 나지막한 목소리로 이야기를 나누고 있었다. 석찬 스님이 알아들을 수 없는 일본말이었다. 스님이 곁으로 지나가자 보초를 서던 왜구는 정색을 하고 입을 닫은 뒤 그 자리에 자세를 바로 했다.

"이 사람은 왜 이렇게 꽁꽁 묶어놓고 있는 것이오?"

석찬 스님이 지키고 있는 왜구에게 말을 걸었다. 왜구는 못들은 척 아무 말도 하지 않고 얼른 가라는 손짓을 했다.

"스님은 왜 몸을 피하지 않고 이곳에 남아계신 겁니까?"

석찬 스님은 깜짝 놀라 요시무라를 바라보았다. 유창한 고려말을 듣고 나니 사람의 모습이 달라보였다. 어디선가 본 듯한 얼굴이었다.

"우리가 구면인가요?"

"저를 기억 못하시는군요. 3년 전에 같이 속리산을 넘어 금은사까지 왔었는데요."

"그렇다면 은월암에서?"

"그렇습니다. 삼도순찰사 이성계 장군님과 함께였지요."

"그렇다면 고려인이라는 말씀이시군요?"

석찬 스님이 놀라 큰 소리로 물었다.

"쉿! 누가 들으면 안 됩니다. 저는 본디 왜인이지만 오래 전부터 장군님을 위해 함께 해왔습니다."

요시무라로 불리는 자는 자신이 첩자로 잡혀 오게 된 내역을 빠르게 설명했다. 알고 보니 금은사에 왜구의 침구 사실을 알린 것도 요시무라가 있었기 때문에 가능한 일이었다. 금은사는 왜구들이 들이닥치기 전에 이미 박달산 중턱의 자연동굴로 물자와 사람들을 피신시킬 수 있었다. 석찬 스님은 무슨 연유에서인지 같이 피하라는 권유를 무시하고 금은사에 남아 있었던 것이다.

"후지와라는 3년 전에 지리산에서 살아남은 자가 맞지요?"

"네, 그렇습니다. 그때 장군님께서 큰 자비를 베푸셨는데 기어코 또다시 고려땅에 들어왔습니다."

"이번에도 후지와라가 사람의 도리를 무시하고 고려 땅에 칼을 들고 들어 온 이유가 무엇이오?"

"더 이상 물러설 곳이 없는 벼랑 끝에 몰렸기 때문입니다. 더 이상 갈 곳이 없어진 것이지요. 아마도 지금 이성계 장군님을 만나고 싶을 겁니다."

"그렇군요. 왜국의 정세를 낱낱이 이성계 장군에게 전해주는 사람이 바로 당신이군요?"

"그렇습니다."

"어쩌다가 후지와라의 포로가 된 것이오?"

"엄밀하게 말하면 저는 포로가 아닙니다. 일부러 잡혀주었으니까요."

요시무라는 포로가 되기까지 있었던 일을 자세히 설명해 주었다. 사실은 일부러 후지와라의 포로가 되었다. 포로가 되었기 때문에 금은사에도 침구 사실을 미리 알릴 수 있었다.

"지난 5월에 관음포에서 남조의 수군들이 대패를 당하였지요. 바로 정지 장군의 화포 때문이었습니다."

요시무라는 지난 경신년 진포에서 왜의 수군이 대패한 이후에 분위기가 완전히 바뀌었다고 했다. 남조는 물론이고 규슈를 점하고 있는 북조의 이마가와 료순도 사태를 심각하게 받아들이고 있었다. 머잖은 시기에 고려 수군이 규슈의 다자이후를 점령하러 올 것을 의심하지 않는 사람은 아무도 없다는 것이다. 료순이 신홍을 보내 고려군의 왜구토벌에 힘을 보태는 것도 살아남기 위한 전략이라는 것이었다.

"문제는 누가 고려국의 실세가 되느냐 하는 점이지요. 후지와라가 만나고 싶어 하는 사람이 앞으로의 실세가 될 사람일 것입니다."

"그게 누구란 말이오?"

"그걸 어찌 첩자인 제 입으로 말씀드릴 수 있겠습니까? 후지와라도 그 분의 등에 올라타고 싶은 것이겠지요. 그래서 저를 함부로 다루지 못하는 것입니다."

"후지와라가 다른 곳도 아니고 아무것도 없는 박달산에 들어온 이유가 뭡니까?"

"그 이야기를 하자면 깁니다."

요시무라는 남원 실상사에서부터 얽힌 이야기를 들려주었다. 흑두타 스님의 자비로 목숨을 부지한 후지와라는 그날 밤 삼도순찰사 이성계 장군과 흑두타 스님이 나눈 이야기를 모두 듣게 되었다. 속리산을 넘어가면 만나게 되는 큰 강과 박달산에 관심을 가지게 되었다.

후지와라가 정작 만나고 싶은 사람은 실세인 영문하부사 이인임이나 백호만호 최영 장군이 아니었다. 요시무라는 진포대첩에서 황산대첩까지의 사건을 몸소 겪어서 알고 있었다. 실상사에서의 하룻밤 이야기도 똑똑하게 기억하고 있었다. 속리산 넘어 어딘

가에 고려국의 새로운 수도가 생길지도 모른다는 생각을 하게 되었다. 이야기 속에서 신돈과 이인임이 충주로 천도를 추진했던 이야기도 듣게 되었던 것이다.

"그렇다고 이곳에 와서 얻을 게 무엇이 있겠습니까?"

"사실은 얻으러 왔다기보다는 항복을 하러 왔다고 생각하시면 됩니다. 남조의 조케이 덴노의 운명이 다해가니까요. 무로마치 막부의 쇼군이신 아시카가 요시미츠님이 능력자이십니다."

요시무라의 설명으로는 일본이 남북조로 갈려 싸워오다가 이제는 거의 북조로 힘이 기울었다는 이야기였다. 석찬 스님은 요시무라가 이성계 장군이 심어 놓은 첩자라는 사실에 마음이 놓였다. 그러나 함부로 발설을 해서는 안 되는 상황이었다.

다음 날 왕안덕 조전원수는 군사들을 뒤로 물렸다. 100명의 보병을 쇠잿골로 보내 장연마을 사람들을 지키게 했다. 나머지 군사들은 10리 밖 추점마을까지 물렸다. 텅텅 빈 장연현에 소를 20마리 풀어 놓도록 했다. 고삐가 풀린 소들은 채마밭이고 콩밭이고 아무 곳에나 들어가 작물을 뜯어 먹었다.

개경으로 달려간 역꾼이 답장을 가지고 오려면 빨라도 사나흘은 걸릴 것이었다. 그동안에 왜구들의 목책을 부술 묘책을 찾아내야 할 것 같았다. 일단은 왜구들을 안심시키고 밖으로 끌어내는 게 중요할 것 같았다. 어차피 식량이 부족한 놈들이 소를 잡으러 내려

올 것은 뻔한 사실이었다. 어떻게든 목책 안에 든 놈들을 유인해낼 필요가 있었다.

반대 편 솔치골 입구에 대기하고 있는 김사혁 도순문사에게도 전갈을 보내 똑같이 하도록 했다. 솔치재에서 입구까지 말을 달려 10분이면 닿을 거리를 박달산을 돌아 한나절이 걸려 전달했다. 개경으로도 다시 파발을 띄웠다. 아무래도 목책을 부수려면 화포의 도움을 받으면 쉬울 것 같아서였다. 화포를 배에 싣고 남한강을 거슬러 올라와 달천강의 불정나루까지만 화포를 실어오면 장연현까지 마차로 끌고 와도 가능할 것 같았다.

김사혁 장군은 전갈을 받고 군사를 송덕마을까지 물렸다. 그런 다음 칠성마을에서 소를 징발해 양쪽 골짜기로 몰아넣었다. 고삐가 풀린 소들은 곧장 골짜기 안으로 들어가지 않고 어정어정 골짜기 입구를 맴돌았다.

후지와라는 아침을 먹고 마을 사람들의 조를 다시 짰다. 젊은 청년들은 박달산의 금광으로 올려보내 캐 놓은 금광석을 운반해 오게 했다. 그리고 제사를 지냈던 수수밭에 나무를 베어와 제당을 짓게 했다. 간밤에 붙잡혀 온 화척들은 세 군데 목책으로 나누어 보내 수비를 맡게 했다.

사람들이 각자 맡은 곳으로 흩어지고 나자 장연현에서 데리고 온 야철공들을 불렀다.

"너희들은 이곳에 쇠를 녹일 수 있는 노를 만들어라. 이것이 무엇인지 잘들 알고 있을 것이다. 너희들이 만들어보지 못했다고 해서 못 만들 것도 없다. 무슨 수를 쓰더라도 꼭 만들어 내야 한다. 쇠를 녹여 주물을 부어 만드는 것이니까 잘 연구를 해보거라. 오늘부터 무조건 노부터 만들도록 해라."

후지와라의 말은 지시가 아니라 명령이었다. 명령대로 하지 않으면 목숨을 내놓아야 했다. 야철공들은 당황하지 않을 수 없었다. 청주 흥덕사에서 금속활자를 만든 사실은 알고 있었지만 어떻게 만드는 것인지 이야기도 들어본 적이 없었다.

주물 재료를 장연현에서 생산한 청동을 사용한 것은 사실이었다. 하지만 그것은 야철이 아니었다. 야철을 생산하다 보면 높지 않은 온도에서 먼저 녹아나오는 쇳물이 있었다. 그것은 납이나 동인데 제일 먼저 납물이 나오고 다음에 온도가 좀 더 올라가면 동이 녹아 나왔다. 금속활자를 만들기 위해 두 가지 쇠를 모두 가져갔는데 자신들은 그것을 어떻게 녹여 사용했는지 알지 못했다.

야철공들은 후지와라의 요구대로 야철을 녹일 수 있는 노를 만들 수밖에 없었다. 그 다음의 일은 두고 볼 일이었다. 다행히 거문동에는 황토가 많아 노를 만드는 일은 가능했다. 야철공들은 마지못해 개울에서 돌을 주워 모으고 황토를 캐내었다.

후지와라는 수하들을 거느리고 손수 마을 곳곳을 돌아다녔다. 박달산 너머 금광에도 다녀오고 절골의 금은사에도 갔다. 노스님과 동자승이 무사히 빠져나간 금은사는 개미 새끼 한 마리 얼씬 하

235

지 않았다. 후지와라는 수하들을 시켜 절 곳곳을 뒤지게 했다. 조금이라도 미심쩍은 물건이 나오면 무조건 알리도록 했다.

마을을 한 바퀴 돌고 난 후지와라는 마당 한쪽의 처마 밑에 묶여 있는 첩자 요시무라를 방안으로 들어오게 했다. 요시무라는 오랫동안 밧줄에 묶여 끌려다니는 신세에도 지친 빛이 없었다. 오히려 무사다운 강렬한 눈빛이 살아있었다.

"거기 앉게."

후지와라의 목소리는 포로를 대하는 경멸에 찬 싸늘한 말투가 아니었다. 마치 오랜 친구를 대하듯 무심한 말투였다.

"내가 마을을 한 바퀴 돌아보고 왔네. 그대가 말하는 박달산 영지가 여기가 확실한가?"

"돌아보셨으면 아실 텐데요. 수많은 전투를 치러 본 장군이라면 한눈에 알아볼 수 있을 테지요."

후지와라는 대답 대신 고개를 끄덕거렸다. 많은 전투를 치러온 후지와라였지만 이곳만큼 수성을 하기에 유리한 지형을 본 적이 없었다.

"그런데 사적에 관한 것은 애매하지 않은가. 이곳에 사적을 숨길만 한 시설은 아무리 찾아보아도 없네. 금은사라는 조그만 절이 하나 있지만, 사적을 숨겼다면 지키는 군사라도 있었을 것 아닌가."

"금은사라구요? 내가 알고 있는 것은 분명 박달산에 있는 개천사입니다. 무엇인가 착오가 있는 게 분명합니다."

"흠, 착오가 있어선 안 되지. 자넨 목숨을 내놓아야 할 걸세."

"…."

"그런데 내가 왜 자네를 살려두는지 아는가?"

"…."

"자네는 살아서 본국으로 돌아가야 하네. 돌아가서 막부의 규슈 탄다이 이마가와 료순에게 우리의 쾌거를 알려야 하네. 다자이후 는 우리가 다시 접수할 것이네. 료순은 규슈를 떠나야 할 것이네."

"그게 어떻게 가능하겠습니까?"

"자네도 100년 전의 분에이노에키와 고안도에키를 알고 있겠 지?"

"몽고는 이미 북쪽 멀리로 달아났습니다."

"그들은 다시 돌아올 것이네. 그들이 아니어도 좋네. 굳이 아니 어도 고려의 수군만으로도 다자이후를 회복할 수 있을 것이네. 고 려국이 이런 좋은 기회를 놓치려 하지 않을 걸세. 자네는 우리가 돌아가기 전에 막부에 먼저 소식을 알리게. 그들이 심장이 얼어붙 어 칼을 뽑지도 못할 것이네. 료순에게 규슈에 남아서 무릎을 꿇든 가, 막부로 돌아가라고 전하게."

요시무라는 대답을 하지 못했다. 지금 후지와라는 입에 칼을 물 고 엎어지려 하고 있는 것이었다. 고려의 수군을 끌어들여 막부를 치려고 하지만 성공한다고 해도 고려군이 아무 조건도 없이 물러나시는 않을 것이다. 만약에 그렇게 된다면 일본국으로서는 최대의 위기가 될 것이 뻔했다.

지금 후지와라를 말린다고 해서 진행이 미루어지거나 철회되지는 않을 것이다. 그러나 고려국에서 반드시 수군을 규슈로 보낸다는 보장은 없었다. 그것은 후지와라의 결정이 아니라 궁지에 몰린 남조의 결정이었다. 외세를 끌어들여서라도 전세를 뒤집어 보려는 것이었다. 일이 그리 쉽게 성사되리라는 보장은 없었다. 지금까지 고려국을 수도 없이 노략질 한 것이 그들이었다.

"그대는 이곳에서 무슨 일이 일어나는지 똑똑히 보고 가서 막부에 전하도록 하라."

요시무라는 적어도 자기를 죽이지는 않을 것이라는 말에 안심할 수 있었다. 지금 이곳에서 일어나는 작은 일이 남조와 북조의 마지막 전쟁이라는 생각까지 들었다.

병철은 다섯 명의 화척들과 함께 솔치재로 갔다. 화척들은 모두 긴 칼을 둘러메고 있었는데 병철 혼자 빈 몸이었다. 멀리서 커다란 소나무가 눈에 들어왔다. 마치 마을을 향해 인사를 하고 있는 것처럼 보였다. 그런데 소나무가 가까워지자 병철은 물론이고 화척들의 눈이 점점 커졌다. 소나무 꼭대기에 무언가 매달려 있는데 가까이 다가갈수록 사람이라는 확신이 들었다.

가까이 다가간 병철과 화척들은 비명과 함께 손으로 입을 틀어

막았다. 알몸의 여인이 소나무에 매달려 있었다. 여인의 몸에는 벌써 파리 떼들이 새까맣게 달라붙어 있었다.

"냄새가 많이 나는구만. 저걸 끌어내려 땅을 파고 묻어라."

화척들은 넋이 나간 눈으로 바라보고만 있을 뿐, 선뜻 달려들 생각을 하지 못했다.

"너, 가서 밧줄을 풀어라."

왜구 한 명이 병철에게 명령을 내렸다. 병철은 코를 틀어막고 소나무 밑으로 갔다. 묶어 놓은 밧줄을 푸니 시체의 무게가 느껴졌다. 조심스럽게 밧줄을 놓으니 시체가 조금씩 흔들리며 아래로 내려왔다. 시체에 붙어 있던 파리 떼가 한꺼번에 소리를 내며 날아올랐다. 더러는 병철의 얼굴에 날아와 부딪치기도 했다. 병철은 파리가 얼굴에 부딪칠 때마다 몸을 움찔움찔 떨었다.

"너희들 모두 달려들어 빨리 묻어라."

명령을 받은 화척들은 마지못해 시체에 달려들어 팔다리를 하나씩 들고 소나무 뒤편으로 옮겼다. 모두 심한 냄새 때문에 코를 틀어막았다. 매일 소나 돼지를 잡는 양수척들도 사람 비린내에는 속이 거북한 모양이었다. 그 중 한 사람이 토를 올렸다.

화척들은 목책 밖에 쓰러져 있는 영규의 시체를 끌어들여 몸에 박힌 화살을 모두 뽑아냈다. 뽑아 낸 화살을 세어보니 자그마치 29개였다. 두 모자를 소나무 뒤편에 같이 묻어주었다.

후지와라는 솔치재 목책에 와서 장연현을 내려다보았다. 거리에는 아무도 보이지 않고 여기저기 밭에서 소들이 한가히 어슬렁거리는 게 보였다. 한참을 망설이던 끝에 수하들 20명을 데리고 목책 문을 열었다.

장연현에 진을 쳤던 고려 군사들은 이미 깨끗하게 물러나 있었다. 후지와라는 수하들을 데리고 고려군이 있는 곳까지 가보기로 했다. 북쪽으로 10리쯤 달려가자 추점마을에 진을 치고 있는 고려 군사들이 보였다. 고려 군사들을 자극하지 않으려고 멀찌감치 떨어진 곳에서 말머리를 돌렸다.

후지와라는 안심하고 장연현으로 돌아와 이곳저곳을 둘러보았다. 왜구들은 민가를 샅샅이 뒤졌는데 양곡은 한 톨도 나오지 않았다. 대신에 들판에 돌아다니는 소를 모두 붙들어 거문동으로 올려보냈다. 후지와라는 먼저 들렀던 야철로에 가보았다. 불이 꺼진 야철로는 볼 게 없었다. 며칠 전에 제련해 놓은 야철괴를 모두 거문동으로 올려보냈다.

장연현 마을 주변의 논밭을 둘러보았다. 논에는 벼들이 알이 들어 익어가고 있었고, 밭에는 조와 수수가 이미 여물어 있었다. 후지와라는 회심의 미소를 지었다. 앞으로 이곳을 중심으로 한 해쯤 버티는 것은 쉬울 것 같았다.

옥분은 다음 날 점심때가 되어 눈을 떴다. 몸은 만신창이가 되었는데도 눈을 뜨자마자 먹을 것을 찾았다. 옥분의 어미는 딸이 살아난 것만으로 감사하게 생각하고 밥을 먹였다. 밥을 다 먹고 난 옥분이 일어서려다 그대로 바닥에 주저앉아 버리고 말았다. 하체에 힘이 빠져 제 몸 하나 지탱할 수가 없었다.

거문동에서 의원 노릇을 하는 박 노인이 옥분에게 환약 한 알을 먹였다. 그러자 옥분은 또 잠이 들었다. 옥분이 잠에서 깨어났을 때는 날이 저물 무렵이었다. 마침 솔치재에서 목책을 지키던 화척 일당이 임무를 마치고 마을로 돌아오고 있었다. 병철은 멀리에서도 옥분을 알아보았다. 그러나 내색을 할 수는 없었다.

"병철아, 네가 여기 웬일이니?"

눈에 초점을 잃고 앉아 있던 옥분이 내뱉은 소리였다. 제일 먼저 병철이 깜짝 놀랐다. 옥분의 어미가 놀라고 병철의 할아버지도 놀랐다. 그것으로 끝난 게 아니었다. 화척들과 같이 들어오던 왜구들도 깜짝 놀랐다.

"뭐야, 둘이 아는 사이야?"

"알기는요, 얘가 정신이 없어서 그렇구먼요."

옥분의 어미가 둘러대었다. 그러나 소용없는 일이었다. 이번에는 옥분이 병철에게 달려들려다 땅바닥에 털썩 주저앉았다.

"병철아, 너 왜 그래?"

옥분이 병철을 보고 울상을 지었다. 후지와라가 그 꼴을 보고 소리를 질렀다.

"네 놈이 화척이라더니 거짓말이었구나. 네 놈이 몰래 따라 들어와 금은사 중놈들을 풀어 준 놈이렷다."

후지와라가 칼을 뽑아 높이 치켜들었다. 너무나 갑자기 일어난 일이었다. 옥분이 병철을 알아보리라고는 생각을 못했었다. 이 노인이 후지와라의 앞을 가로 막았다.

"고정하십시오. 이 아이는 소인의 손주 녀석올시다. 한 번만 용서를 해주십시오. 하라는 일은 무슨 일이든지 하겠습니다. 제발 살려만 주십시오."

"이 계집과 무슨 관계냐?"

후지와라가 옥분을 지목했다. 이 노인이 망설임 없이 얼른 대답을 했다.

"이 아이들은 서로 정혼을 한 사이입니다. 제발 살려 주십시오."

"정혼을 한 사이라고?"

"그렇습니다."

이 노인은 후지와라에게 매달리다시피 애원을 했다. 후지와라는 잠시 생각에 잠기더니 알 수 없는 웃음을 지었다.

"둘이 정혼을 한 사이라면 바로 혼례식을 올리도록 해라. 내일 당장 말이다."

후지와라의 밀서를 받은 개경은 발칵 뒤집어졌다. 처음에 밀서를 받은 이인임 영문하부사는 자기 혼자 처리할 수 있는 일이 아님을 알았다. 급히 입조를 했으나 우왕은 사냥을 나가 이틀째 왕궁을 비워놓고 있었다. 조정 대신들이 모여 대책을 논의하기에 이르렀다.

밀서의 내용대로라면 지금 괴주 장연현에 침구한 후지와라라는 인물은 밀서만을 전달하기 위한 인물이 아니었다. 지금 고려의 각처에 만 명이 넘는 왜구들이 들어와 있다는 것이었다. 그런데 고려에 들어 온 이유가 고려 수군과 함께 규슈로 쳐들어가자는 것이었다. 100년 전에 여몽연합군이 왜를 정벌하러 갔다가 바람 때문에 실패를 했지만 이번에는 자신의 군대와 함께 가면 반드시 성공할 것이라고 했다.

예전부터 일본국의 규슈는 고려의 옛 땅이었으니 다시 고려가 옛 영토를 회복할 수 있는 기회라고 했다. 자신들은 세이나이카이를 건너 본토에서만 나라를 지키고 살 것이며 영원히 고려국의 신하로 지내겠다는 것이었다. 그런 다음 고려에서 원하기만 한다면 요동을 넘어 흑룡강까지, 그리고 만리장성까지 옛 영토를 회복하는데 함께 힘을 보태겠다는 것이었다.

고려로서는 요동을 화복하는데 왜국의 힘을 빌릴 수 있다면 더할 나위 없는 좋은 기회가 될 수 있었다.

조정에선 대번에 두 갈래로 의견이 갈렸다. 영삼사사 최영 장군과 정지 장군은 한 번 모험을 걸어볼 만하다는 의견이었다. 화포로 무장한 수군으로 일본국을 치는 것이야 쉬운 일이라고 생각했다. 일본을 굴복시키고 나면 북쪽의 일은 저절로 해결될 것 같았다. 일본국과 힘을 합친다면 명나라든 원나라든 한번 해볼 만한 상대였다. 명나라도 자신들의 힘을 믿고 온갖 요구를 다 해오고 있는 터였다.

밀서의 내용대로 고구려의 옛 영토를 회복하고 옛 백제의 속국이던 일본까지 제패를 한다면 그야말로 동양의 대제국으로 거듭나는 것이었다.

거기에 적극 반대를 하고 나선 건 좌사의대부 권근이었다. 첫번째가 왜놈들을 함부로 믿을 수 없다고 했다.

"왜놈들은 근본부터가 믿을 수가 없는 족속들입니다. 원숭이를 닮아 잔재주를 부리려 하는 것이 저들의 속성이지요. 그리고 지금까지 막부의 규슈 탄다이 이마가와 료순과 유대관계를 맺어 남조의 도적들을 무찔렀는데 이제 와서 먼저 배신을 하는 것도 도리가 아닙니다."

"이 기회를 살리지 못하면 언제 우리의 영토를 찾아온단 말이요? 도대체 우두머리인 후지와라 다케시는 근본이 어떻게 생겨먹은 놈이요?"

"후지와라 홋케는 500년 전 섭정으로 이름을 날린 집안입니다. 신하로서는 최초로 섭정의 자리에 오른 자가 후지와라노 요시후사입니다. 그 후 후지와라씨와 외척 관계가 아닌 우다천황이 학문의 신이라 불린 스가와라노 미치자네를 중용하자 후지와라씨들이 모함을 해서 규슈의 다자이후로 유배 보내기도 했었습니다. 그 후에, 그러니까 400년쯤 전에 후지와라노 미치나가란 자가 나타나는데 세 딸을 황후로 만들었습니다. 그때 지은 〈망월의 노래〉라는 것이 전해지는데 내용은 이렇습니다.”

만사가 뜻대로 되어 세상이 마치 내 것만 같구나. 곧 저물어갈 저 만월조차도 저물지 않을 것 같구나

“권력을 거머쥔 섭정으로 방자하기 이를 데 없는 자였지요.”
최영 장군이 못마땅한 표정을 지었다. 안 그래도 늦게 낳은 서녀를 왕에게 시집보내 영비로 봉해진 터였기 때문에 왕의 외척이란 말이 듣기에 거북스러웠다. 최영 장군의 안색을 살핀 좌사의대부 권근이 나지막한 소리로 말했다.
“기회는 한 번에 끝나지 않을 것입니다. 우리는 오히려 대국인 명과 손을 잡고 왜를 쳐야 합니다.”
“그렇다면 당장에 우리 땅에 들어와 있는 도적들은 어찌한단 말이오?”
“후지와라는 뱀의 머리입니다. 머리를 치고 나면 몸통은 힘을 쓰지 못할 것입니다. 놈들을 무너뜨리는 것은 시간문제입니다.”
“그래도 놈들의 손을 빌려 왜국을 친다는 것은 좋은 기회가 아니오. 어쩌면 우리 고려국의 운이 열리려는 것인지도 모르지 않

소."

"놈들은 경인년의 대규모 침구 이후부터 33년이나 우리나라를 침구하였습니다. 그동안에 우리 백성들이 받은 고통을 생각하면 모두 능지처참을 해야 할 놈들입니다. 어떻게 놈들의 죄과도 묻지 않고 함부로 손을 잡는단 말입니까? 자그마치 33년입니다. 억울하게 죽어간 우리 백성이 한둘이 아닙니다. 백성들의 원수를 갚지는 못할망정 놈들과 한편이 되어서야 쓰겠습니까."

밤이 새도록 격론을 벌인 끝에 놈들의 밀서는 소각하기로 했다. 그리고 이 사실을 누설하지 않고 왕안덕 조전원수에게 전달하기로 했다.

다음날 거문동에서 난데없는 잔치가 벌어졌다. 신랑은 종부부령을 지낸 이 노인의 손자인 병철이고 신부는 옥분이었다. 이 노인은 마음이 착잡했다. 예전부터 옥분을 손주 며느릿감으로 생각하고는 있었지만 이렇게 느닷없이 왜구의 뜻에 따라 급작스런 혼례를 올리는 게 탐탁지 않았다. 더구나 옥분은 후지와라에게 정조를 잃었을 뿐 아니라 여러 놈들에게 윤간을 당해 만신창이가 된 몸이었다. 몸을 추스르기도 전에 혼례라니 말도 안 되는 짓이었다.

그러나 손자를 살리기 위해서 어쩔 수 없는 일이었다. 마을 한가운데 혼례상이 차려지고 신랑과 신부가 마주섰다. 옥분은 몸단장을 하고 혼례복을 입으니 본래의 고운 인물이 살아났다. 그러나 자신이 무슨 일을 하고 있는지도 모르고 헤헤 웃기만 했다. 병철은 그런 옥분을 바라보며 속으로 뜨거운 눈물을 흘리는 중이었다.

'기회가 되면 원수를 갚고 말리라.'

병철은 독한 마음을 품었다.

"신랑신부 맞저얼."

주례가 능청스런 목소리를 뽑았다. 옥분은 아낙들의 부축을 받으며 힘겹게 맞절을 했다. 병철도 하는 수 없이 맞절을 했다.

두 사람이 맞절을 끝내고 일어서려 할 때였다. 갑자기 구경꾼들을 비집고 들어오는 여자가 있었다. 맨발에 머리는 풀어헤치고 옷고름마저 풀어져 가슴이 다 드러난 미친 여자였다.

병철은 흠칫 놀라 뒷걸음을 쳤다. 상모역에서 만나 달천강 수주 팔봉까지 따라왔던 미친 여자였다. 더구나 달천강 물속에서 엉겁결에 자신의 동정을 바치고 만 여자였다. 노부인의 집을 몰래 빠져나올 때 신신당부를 하고 떠나왔건만 어쩌다 이곳까지 찾아 왔는지 귀신이 곡할 노릇이었다.

미친 여자는 다짜고짜 옥분에게 달려들었다. 옥분의 머리채를 잡더니 앞으로 세차게 잡아당겼다. 옥분이 맥없이 앞으로 고꾸라져 혼례 탁자에 이마를 세게 부딪치고 바닥에 나뒹굴었다. 옥분의 어미가 미친 여자에게 달려들어 머리채를 감아쥐었다.

혼례식 자체가 급작스럽게 이루어져 어수선했는데 미친 여자까지 나타나 엉망이 되어버렸다. 마을 사람들까지 대들어 미친 여자를 겨우 제압했다. 옥분은 이마를 부딪쳐 혼절한 상태로 방안으로 옮겨졌다. 마을 사람들은 모두가 안절부절 어쩔 줄 몰라 하는데 왜구들은 배꼽이 빠져라 박장대소를 했다.

"우하하하, 고려국의 혼례식이 참 재미있구나. 하하하."

미친 여자는 왜구들이 엉덩이를 툭툭 치자 헤헤헤 웃으며 물러났다. 잔치판은 아수라장이 되어 금방 파하고 말았다. 병철과 이 노인은 옥분이 쓰러져 있는 방으로 들어갔다. 이마에 주먹만 한 혹이 난 옥분이 방 한가운데 반듯하게 누워있었다. 의식을 차리지는 못하고 있어도 표정이 천진난만하게 편안해 보였다.

병철은 옥분의 표정에서 어릴 적 함께 들판을 쏘다니며 놀던 때를 떠올렸다. 병철과 옥분은 친남매처럼 늘 붙어 다녔다. 동네 사람들도 두 아이가 떨어져 있으면 이상하게 생각할 정도였다. 병철이 병이 나서 드러누워 있으면 신기하게도 옥분도 같이 병이 났다.

사춘기가 지나면서 병철의 목소리가 굵어지고 옥분의 가슴이 봉긋하게 솟아오르기 시작하자 두 사람은 조금 거리를 두는가 싶었다. 그러나 서로에 대한 부끄러움 때문이지 마음이 멀어져서 그런 것은 아니었다. 마을 사람들은 언제가 될지는 알 수 없지만 두 청춘 남녀가 혼인할 것이라는 데는 아무도 딴생각을 품지 않았다.

아무것도 모른 채 편안한 자세로 누워 있는 옥분을 내려다보는 병철의 가슴은 찢어지는 것 같았다. 이렇게 말도 안 되는 상황에서 둘이 혼례를 올리게 될 줄은 꿈에도 생각하지 못했었다. 병철은 어금니를 깨물었다. 맥없이 바닥에 늘어진 옥분의 손을 잡았다. 그래도 손바닥이 따뜻했다. 힘을 주어 손을 꼭 잡은 다음 마음속으로 다짐했다. 자신의 목숨을 내놓는 한이 있더라도 원수를 갚고 싶었고 옥분의 손등에 물방울 하나가 뚝 떨어졌다. 병철이 흘린 피눈물이었다.

옥분은 긴 꿈을 꾸었다. 병철과 함께 온종일 들판을 돌아다니는 꿈이었다. 함께 술래잡기를 하기도 하고 꽃을 꺾기도 했다. 개울물에 함께 들어가 물장난을 치기도 하고 물고기도 잡았다. 그러다가 능금나무 아래로 갔다. 빨간 능금이 탐스럽게 달려 있는데 나무가 너무 높았다.

병철이 목마를 태우겠다고 무릎을 구부리고 앉았다. 옥분이 병철의 어깨 위에 걸터앉았다. 마구 부끄러운 생각이 들어 얼굴이 화끈거렸다. 병철이 일어나자 갑자기 옥분의 몸이 공중으로 번쩍 올라가는 것이었다. 옥분은 구름 속으로 자신의 몸이 빨려 들어가는 것 같았다.

옥분은 공중에서 붕붕 떠다니는 것 같아 기분이 좋았다. 빨갛게 잘 익은 능금이 눈앞에 있었다. 옥분은 탐스런 능금을 손에 쥐고 잡아당겼다. 그러나 능금이 가지에서 쉽게 떨어지지 않는 것이었다. 이번에는 힘을 주어 능금을 확 잡아 당겼다. 능금을 손에 쥔 옥분의 몸이 공중으로 솟아올랐다. 옥분의 몸이 하늘 높은 곳에서 아래로 곤두박질쳤다.

"아악!"

옥분이 비명을 지르며 눈을 번쩍 떴다. 능금을 쥔 손을 내려다보니 병철이 손을 꽉 잡고 있었다.

"병철아."

병철을 비롯해 지켜보던 사람들이 모두 놀랐다. 옥분의 표정이 잠에서 깨어난 사람처럼 평온해 보였다.

"에구, 이것아. 정신 좀 차려라."

옥분의 어미가 등을 쓰다듬었다. 옥분은 사방을 두리번거리며 주위를 살폈다.

"어머니 여기가 어디예요? 할아버지하고 병철이는 여기 왜 와 있는 거예요?"

옥분은 정신이 돌아온 것 같았으나 지난 일을 전혀 기억하지 못하는 것 같았다. 병철은 옥분의 손을 더욱 세차게 잡았다.

그로부터 사흘간 평범한 날들이 지나갔다. 병철은 화척들의 무리에서 벗어나 옥분의 곁을 지켰다. 병철이 밖에 나가면 미친 여자가 졸졸 따라다니며 귀찮게 하는 바람에 되도록 바깥나들이는 삼가고 있었다.

후지와라는 매일 마을을 돌아다니며 상황을 점검했다. 금은사에서 더 이상 원하는 물건을 찾아내지 못하자 포기했다. 박달산 너머의 금광은 광부들에게 정상적인 채굴을 하도록 했다. 그동안 캐어 놓은 금광석은 야철로에 넣었다. 마을 사람을 시켜 장연현으로 넘어가 들판의 곡식을 걷어오게 했다.

야철공들은 후지와라의 지시에 따라 거문동에 야철괴를 녹일 수 있는 노를 만들었다. 장연현에 있는 야철괴를 가져다 녹이기는 했는데 글자가 도드라진 쇳덩이를 만들 수는 없었다. 주물틀에 글씨를 만들어야 하는데 방법을 아는 사람이 아무도 없었다. 야철공들은 후지와라가 만들고 싶어 하는 금속활자가 야철로 만들어진 것이 아니라는 것을 알고 있었다. 방법도 문제이지만 쇳물을 얻는 방법도 쉽게 알아낼 수 없었다. 후지와라가 다그쳤지만 마음만으로 만들어 낼 수 있는 물건이 아니었다.

후지와라는 매일 저녁 이 노인과 요시무라를 불러들여 의논을 했다. 이 노인은 후지와라가 무슨 생각을 하고 있는지 파악할 수 있었다. 왜구들이 본격적으로 고려 연안을 침구하기 전에는 대마도 외에도 거제도와 남해도를 왜인들이 거주할 수 있도록 했었다. 이곳에 거주하는 왜인들은 농사를 짓는 것이 아니라 원나라와 무역을 하는 상인 집단이었다. 고려와 무역을 하는 왜인들은 주로 거제도를 이용했고 중국으로 다니는 상인들은 남해도를 거쳤다.

일본의 사정이 남북조의 내란 상태로 치닫게 되자 정상적인 무역의 길은 막히게 되었다. 남조의 정서부와 북조 막부의 대결은 규슈에 집중되어 있었다. 규슈에 근거를 둔 남조의 정서부는 전투에 패할 때마다 고려의 연안을 침구해 조창이나 조운선을 털어갔다.

전쟁에 필요한 젊은 고려인들도 닥치는 대로 납치해 갔다.

후지와라가 바라는 것은 대마도를 포함한 규슈의 지배권을 고려에 넘기고 막부를 무너뜨리는 것이었다. 그 대신에 거제도와 남해도에도 예전처럼 일본 상인들이 거주할 수 있도록 해주고 고려 땅의 한가운데에도 왜인 거류지를 만드는 것이었다.

거제도와 남해도가 아닌 내륙 깊은 곳에 거류지를 만드는 이유는 고려의 앞선 문물을 직접 배울 수 있기 때문이었다. 일본국에서 제일 욕심을 내는 기술은 화약과 화포를 만드는 기술이었다. 그 다음이 인쇄술이었다. 고려에서는 목판으로 만든 팔만대장경 외에도 이미 100년 전부터 새로운 기술로 금속활자를 만들어 냈다.

이 노인은 후지와라에게 고언을 했다. 그 동안 33년간이나 고려의 땅을 침략했던 행위를 없었던 것처럼 얼버무릴 수는 없을 것이라 했다. 새로운 동반관계를 시작하려면 사죄부터 해야 하는 것이 순서라고 했다. 후지와라는 이 노인의 말이 듣기 싫었다.

"새로운 관계가 시작되면 과거의 허물은 저절로 덮어지는 법이오."

요시무라는 고려의 수군을 규슈로 끌어들여서는 안 되는 이유를 조목조목 짚었다.

"예전에 고려국도 오랫동안 신라와 백제, 고구려로 나뉘어 있었소. 그런데 신라가 당나라 군대를 끌고 와 삼국을 통일시켰소. 그 후에 신라는 어찌되었는지 아시오. 그게 성공했다면 이 나라는 고려국이 아닌 신라가 있어야 하는 것이오. 결국은 당나라에 끌려다니다가 패망하고 말았소. 우리들의 문제는 우리끼리 해결해야 합니다."

나흘째 되던 날에 왕안덕 조전원수의 사자가 장연현으로 후지와라를 찾아왔다. 왕안덕 조전원수가 장연현으로 후지와라를 직접 만나러 오겠다는 것이었다. 후지와라는 회심의 미소를 지었다. 자신의 밀서가 제대로 효력을 발휘했다는 것을 믿어 의심치 않았다. 그렇지 않다면 사자를 보내 자신을 만나자고 청하지 않았을 것이란 생각이었다. 후지와라는 곧바로 만나겠다는 의사를 전했다.

한 시간 후 왕안덕 조전원수가 10명의 수하 장수들을 거느리고 장연현으로 들어왔다. 후지와라도 10명의 부하들을 거느리고 왕안덕 조전원수를 맞았다.

왕안덕 조전원수는 가까이 다가가기 전에 후지와라를 알아보았다. 6년 전에 부여에 침구한 왜구를 치러갔다가 호되게 당한 적이 있었다. 눈앞에 서 있는 후지와라의 모습은 꿈에도 잊을 수 없는 원수의 얼굴이었다. 그때 당시에는 왜구를 만만하게 보고 섣불리 공격해 들어갔다가 포위가 되어 군사들은 모두 잃어버리고 혼자서 겨우 목숨을 붙이고 도망쳐 왔었다.

그날 이후로 한 시도 잊을 수 없는 원수가 눈앞에 떡하니 나타난 것이었다. 후지와라도 왕안덕 조전원수를 알아보았다.

"참으로 오랜만에 장군을 뵙습니다."

후지와라가 오랜 친구를 대하는 듯 먼저 인사를 건네었다. 왕안덕 조전원수는 옛일이 떠올라 심사가 뒤틀리는 걸 억지로 참아내며 웃어 보였다.

"나를 알아보겠습니까?"

"알아보다마다요. 용맹도 용맹이지만 이인임 문하시중의 사람이라는 것도 잘 알고 있습니다."

왕안덕 조전원수는 잠시 주춤했다. 선왕이 승하하고 태후 경복홍의 세력을 누르고 우왕을 세우는 데 앞장서 이인임의 편에 섰던 것이 자신이었다. 그러나 그러한 사실을 직접적으로 자신의 앞에서 거론한 사람은 아무도 없었다. 후지와라가 그 사실을 거론한다는 것은 자신을 얕본다는 이야기였다. 왕안덕 조전원수는 내색을 하지 않으려고 속으로 분을 삭였다.

"개경에서는 답이 도착하였나요?"

"네, 방금 도착했습니다. 우선 귀측에 얼마간의 양곡을 보내주라는 전갈만 내려왔습니다. 추후에 이인임 영문하부사께서 직접 오신다고 했습니다."

후지와라는 함박웃음을 지었다. 양곡을 보내 준다는 것은 자신의 웅거를 인정한다는 뜻이었다.

"그 외에 다른 지시는 없었습니까?"

"그 쪽에서 잡아 두고 있는 화척들을 돌려보내라고 했습니다."

후지와라는 갑자기 안색이 바뀌었다. 화척들이 들어와 있는 사실을 어떻게 알고 있단 말인가. 이는 필시 내부의 정보가 밖으로 새어 나가고 있다는 것이었다. 그러나 한편으로는 고려군에서 쫓고 있는 화척들을 내 주는 것이야 말로 좋은 관계를 쌓을 수 있는 구실이 될 수 있다고 생각했다.

"알겠습니다. 양곡이 도착하는 즉시 화척들을 보내겠습니다."

두 사람의 만남은 간단하게 끝났다. 왕안덕 조전원수는 추점의 고려진영으로 돌아와 즉각 양곡을 준비해 장연현으로 보냈다. 거문동으로 돌아온 후지와라는 세 곳에 나뉘어 목책을 지키고 있는 화척들을 불러 모았다. 방금 있었던 일을 이야기하고 고려진영으로 넘어가고 싶은 사람이 있는가 물었다. 만약에 아무도 넘어가지 않겠다면 마을 사람들을 뽑아 보낼 심산이었다. 그러나 15명 중에서 10명이 손을 드는 것이었다. 후지와라는 아무도 지원하지 않을 것으로 생각했는데 의외의 반응에 놀랐다.

"너희 다섯은 왜 안 가겠다는 것이냐?"

가겠다는 이유를 물어야 하는데 거꾸로 물어본 것이었다.

"저희는 가면 바로 죽은 목숨이지요."

"흠, 네놈들은 못된 짓을 많이 했나보구나. 알겠다. 희망하는 자들만 보내도록 하겠다."

자원한 10명의 화척들은 곧바로 장연현을 지나 고려진영으로 보내졌다. 병철은 일찌감치 화척의 무리에서 떨어져 나와 있어 화척들이 고려진영으로 넘겨진 사실도 몰랐다.

고려진영에 넘겨진 화척들은 바로 주리틀에 묶였다. 왕안덕 조전원수가 직접 화척들을 심문했다.

"네놈들은 지난 유월에 교주강릉도의 원주와 평창현에서 난리를 피웠던 놈들이 확실하렷다."

"네, 그렇습니다. 목숨만은 살려 주십시오."

"네놈들은 같은 고려국 사람으로 어떻게 동족을 살해하고 재물을 약탈할 수 있단 말이냐?"

"재물을 약탈한 것은 맞지만 사람을 죽이지는 않았습니다."

"무슨 소리냐. 평창현과 원주에서 죽은 사람이 수십 명이다. 그 많은 사람들을 누가 죽였단 말이냐?"

"저희들은 아닙니다. 저희들은 양수척이 아니라 재인들입니다. 그저 재주나 부리고 소리나 하는 광대들입니다. 저희가 어떻게 사람을 죽였겠습니까. 정작 사람을 죽인 건 거문동에 남아 있는 양수척 놈들입니다."

"아직 거문동에 화척놈들이 남아 있단 말이냐?"

"그렇습니다."

"음, 알겠다. 너희들을 용서해줄 테니 왜구들과 싸우는 데 앞장서겠느냐?"

화척들은 눈물을 뚝뚝 흘리며 시키는 대로 하겠다고 했다. 왕안덕 조전원수는 화척들이 어떻게 거문동으로 들어갔었는지 궁금했다. 화척들이 분지골에 숨어 있다 가파른 산길을 넘어 쉽게 거문동에 진입했다는 사실을 알아내고는 기쁨을 감추지 못했다. 왕안덕 조전원수는 하늘이 화척들을 자신에게 보낸 것이라 믿었다.

'후지와라 이놈, 두고 보자.'

왕안덕 조전원수는 이를 부드득 갈았다. 전령을 보내 반대쪽에 있는 김사혁 도순문사에게도 작전명령을 전달했다. 고려 군사들은 느린 속도로 장연현 입구까지 밀고 들어갔다. 장연현에서 박달산으로 곧장 올라갈 수 있는 분지골 입구에서 군사를 세웠다. 후지와라는 밀려오는 고려 군사들을 보고 뭐가 잘못되었는가 하고 깜짝 놀랐다. 그러나 곧바로 양곡을 실은 우마차가 고려진영에서 나오는 것을 보고 안도의 숨을 내쉬었다.

양곡을 실어 보내고 나서 고려군 진영은 아무런 움직임도 보이지 않았다. 거문동의 왜구들을 불러내려 양곡을 운반해 가게 했다. 그 시간에 활과 창으로 무장한 보병 200명이 분지골로 들어갔다.

왕안덕 조전원수는 후지와라에게 사자를 보내 내일 이인임 영문하부사께서 친히 이곳으로 왕의 밀서를 가지고 온다고 전했다. 후지와라는 야철로에서 생산된 황금을 들여다보며 희희낙락하고 있는 중에 전갈을 듣고 뛸 듯이 기뻐했다. 하루가 서서히 저물어 가고 있었다. 왕안덕 조전원수는 솔치재에 걸린 초승달을 의미심장한 눈으로 바라보았다.

후지와라는 푸짐한 저녁상을 물리고 나서 세 개 마을 촌장들과 포로로 묶여 있는 요시무라를 함께 불렀다. 이 노인은 후지와라의 얼굴에 기쁨이 활짝 피어난 것을 보고 불안한 마음을 감출 수 없었다. 왜구에게 기쁜 일이라면 자신들에게는 결코 좋은 일이 아닐 것 같은 생각이 들었다.

"여러분들 기뻐하시오. 드디어 고려국과 우리 일본국이 예전처럼 어버이와 아들 사이로 돌아갈 수 있게 되었소. 그 옛날 백제의 대왕이 왕자에게 칠지도를 들려 보내 일본국을 다스렸듯이 말이오."

"그게 어떻게 당신이 기뻐할 일이란 말이오?"

요시무라가 무시하는 듯한 말투로 쏘아붙였다. 웃음기가 가득하던 후지와라가 정색을 했다.

"그게 왜 기뻐할 일이냐고? 그럼 막부가 망하게 생겼는데 내가 기뻐하지 않으면 어쩔 것이오. 특히 여우 같은 이마카와 료순이 줄행랑을 놓을 텐데 기쁘지 않겠소?"

"분노에에키를 잊은 것이오?"

"불과 100년 전에 있었던 일인데 내가 잊을 리가 있겠소. 이번에는 막부놈들만 사지를 찢어 죽일 것이오. 고려에 들어와 있는 일만의 우리 군사들과 고려의 수군이 곧 다자이후로 진격해 갈 것이오. 당신 요시무라는 내일 떠나도록 하시오. 가서 당신의 주인에게 똑똑히 전하시오. 미리 도망가지는 말고 가만히 앉아서 기다리라고 전하시오."

"모르는 말씀이시오. 지금쯤 료순님께선 요시노야마와 이타야마를 치러 가셨을 겁니다. 빠르면 지금쯤 전쟁이 모두 끝났을지도 모르는 일입니다. 아무리 궁해도 적을 집안으로 끌어들이려는 것은 어리석은 짓입니다."

"어리석은 짓이라고?"

후지와라는 요시무라의 어깨를 칼등으로 내리쳤다. 요시무라가 그 자리에 푹 고꾸라졌다. 그러고도 후지와라는 분이 풀리지 않는 모양이었다. 수하를 시켜 요시무라를 데리고 나가 다시 묶어놓도록 했다. 그런 다음 안색을 부드럽게 바꿔 마을 촌장들에게 말했다.

"이제 안심들 하십시오. 이놈은 간사한 이마카와 료순의 첩자입니다. 고려국과 우리 사이를 이간질하는 놈이지요. 우리는 다시 예전처럼 군주와 신하의 관계를 회복하게 될 것이오. 이제 우리 군사와 고려의 수군이 합세하면 규슈를 정벌하게 될 것이고 막부의 사악한 무리들을 모두 쓸어버릴 것이오. 그런 다음에는 고려국과 일본 간의 관계가 천 년 전의 백제 대왕이 다스리던 시대처럼 화기롭게 돌아갈 것이오.

여기 신령스런 박달산에는 일본국 만호부가 들어서게 될 것입니다. 이곳에선 천하에 제일 우수한 철을 생산하게 될 것이고 금광도 규모를 키워 많은 금을 생산하게 될 것입니다. 그리고 금속활자를 만들어 내는 고려국 최고의 주자소가 이곳에 설치될 것이오. 여러분은 이곳의 주인으로 양국 사이의 가교 역할을 하게 될 것입니다. 고려국 종부부령을 지내신 이 노인께서는 이번 일이 순조롭게 진행 되도록 많은 도움을 주시기 바랍니다."

세 개 마을의 촌장들은 후지와라가 하는 말의 뜻을 정확하게 이해할 수가 없었다. 하지만 몰라도 아는 척 고개를 끄덕거릴 수밖에 없었다. 이 노인은 분위기로 미루어 보아 왜국 내부에도 심한 내란이 일어난 것 같은 생각이 들었다. 내란이 일어나 어느 편이 죽든 말든 남의 나라 땅에 와서 분탕질이나 하지 않았으면 하는 것이 이 노인의 생각이었다.

"그렇게 되면 얼마나 좋겠소. 그러니 이제는 제발 마을 사람들을 해치는 일만 삼가 주시오."

"내가 언제 마을 사람들에게 해를 입혔단 말이오. 앞으로는 서로 화기롭게 살아가도록 합시다. 그런 의미에서 내일은 박달산에 큰 제를 올리도록 합시다."

마을 촌장들은 제라는 말에 화들짝 놀랐다. 지난번 제사를 똑똑히 두 눈으로 목도한 촌장들로서는 긴장하지 않을 수 없었다. 또 어린 계집아이를 잡아 제물로 올린다고 생각하니 소름이 돋았다.

분지골

　다음 날 아침 왕안덕 조전원수의 사자가 솔치재 목책까지 달려
왔다. 사자가 후지와라에게 전달한 내용은 파격적인 것이었다. 고
려국의 최고 실권자인 이인임 영문하부사께서 친히 장연현으로
오실 것이니 후지와라의 군사들은 모두 장연현으로 나와 영접을
하라는 것이었다.

　후지와라는 전갈을 듣고 고민하지 않을 수 없었다. 200기를 모
두 거느리고 장연현을 나갔다가 고려군과 정면으로 부딪치게 되
면 곤란할 것 같았다. 그렇지만 밀사의 자격으로 온 임무를 생각하
면 고려국 최고의 실세를 목책 안에서 맞을 수도 없는 노릇이었다.

　후지와라는 잔꾀를 생각해 내었다. 굳이 병사들의 숫자에 대해
토를 달고 나오지는 않을 것 같아 100기는 놓아두고 100기만 이끌

고 가기로 했다. 남은 100기의 왜구들은 둘로 나누어 오얏나무골과 솔치재의 목책에 배치했다. 남아 있는 5명의 양수척들도 솔치재에 배치했다. 마을 사람들도 둘로 나누어 양쪽 목책으로 보내 방어막으로 이용할 수 있게 했다.

준비를 마친 후지와라는 100기의 기병을 이끌고 목책을 나와 장연현으로 내려갔다. 진시를 지나 사시가 다 된 시간이었다.

왕안덕 조전원수는 창검을 번쩍이며 솔치재를 내려오는 왜구들을 바라보며 회심의 미소를 지었다. 고려군의 진영은 어제보다 앞으로 당겨져 장연현의 입구에 있었다. 고려진영의 가운데 두 길쯤 되는 임시 누대가 만들어져 있었다. 누대 위엔 백발이 성성한 노인이 눈처럼 흰 관복에 흰 관모를 쓰고 느긋하게 앉아 있었다. 한 눈에 보기에도 위엄이 넘쳐 보였다.

후지와라는 멀리서 누대 위의 노인을 눈여겨 바라보았다. 틀림없는 이인임 영문하부사라고 생각했다. 일본국의 운명이 걸린 중요한 순간이 다가오고 있다는 생각에 손에 땀이 고였다.

누대에서 50보 앞까지 접근한 후지와라는 말을 멈추었다. 100기의 왜군이 세 줄로 열을 맞추어 도열해 있었다. 고려 군사들은 누대 양쪽으로 길게 도열해 있었다. 왕안덕 조전원수는 누대 바로 옆의 마상에서 왜구들을 노려보고 있었다. 양 진영 사이에 팽팽한 긴장감이 흘렀다. 긴장을 깬 것은 누대 위의 백발노인이었다.

"그대가 일본국에서 온 후지와라 다케시란 놈이냐?"

노인의 목소리는 생김새와는 전혀 어울리지 않았다. 마치 염소 울음처럼 간드러진 목소리가 긴장을 깨뜨렸다. 사자후를 기대했던 고려 군사들은 키득키득 웃기까지 했다. 후지와라가 두 눈을 번쩍 떴다.

"아니, 뭘 하고 있느냐? 고려국에 사신으로 왔으면 냉큼 말에서 내려와 무릎을 꿇어야지. 고얀 놈 같으니라고."

역시 간드러진 염소 울음소리였다. 이번에는 고려 군사들이 하하 소리를 내어 웃었다. 잠시 후지와라가 움찔했다. 당황하는 빛이 역력했다.

"그대는 누구요?"

"나 말이냐? 나는 네놈이 그토록 만나보고 싶어 하는 이인임이다. 고려국에서는 나는 새도 떨어뜨린다는 걸 알고는 왔겠지? 어서 무릎을 꿇어라."

이번에는 백발노인의 목소리에 고려 군사들이 큰소리로 웃었다. 어떤 자는 배를 움켜쥐고 웃었다. 후지와라는 누대 아래에 있는 왕안덕 조전원수를 쳐다보았다. 창을 꼬나 잡은 손에 힘이 들어가 있었다. 후지와라의 눈에 번개가 치는 것 같았다.

"속았다. 모두 철수하라!"

후지와라가 다급하게 말머리를 돌렸다. 그 순간에 왕안덕 조전원수의 창이 하늘을 찔렀다.

"쳐라!"

누대 옆으로 도열했던 고려군 기병이 앞으로 달려 나갔다. 우레 같은 말발굽 소리가 장연현의 지축을 울렸다. 동시에 보병들도 창을 세우고 "와아" 함성을 지르며 기병의 뒤를 따랐다. 후지와라의 기병은 전속력으로 솔치재를 향해 지쳐 올라갔다. 추격하던 고려 기병이 왜구들의 후미에 따라붙어 태도를 휘둘렀다. 왜구의 목이 순식간에 떨어져 바닥에 굴렀다. 이어서 서너 개의 수급이 더 떨어져 바닥에 굴렀다.

궁수들이 달리는 말 위에서 시위에 살을 메겼다. 수십 개의 화살이 도망치는 대열의 앞쪽으로 날아갔다. 화살이 등에 박힌 왜구들이 말 위에서 떨어졌다. 후지와라는 전속력으로 솔치재 목책을 향해 내달렸다. 왜구의 기병이 목책 안으로 모두 들어간 뒤에 문이 닫혔다. 추격하는 고려 기병들은 추격을 멈추고 거리를 유지했다.

추격하는 고려군의 화살에 맞고 칼에 맞아 쓰러진 자가 절반 가까이 되었다. 목책 안으로 도망친 후지와라는 다급한 숨을 몰아쉬었다. 아침까지만 해도 무지갯빛 꿈에 젖어 있던 후지와라로서는 마른하늘에서 떨어진 날벼락을 맞은 기분이었다. 홧김에 앞에서 얼씬거리는 양수척의 정강이를 걷어찼다.

그 시간에 분지골로 들어가 재를 넘은 고려 군사들은 오얏나무골 목책으로 접근하고 있었다. 댐비재를 통해 금은사가 있는 절골로 들어가 골짜기를 타고 오얏나무골로 내려온 것이었다. 대성산 위에 봉화가 오른 것을 신호로 목책을 들이쳤다. 목책 앞쪽을 지키고 있던 50명의 왜구들은 뒤에서 지르는 함성에 화들짝 놀랐다.

그와 동시에 봉화 연기를 본 김사혁 도순문사의 군사들이 그동안 만들어 놓은 공성차를 밀고 목책 앞으로 밀고 들어갔다. 목책 위에 있는 왜구들이 공성차를 향해 화살을 날렸다. 그러나 안전하게 공성차 뒤에 몸을 숨기고 들어오는 고려 군사를 상하게 하지는 못했다. 오히려 목책 안쪽에서 밀고 들어오는 고려 군사들이 쏜 화살이 목책 위의 왜구들을 쓰러뜨렸다.

목책은 앞쪽의 적을 방어하기에는 적합해도 양쪽에서 밀고 들어오는 적을 방어하기에는 무리였다. 양쪽으로 공격을 받은 왜구들은 우왕좌왕하기 시작했다. 몇 놈은 목책을 버리고 가파른 대성산 비탈에 붙었다가 화살에 맞아 고꾸라졌다. 공성차가 목책에 닿자 고려 군사들이 목책을 넘었다. 왜구들이 공성차로 넘어오는 고려 군사를 막으려고 혼신의 힘을 다해 칼을 휘둘렀다. 대세가 기우는 걸 눈치챈 마을 사람들은 왜구들이 흘린 무기를 집어 들고 고려군의 공격에 가담했다. 화살받이가 되어 죽은 목숨이라고 생각했던 터라 죽기 아니면 살기로 대들기 시작했다.

"놈들은 모두 짐승 같은 놈들이다. 한 놈도 살려 두지 마라."

김사혁 도순문사도 친히 말 위에서 칼을 휘두르며 군사들을 독려했다.

장연현에서 급하게 후지와라를 솔치재로 몰아넣은 왕안덕 조전원수는 더 이상의 추격을 하지 않았다. 목책에서 화살이 미치지 않는 거리에서 느긋하게 기다리고 있었다. 조금만 기다리면 안에서 소식이 올 것이기 때문이었다. 분지골로 군사를 보내 멀리에 있는 오얏나무골 목책부터 치게 한 것은 다 생각이 있어서였다.

왕안덕 조전원수는 느긋하게 기다렸다. 솔치재 목책은 경사 위에 있어 도저히 정면을 돌파하기는 불가능하다는 판단에 오얏나무골을 먼저 치기로 한 것이었다. 성공적으로 오얏나무골의 목책을 무너뜨리고 나면 고려 군사들이 거문동마을 안으로 들어와 솔치재 목책을 안쪽에서 공략할 수 있기 때문이었다.

그 시간에 거문동마을 안에서는 이상한 일이 벌어졌다. 갑자기 솔치재에서 말을 탄 왜구 5명이 거문동마을 안으로 들어왔다. 왜구들은 곧장 처마 밑 기둥에 묶여 있는 첩자 요시무라에게로 다가갔다.

"그동안 고생이 많으셨습니다. 지금 자리를 피하지 않으면 후지와라가 가만두지 않을 것입니다."

왜구는 말에서 내려 묶여 있는 밧줄을 칼로 잘랐다. 마을 사람들은 이유를 몰라 입만 벌리고 있었다.

"곧 있으면 후지와라 다케시가 이곳으로 올 것입니다. 지금 피하지 않으면 기회가 없을 것 같습니다. 여러분들은 우리가 간 곳을 아무에게도 이르지 마시오."

요시무라와 5명의 왜구는 말을 버리고 왜구 옷을 버린 뒤 마을 사람들의 옷으로 갈아입고 댐비재로 올라가 박달산을 넘어갔다.

절반의 부하를 잃고 목책 안으로 쫓겨 들어온 후지와라는 화가 머리끝까지 치밀었다.

"너. 가서 요시무라의 머리를 베어 오너라."

"네."

분을 삭이지 못한 후지와라는 눈앞에 얼쩡거리는 마을 사람을 함부로 주먹으로 치고 발길질을 해대었다. 잠시 후에 거문동으로 갔던 왜구가 빈손으로 돌아왔다.

"그놈 말고도 다섯 놈이 더 도망쳤습니다."

요시무라가 다섯 명의 왜구들과 도망쳤다는 소식을 전해들은 후지와라는 눈에 불꽃이 튀었다. 지금까지 자신의 정보가 모두 노출되었던 것은 요시무라와 무리 속에 숨어 있던 첩자들 때문이란 것을 알아차렸다. 그러나 이미 때는 늦었다.

잠시 후에 목책 안쪽에서 함성소리가 들렸다. 김사혁 도순문사의 군사들과 괴주의 연호군들이 지르는 소리였다. 김사혁 도순문사는 오얏나무골의 목책을 부수고 50명의 왜구들을 모조리 척살시켰다. 그런 다음 곧장 거문동을 통해 솔치재로 진격했다. 김사혁 도순문사는 군사들을 둘로 나눠 한 편은 솔치골에서 올라오는 쪽의 목책으로 보내고 나머지 군사들은 왕안덕 조전원수가 바라보고 있는 장연현 쪽의 목책을 공격하게 했다.

김사혁 도순문사 자신은 연호군들과 함께 솔치골 입구 목책을 쳐들어갔다. 목책 바깥에는 자신의 군사들이 공격할 때를 기다리고 있었다. 양쪽에서 협공을 펼치자 목책은 맥없이 무너져 버렸다. 투항하는 자는 몇 명 밧줄로 묶어 놓고 왕안덕 조전원수와 마주보고 있는 목책을 공격하기 시작했다. 아무리 목책이 방어에 도움이 된다고 하더라도 1,000여 명이 넘는 고려 군사들이 양쪽에서 공격을 하는데 100명도 남지 않는 왜구들이 막아내기에는 역부족이었다. 후지와라는 점점 밀리기 시작하자 혼자서 거문동으로 달아나기 시작했다.

거문동에는 노인과 아녀자들 그리고 어린 아이들만 남아있었다. 자신의 앞길에 걸리적거리는 사람은 아이와 노인을 가리지 않고 마구잡이로 주먹질을 해대었다. 마을로 들어 온 후지와라는 말에서 내려 방안으로 들어가 백운화상초록불조직지심체요절을 끌어안고 나왔다. 후지와라가 마루에 내려서는데 청년 하나가 마당에서 기다리고 있었다. 손에는 거름대를 들고 있었는데 눈빛이 반짝반짝 빛났다. 바로 병철이었다.

"네놈이구나. 신방은 잘 치렀느냐? 예쁜 색시를 붙여 주었으면 넙죽 절을 할 것이지."

"네놈이 그런 악행을 저지르고도 무사할 것 같으냐. 어디 한 번 덤벼보아라. 요절을 내주마."

"그런 장난감 같은 걸로 일본 최고의 칼을 막아낼 수 있겠느냐."

병철이 들고 있는 거름대는 강철로 만든 사지창이었다. 비록 거름을 들어 올릴 때 사용하는 것이기는 했지만, 끝이 뾰족해 목을 노리고 찌른다면 좋은 무기가 될 수도 있었다. 길이도 일본도보다는 조금 길었다.

후지와라가 긴 칼을 뽑아들고 병철에게로 다가왔다. 병철은 정신을 바짝 차리고 후지와라의 움직임을 주시했다. 거리를 좁혀 오던 후지와라가 천천히 칼을 치켜들었다. 병철도 다시 한 번 거름대를 고쳐 쥐었다. 치켜든 후지와라의 칼이 정면으로 병철의 이마 가운데를 노리고 내려왔다. 칼날이 내려오는 것과는 반대로 거름대가 손목을 노리고 치켜 올라갔다. 후지와라의 칼날이 병철의 이마에 닿기 전 손 안에서 떨어져 나갔다. 병철이 치켜든 거름대의 뾰족한 날이 후지와라의 손목을 찌른 것이었다.

칼을 놓친 후지와라가 잠시 멍하니 서 있었다. 손목을 꿰뚫고 있는 거름대가 손을 움직이지 못하게 묶어 두고 있었다. 병철은 거름대를 회수하려고 잡아당겼다. 그러나 쉽게 빠져나오지 않았다. 병철은 그대로 발길질로 후지와라의 사타구니를 걷어찼다.

후지와라가 뒤로 벌렁 나가떨어졌다. 병철은 후지와라의 팔을 발로 밟고 거름대를 뽑아내었다.

"네가 저지른 죄를 생각하면 사지를 찢어 죽여야겠지만 바로 황천길로 보내주마."

병철이 후지와라의 목을 노리고 거름대를 밀어 넣었다. 그러나 거름대 끝이 목을 꿰뚫으려는 찰나 병철의 몸이 옆으로 떠 밀쳐졌다. 그 바람에 거름대는 후지와라 옆의 맨땅에 박히고 말았다.

"아서라, 병철아. 사람의 목숨을 그렇게 쉽게 끊는 게 아니다."

이 노인이었다. 이 노인은 병철의 손에 들린 거름대를 뺏어 들었다. 후지와라의 놓친 칼도 들고 있었다. 마을 사람들이 우루루 몰려 들어와 세 사람을 에워쌌다.

"저놈은 죽여야 합니다. 짐승보다도 못한 놈입니다. 우리한테 맡겨 주시면 개 패듯이 패서 잡겠습니다."

마을 청년 하나는 지겟작대기를 들고 있었다. 이 노인이 비켜 주기만 하면 곧장 달려들어 매질을 할 판이었다. 그러자 다른 사람들도 주위에 있는 도리깨며 괭이자루 등을 들고 몰려들었다.

"죽여라! 죽여라!"

마을 사람들 모두가 이구동성으로 소리를 질렀다. 이 노인이 자리를 비키기만 하면 곧장 두들겨 패서 잡을 작정이었다. 이 노인이 흥분한 마을 사람들을 향해 점잖은 목소리로 타일렀다.

"모두 진정들 하시오. 이 자는 백번을 죽여도 시원찮을 자요. 우리가 이 자를 죽인다고 해서 달라지는 것은 아무것도 없소. 죽은 사람들은 돌아오지 않는 법이오. 이 자를 죽인다고 해 보아야 우리만 독한 사람들이 되고 마는 것이오.

아주 예전에는 왜국에 사람이 아닌 원숭이들이 살고 있었다고 하오. 그 원숭이들을 사람으로 만든 것이 우리 조상님들이었소.

이 자도 겉모습은 사람인데 짐승 같은 짓을 하는 걸 보면 배우지 못한 탓이오. 이들에게 사람의 법도를 먼저 가르쳐야 하는데 쇠를 다루는 기술을 가르쳐 주었기 때문에 이런 일이 벌어진 것이오. 예전부터 이들을 가르친 것이 우리 조상님들이기 때문에 누굴 탓할 수도 없는 것이오. 지금 이 자에게 똑같이 짐승 같은 짓을 해서는 안 되오."

왕안덕 조전원수와 김사혁 도순문사의 고려 군사들은 순식간에 왜구들을 휩쓸어버렸다. 왜구들과 한편이 되어 대도를 휘두르던 화척 4명 중에 3명은 순식간에 목이 떨어지고 말았다. 1명은 목이 달아나기 직전에 칼을 버리고 두 손을 번쩍 드는 바람에 목숨을 보전했다. 고려 군사들은 무기를 버리고 항복하는 자들은 곧바로 오라를 지어 바닥에 꿇게 했다. 그렇게 사로잡힌 자가 16명이었다.

순식간에 적들을 몰아치자 솔치재에 시체가 가득했다. 왕안덕 조전원수는 시체들을 모아 놓고 모조리 수급을 취했다. 장연현에서부터 오얏나무골까지 쓰러진 시체들을 한군데 모으니 산더미 같았다. 희생된 마을 사람들은 시신을 거두어 장례를 지내주게 했다.

왕안덕 조전원수는 왜구들의 잔학성을 보고 치를 떨었다. 오라를 지어 바닥에 꿇어 앉아 있는 왜구들 중에서 제일 몸피가 굵은 놈을 앞으로 끌어내었다. 앞에 끌려 나온 왜구는 대충 분위기를 눈치채고 부들부들 떨기 시작했다.

"이놈을 매달아라. 앞에 사람들과 똑같이 해주어라."

고려 군사 서너 명이 달려들어 몸피가 큰 왜구 놈을 밧줄에 걸어 소나무에 대롱대롱 매달았다. 왕안덕 조전원수는 양수척 한 놈을 풀어주고 작은 칼을 한 자루 쥐여 주었다.

"네놈이 짐승을 잡는 백정 놈이니 사람도 잡았구나. 필시 강릉도 원주, 평창에서 사람을 죽이고 도망친 놈이렷다. 어디 사람 잡는 솜씨를 보여 보아라."

양수척은 고려군에 항복하면서도 이제는 죽은 목숨이라고 각오를 하고 있던 참이었다. 서슴없이 소나무에 매달린 왜구의 바지를 끌어내렸다. 놈의 희멀건 엉덩이가 그대로 드러났다.

"이놈들이 하는 짓을 봐선 꼬리가 달려 있을 줄 알았는데 사람하고 똑같구나. 어서 죽여라."

왜구의 얼굴색이 하얗게 질려있었다.

"네놈들이 보니 어떠냐. 어차피 네놈들도 모조리 나무에 매달릴 것인데 기분이 어떤지 말해 보거라."

바닥에 꿇려있는 왜구들은 모두가 사색이 되어 부들부들 떨었다. 왜구의 옷을 벗긴 양수척은 명령을 내리기를 기다리며 눈을 희번덕거렸다. 왜구들은 모두다 고개를 땅바닥에 푹 떨구고 있었다. 소나무에 매달려 있는 동료의 모습을 차마 쳐다볼 수 없는 모양이었다.

"그걸 봐라. 내가 당하지 않는다고 해서 함부로 남의 생명을 가볍게 생각하면 되겠느냐?"

왜구들의 얼굴빛은 완전히 흙빛으로 바뀌어 있었다. 그때 거문동 쪽에서 와자지껄한 소리가 들려왔다. 모두 그쪽을 바라보니 거문동에서 한 떼의 사람들이 솔치재 쪽으로 몰려오고 있었다.

양손을 뒤로 묶인 채 맨 앞에서 끌려오는 사람은 다름 아닌 왜구들의 우두머리 후지와라였다. 솔치재에 있던 마을 사람들 사이에서 야유가 터져 나왔다.

후지와라 옆에서 같이 걸어오는 사람은 연풍마을의 이 노인이었다. 이 노인은 왕안덕 조전원수와 김사혁 도순문사 그리고 도홍병마사에게 인사를 올렸다.

"세 분 장군님께 인사 올립니다. 종부부령을 지냈던 이의령입니다. 이렇게 저희 마을을 구해주셔서 감사드립니다."

"오. 그러고 보니 초면이 아니군요. 일전에 어전에서 뵌 적이 있었지요?"

"네, 그렇습니다."

"아니 그런 분이 왜 이런 시골에 와 계시는 것입니까?"

"이곳의 풍광이 뛰어나 눌러앉게 되었습니다."

"과연 풍광은 뛰어난 곳이군요. 물은 맑고 산세는 수려하군요. 우리 고려국의 곳곳을 누비고 다녔지만 이렇게 풍광이 뛰어난 곳을 일찍이 보지 못하였습니다. 이런 수려한 고장에 도적 떼가 들어와 큰 고초를 겪으셨군요. 내 이놈들을 모조리 척살시키겠습니다."

"잠시만요! 잠시만 멈추시오!"

이 노인이 다급하게 양수척을 세웠다. 양수척은 왜 그러냐는 표정으로 왕안덕의 눈치를 살폈다. 왕안덕은 다급하게 제지하고 나선 이 노인을 바라보았다.

"왜, 무슨 일이 있습니까?"

"이놈들을 모두 살려주시오. 이놈들을 똑같은 방법으로 죽인다면 우리가 이들과 다른 점이 무엇이겠습니까. 이놈들은 배워먹지 못해서 짐승 같은 짓을 하고 다니지만 우리도 똑같이 이들을 따라 하면 안 되지요."

왕안덕 조전원수는 이 노인을 물끄러미 바라보았다. 이해가 안 된다는 표정이었다.

"이놈들이 한 짓을 보시고서도 그런 말씀을 하시는 겁니까?"

"네, 이 늙은이 두 눈으로 똑똑히 보았습니다. 놈들이 한 짓은 차마 사람으로서는 할 짓이 아니었습니다. 우리도 똑같이 따라한 다면 우리도 역시 사람이 못 되는 것입니다."

왕안덕 조전원수는 가벼운 신음을 내뱉었다. 마을 사람들이 말도 안 된다는 듯 술렁거리기 시작했다.

"저놈은 목을 매달 게 아니라 사지를 묶어 능지처참을 해야 마땅합니다."

마을 사람 하나가 나서서 큰소리로 외쳤다. 그러자 다른 사람들도 일제히 소리를 지르기 시작했다.

"죽여라! 죽여라! 능지처참하라!"

왕안덕 조전원수가 손을 높이 치켜들었다. 그러자 사람들이 무슨 일인가 하고 쳐다보았다.

"모두 들으시오. 우리가 지금 마음 내키는 대로 해서는 안 됩니다. 국법에 맞게 처리하겠소. 먼저 이놈들을 처리하기 전에 이 양수척 놈들을 먼저 심판하겠소. 이놈들은 지난달에 강릉도 원주와 평창에서 양민을 죽이고 관아까지 습격했으며 아녀자를 겁탈했습니다. 자신들의 죄가 드러나지 않게 하기 위해서 왜구로 가장하고 못된 짓을 저질렀습니다. 이런 놈들을 토착왜구라 하는 것이오. 왜구 놈들보다 더 나라에 해악이 되는 놈들이오. 여기 두 놈을 충주목으로 압송하도록 하시오."

밧줄을 들고 후지와라를 묶으려고 기다리고 있던 양수척들은 그 자리에 털썩 주저앉고 말았다. 고려 군사들이 달려들어 양수척들을 오라지었다.

"어떤가? 후지와라. 네 놈의 조상 중에 후지와라노 미치나가란 놈이 세상을 다 얻은 것처럼 오두방정을 떨었다지. 잠시 후면 상현달이 떠오를 텐데 그걸 보지 못 할 테니 어쩌면 좋을까. 하직 인사라도 한마디 하거라."

"곧 후회하게 될 것이오. 지금 일본국에서 세도를 잡은 자들은 간사하기 짝이 없는 자들이오. 자기네 야망을 채우기 위해 고다이고 천황을 요시노야마로 몰아내고 새 천황을 옹립한 자들이오. 배신을 밥 먹듯 하는 신의가 없는 자들이오. 그들과 손을 잡았으니 이 나라도 망할 날이 멀지 않았소."

"네놈들이 33년이나 이 나라를 노략질하고 다녔으면서 그런 말이 입에서 나오느냐. 이 나라 걱정은 안 해도 된다. 경신년에 진포에서 화포 맛을 보고도 그런 말을 하느냐. 올해 5월에도 우리의 정지 장군이 관음포에서 화포로 너희 왜구 놈들을 때려잡은 걸 모르느냐. 네놈들이 아니라도 고려 수군으로 다자이후가 있는 규슈를 회복할 것이다. 예전에 장보고 장군이 관리하던 너희 나라 세이카이나이의 뱃길도 고려국이 접수하게 될 것이다."

"좋습니다. 마지막 청을 드리겠습니다. 일본국의 무사로서 명예롭게 죽게 해주시오. 할복을 하겠습니다."

"말도 안 되는 소리. 고려국에서는 우리 방식대로 죽어야 한다. 뭣들 하느냐. 어서 놈을 묶어라."

고려 군사들이 우르르 몰려들어 후지와라를 묶었다. 이 노인이 말리려 했지만 왕안덕 조전원수는 이 노인과 눈을 마주치지 않으려고 일부러 외면했다. 후지와라의 사지는 말 세 마리와 소나무 기둥에 묶였다. 왕안덕 조전원수가 수신호를 내리기만 하면 후지와라의 몸은 사지가 찢어질 판이었다.

"잠시 멈추시오."

고려 군사들과 마을 사람들은 일제히 소리가 나는 쪽으로 고개를 돌렸다. 거문동에서 두 사람의 스님이 천천히 걸어오고 있었다. 다급하게 소리를 치기는 했는데 걸음이 매우 느렸다. 두 사람은 지팡이 끝을 같이 쥐고 걷고 있었다. 앞에서 걸어오는 사람은 석찬 스님이었고 뒤에서 지팡이 끝을 잡고 조심스럽게 걸어오는 사람은 금은사의 노스님이었다. 석찬 스님은 한 손에는 지팡이를 들어 노스님의 길잡이 노릇을 하면서 한쪽 옆구리에는 피가 묻은 책 두 권을 끼고 있었다.

"멈추도록 하시오. 무슨 일이 있어도 사람을 죽여서는 안 됩니다."

석찬 스님의 인도를 받아 힘들게 찾아 온 노스님이 입을 열었다.

"지금 상황을 말씀해 보시오. 지금 왜구의 대장을 죽이려는 것입니까?"

"그렇습니다. 스님. 이놈은 수많은 마을 사람을 죽이고 마을 아녀자들을 겁탈했습니다. 심지어는 두 살 된 어린아이의 배를 갈라 죽이기까지 했습니다. 도저히 용서할 수 없는 놈입니다."

"그 자 앞에 날 데려다 주시오."

석찬 스님이 노스님을 인도해 밧줄에 사지가 묶인 후지와라의 앞에 데려갔다. 노스님은 팔을 내밀어 휘저었다. 그러자 후지와라의 머리가 손에 닿았다. 노스님은 후지와라의 머리통을 쓰다듬다가 두 눈을 쓰다듬었다.

"이게 이 자의 눈알입니까?"

"그렇습니다."

"이 자가 내 두 눈을 이렇게 만들었습니다. 손가락으로 뽑아버렸지요."

노스님은 손바닥으로 자신의 눈알이 빠져나가 움푹 팬 눈을 쓰다듬었다. 거문동 사람들이 얼마 전까지 멀쩡하던 노스님의 모습을 생각해내고 낮은 신음을 토해냈다.

"어떻게 할까요? 이 자의 눈알도 똑같이 뽑아버릴까요?"

"뽑아버려요. 똑같이 만들어 줘요."

"뽑아요. 뽑아요."

처음에 한사람이 소리를 지르니 모두가 나서서 눈알을 뽑아버리라고 소리를 질렀다.

"잠시 조용히 하시오. 지금 이 자의 눈알을 뽑아버리면 달라지는 게 뭐가 있을까요? 사라진 내 눈이 다시 돌아오겠습니까?"

"그래도 원통해서 어쩝니까. 앞 뒤 계산할 것도 없이 그냥 뽑아버리세요."

"그래서는 안 됩니다. 내가 원통한 마음에 이 자의 눈알을 뽑아버리면 나도 똑같은 사람이 되어 버리는 것입니다. 이 자도 처음부터 악인으로 태어나지는 않았을 것입니다. 어려서부터 사람이 사람을 죽이는 걸 보아온 자는 당연한 것처럼 여기게 됩니다. 사람을 죽이는 것도 나쁜 일이지만 죽이는 걸 보는 것도 나쁜 일입니다. 더구나 우리의 어린아이들이 못 볼 걸 보게 된 것도 불행입니다. 우리가 원수 놈의 눈알을 뽑아버리면 어린아이들도 그렇게 짐승 같은 마음을 품고 살게 될 것입니다."

노스님의 말에 마을 사람들이 잠잠해졌다. 왕안덕 조전원수도 노스님의 말이 일리가 있다는 생각이 들었다. 그때 석찬 스님이 앞으로 나섰다. 옆구리에 끼고 온 책 두 권을 왕안덕 조전원수 앞에 내밀었다.

"이것이 금은사에서 놈들이 뺏어간 백운화상초록불조직지심체요절입니다. 지난 정사년(1377)에 흥덕사에서 만든 것입니다. 이것을 만든 이유는 불법을 널리 전하려는 것이었습니다. 이 자가 단순히 보물로 생각하고 취하지는 않았다고 생각합니다. 이것도 다 부처님의 인연에 따른 것이라고 봅니다. 진즉에 왜인들에게도 올바른 부처님의 법을 널리 알렸더라면 이렇게까지 흉폭한 짓을 하지 않았을 것입니다. 이 자를 당장 처단하는 일은 그리 어려운 일이 아닙니다."

석찬 스님은 바닥에 쓰러져 있는 시체들을 가리켰다. 창과 칼에 상해를 입은 시체들은 차마 눈뜨고 보기 힘들었다.

"짐승들도 같은 무리끼리는 이런 짓을 하지 않습니다. 우리는 이런 짓을 해서는 안 됩니다. 지금 눈앞의 분노를 쏟아낼 생각만 해서는 안 됩니다. 이들도 사람답게 생각하고 행동할 줄 알아야 합니다. 이들에게 이 불법을 주어 저희 나라로 돌려보냅시다. 그리고 이곳에서 있었던 일은 절대로 후손들에게 말해서는 안 됩니다. 인간이 인간다워지려면 인간답지 않은 일에 대해 말하는 것조차 삼가야 합니다."

석찬 스님의 말에 모두들 숙연해졌다. 모두들 눈앞의 처참한 광경을 둘러보고는 고개를 절레절레 흔들었다. 차마 사람이 저지른 일이라고 말할 수 없는 광경이었다.

"여러분 어떻습니까? 스님의 말씀대로 이놈들을 돌려보낼까요?"

왕안덕 조전원수가 마을 사람들에게 물었다. 그러나 아무도 선뜻 나서서 대답하는 사람이 없었다. 이때 도순문사 김사혁이 앞에 나섰다.

"나도 그동안 놈들을 쫓아다니면서 죽을 고비도 넘기고 숱하게 놈들을 죽였지만 마음이 편하지 않았소. 이 자들이 스스로 뉘우치고 악행을 멈춘다면 이 자리에서 내 목을 내놓을 수도 있겠소. 나는 병진년(1376)에 공주 목사로 있을 당시 정현에서 이 자의 꾀에 넘어가 부하들을 모두 잃고 죽을 고비를 넘긴 적이 있소. 부하들의 원한을 생각하면 당장 능지처참을 해야 마땅하나 스님의 말씀을 듣고 보니 내 마음속의 악한 마음이 부끄러워집니다. 스님 말씀대로 이 자들을 살려서 개경으로 보냅시다. 사로잡은 자들은 모두 개경으로 압송하라는 명도 있었소."

사지가 묶인 후지와라를 풀어서 일으켜 세웠다. 그러자 큰 솔방울만 한 물체가 허리춤에서 바닥으로 떨어졌다. 군사 한 명이 떨어진 물건을 주워 왕안덕 조전원수에게 바쳤다. 물건은 주물틀에서 꺼낸 금속활자였다. 가지 끝마다 글자 하나가 붙어 있었다. 글자 하나하나를 떼어내 다듬어서 인판틀에 끼워 넣어 사용할 수 있었다.

　"음, 이것이 무엇에 쓰는 물건인고?"

　"그건 저를 주시지요. 그것이 흥덕사에서 만든 금속활자입니다. 바로 이 책을 만들어낸 활자입니다. 이 물건 때문에 주지 스님과 동자승이 두 눈을 잃었습니다."

　석찬 스님이 들고 있던 두 권의 책을 들어 보였다. 왕안덕 조전원수는 쇳덩이를 석찬 스님에게 건네주었다.

중원에 지는 노을

그동안 장연현을 뒤흔들었던 사건은 일단락되었다. 날이 저물어 풀숲에서 풀벌레 우는 소리가 들리기 시작했다. 상현달이 박달산 위에 고개를 내밀었다.

병철과 옥분은 거문동의 주인을 잃은 빈집에서 신방을 차렸다. 병철이 쭈뼛거리며 주위만 빙빙 돌자 이 노인이 나서 병철에게 호통을 쳤다.

"한번 혼례를 치렀으면 그것으로 끝이다. 누가 주선을 했고 말고가 문제가 아니다. 이미 너의 식구가 되기로 혼례를 치른 사이니 네 식구는 네가 챙기거라. 이 판국에 목숨을 잃은 사람도 부지기수인데 너는 혼례까지 치렀으니 얼마나 다행이냐."

이 노인의 확고한 의지에 병철의 들뜬 마음도 어느 정도 가라앉았다. 옥분과 신방에 들고나니 만감이 교차했다. 왜구 놈들에게 능욕을 당한 사실이 병철의 머릿속을 흔들었다.

옥분은 병철과 신방에 들고 나서 아무런 표정도 없이 바닥만 내려다보고 있었다. 한 번씩 정신이 나가 있을 때는 알 수 없는 소리를 지르며 난리를 피우다가도 갑자기 제정신이 돌아오면 얌전해지곤 했다. 신방에 들고 보니 제정신이 돌아와 어찌할 바를 몰랐다. 매일 밤 왜구 놈에게 능욕을 당한 생각을 하면 병철 앞에서 고개를 들 수도 없었다. 정조를 잃은 여자는 죽어야지 무슨 낯으로 고개를 들고 살아가겠나 싶었다. 차마 고개를 들어 병철을 바라보는 것도 힘들었다.

둘이 서로 말도 못하고 바라보고만 있는데 밖이 소란스러웠다. 병철이 방문을 열고 내다보니 어디에서 나타난 것인지 미친 여자가 마을 아주머니들과 실랑이를 벌이고 있었다.

"아이고 이것아, 정신 좀 차리거라. 여기가 어딘 줄 알고 함부로 들어오는 게야. 신방을 지키고 있는데 소란을 피우면 어떻게 하니."

"싫어. 내 신랑이야. 내 거야."

벙어리처럼 말도 한 마디 하지 않던 미친 여자가 말을 하고 있었다. 병철은 난감한 노릇이었다. 미친 여자가 자신과 달천강 물속에서 정사를 나눈 사실을 기억하고 있는 것 같았다. 병철이 안절부절 못하고 있는데 소란하던 마당이 조용해졌다. 마을 아주머니

283

가 미친 여자를 밖으로 데리고 간 것이었다. 병철은 가만히 앉아 있는 옥분의 손을 잡았다.

　병철과 옥분은 방안에서 나와 툇마루에 걸터앉았다. 상현달은 이미 박달산 너머로 넘어가고 밤하늘엔 별무리가 은가루를 뿌려 놓은 것 같았다. 어디선가 부엉이 울음이 청승맞게 들려왔다. 옥분이 병철의 몸에 머리를 기대어 왔다. 어릴 적 여름날에 둘이 같이 풀밭에 드러누워 별 하나 나 하나 별 둘 나 둘 하고 외우던 생각이 떠올랐다.

　"옥분아, 이 마을 별빛도 우리 마을 하고 똑같지?"

　"응, 그래."

　"저 산 너머 넓은 바다를 건너면 왜국이라는 섬나라가 있다는데 그 나라에도 밤하늘의 별빛은 여기하고 똑같을까?"

　"아닐 거야. 저렇게 예쁜 별빛을 보고 살아 온 사람들이 그렇게 포악할 수는 없을 거야."

　"하긴 그렇겠지. 우린 여기서 멀리 떠나지 말고 밤마다 예쁜 별들을 바라보며 같이 살자."

　"그래. 우리 약속하자."

　"두 사람은 어린 시절로 돌아가 새끼손가락을 걸었다. 박달산 위에서 큰 별똥별 하나가 꼬리를 길게 늘어뜨리며 떨어졌다.

　다음 날 아침 마을 사람들은 바쁘게 움직였다. 오얏나무골과 솔치재에 널려 있는 시체를 수습하는 일에 매달렸다. 각자 자기 마을 시체는 자기들이 수습했다. 김사혁 도순문사와 왕안덕 조전원수 그리고 도흥 병마사의 군대는 아침 일찍 철수하고 괴주 감무 이성길이 지휘하는 괴주 연호군들이 왜구의 시체를 수습했다. 마을 사람들이 달려들어 여러 사람의 명줄을 끊어놓은 솔치재의 굽은 소나무를 도끼로 찍어 쓰러뜨렸다.

연풍사람들과 송덕마을 사람들은 시신을 장례지낸 다음 각자 마을로 돌아갔다. 송덕마을 사람들은 오얏나무골에 세웠던 목책을 뜯어 싣고 갔다. 불타버린 집들을 새로 짓는데 사용하기 위해서였다.

이 노인은 가족을 모두 데리고 금은사로 갔다. 물론 새로 맞은 손주며느리까지 데리고 갔다. 금은사는 난을 겪은 사찰답지 않게 많은 사람들로 붐볐다. 산 위의 동굴 속으로 피신해 있던 사람들이 모두 돌아와 있었다. 이 노인은 낯선 사람들이 붐비는 걸 보고 어리둥절했다. 요사채 한쪽 옆에는 건장한 남자들이 모여 새로 집 지을 준비를 하고 있었다.

법당에선 노스님의 구성진 염불 소리가 쉼 없이 흘러나왔다. 두 눈을 잃은 노스님은 바깥나들이가 수월치 않자 온종일 법당을 떠나지 않고 염불만 하고 있었다. 노스님의 곁에 역시 두 눈을 잃은 동자승이 합장을 하고 노스님의 염불 소리를 따라 읊고 있었다. 석찬 스님이 나와 이 노인 일행을 맞았다.

"어서 오십시오. 어인 일로 바로 돌아가시지 않고 누추한 곳에 들리시었는지요?"

"이 많은 사람들은 도대체 뭘 하는 사람들인지요? 아무래도 그냥 떠나가기에는 뭔가 석연치 않더군요. 이곳 박달산에는 뭔가 특별한 것이 있었군요. 후지와라라는 자가 이곳에 공을 들인 것을 보면 뭔가 분명히 있는 것이겠지요."

"글쎄요. 부처님의 자비가 아니면 무엇이 더 특별한 것이 있겠습니까. 이 사람들은 모두 흥덕사에서 금속활자를 만들던 사람들입니다."

사실 이 노인이 금은사에 들른 것은 원수를 죽이지 않고 살려 보낸 두 스님 때문이었다. 원수를 용서한다는 것이 말처럼 쉬운 것이 아니었다. 두 스님의 용기에 새삼 존경의 마음이 우러나왔다.

석찬 스님은 이 노인을 요사채로 들게 했다. 이 노인이 자리에 앉고 석찬 스님이 시렁 위에서 기름종이에 곱게 싼 책 한 권을 내려놓았다. 일전에 이성계 장군이 맡겨놓고 간 대명률이었다. 석찬 스님은 조심스럽게 책을 싼 기름종이를 벗겨 내었다. 이 노인의 눈이 점점 커지더니 입까지 벌어졌다.

"이, 이건 명나라의….'

"그렇습니다. 대명률입니다."

"이런 물건이 왜 여기에 있는 것입니까? 도대체 여기서 무슨 일을 꾸미고 있었던 것입니까?"

석찬 스님은 그간에 금은사에서 있었던 일을 자세하게 설명해 주었다. 이야기를 다 듣고 난 이 노인은 땅이 꺼져라 깊은 한숨을 내쉬었다.

"엄연하게 따지면 이 일은 역모요. 단순하게 금속활자를 만드는 일과는 거리가 있는 이야기요."

"하지만 금속활자를 만드는 일은 계속되어야 합니다. 도탄에 빠진 백성을 구하기 위해서라도 누군가는 앞서 나가야 하지요. 어쩌면 이것은 부령 어르신께 필요한 책인 것 같습니다."

석찬 스님은 책을 이 노인 앞으로 밀어 놓았다. 이 노인은 눈앞의 책을 지그시 내려다보더니 눈을 감았다. 두 사람 사이의 침묵이 깊은 강처럼 흘렀다.

후지와라를 비롯한 15명의 왜구들은 마차로 불정나루까지 옮겨진 뒤 배에 태워졌다. 한강을 타고 내려가 서해를 거쳐 예성강으로 개경까지 가는 뱃길을 택한 것이다. 배는 황포돛배인데 햇볕과 비를 피할 수 있도록 선미 쪽에 덮개까지 설치되어 있었다. 왜구들은 모두 선미 쪽의 덮개 밑에 타고 두 명의 뱃사람이 노와 삿대를 잡고 배를 몰았다. 두 명의 고려 군사가 뱃전에서 감시했다. 배는 바람을 받지 않아도 하류로 흐르는 물살을 타고 순조롭게 내려갔다.

배가 달천강을 따라 내려가다 남한강과 합류하고 조금 더 내려가 중원탑을 지날 때였다. 상류에서 작은 배 한 척이 빠른 속도로 달려와 옆에 붙었다. 5명의 고려 군사가 후지와라가 탄 배로 건너왔다. 배를 호위하던 두 명은 자신들이 타고 온 배로 건너가게 한 다음 배를 장악했다.

"후지와라. 나를 알아보겠는가?"

5명 중에 우두머리는 다름 아닌 첩자로 잡혀 끌려 다니던 요시무라였다. 그동안 포로로 끌려 다니느라 갖은 고초를 겪던 요시무라는 깔끔한 고려 무사로 바뀌어 있었다.

"옷을 바꿔 입었다고 사람을 몰라보지는 않겠지. 그동안 후한 대접을 해주었는데 인사는 해야 도리가 아닌가 싶네."

후지와라는 고개를 강안으로 돌려 요시무라를 외면했다. 요시무라는 후지와라가 멍하니 바라보고 있는 강안을 바라보았다. 오랜 옛적 고구려가 세운 중앙탑이 강가에 의연하게 서 있었다.

"저기 탑이 보이는가? 저게 바로 고구려가 이곳을 지배하던 시절에 세운 중앙탑이라네. 여기는 누가 뭐라고 해도 고려국의 중심인 중원일세. 신돈이라는 사람과 이인임이 이곳으로 천도를 하자고 했던 곳일세. 그만큼 중요하다는 뜻이겠지. 일개 도적들이 노릴 만한 곳이 아니라는 말일세."

"…"

후지와라는 아무 대꾸도 없이 멍한 눈으로 중앙탑만 바라보았다. 초점이 제대로 잡혀 있지 않아 제대로 탑을 바라보고 있는 것인지 의심스러웠다. 어쩌면 이미 혼이 다 빠져나가고 껍데기만 남은 사람 같았다.

"후지와라 어떤가? 이대로 개경으로 끌려간들 살아날 길이 있겠는가. 여기서 명예롭게 죽을 기회를 주겠네."

그 말에 후지와라의 눈빛이 반짝 살아났다. 요시무라가 허리춤에서 짧은 칼을 뽑아 후지와라에게 건넸다. 후지와라가 칼집에서 칼을 뽑아 눈높이로 들어올렸다. 그때 오른쪽에서 배 한 척이 가까이 다가왔다. 후지와라가 들어 올린 칼이 움직이기도 전이었다.

"멈추시오."

가까이 다가온 배에서 두 사람의 청년이 건너왔다. 이방원과 최인규였다. 요시무라가 이방원을 알아보고 뒤로 물러났다.

"도련님께서 이곳에 웬일이십니까?"

"장군님의 명령입니다. 죽기 전에 후지와라에게 감사 인사를 전하라 하셨습니다."

이성계 장군은 여진족 족장 호바투를 치기 위해 동북면 도휘사가 되어 동북면도에 가 있었다. 그것이 오히려 장군에게 좋은 일이 될 줄은 미처 알지 못했다. 개경에 있었더라면 후지와라를 치러 장군을 보냈을 터였다. 후지와라가 꼭 만나보고 싶었던 사람은 다름 아닌 3년 전에 지리산 실상사에서 만났던 이성계 장군이었던 것이다.

장군은 동북면도에서 호바투와 접전을 하면서도 장연현의 소식을 수시로 보고받았다. 요시무라 때문에 가능한 일이었다.

"후지와라. 고맙소. 끝까지 장군님의 함자를 한 번도 언급하지 않아서 말이오. 물론 개경에 가서도 끝까지 그렇게 해 주실 걸로 믿습니다."

후지와라는 이방원의 얼굴을 빤히 올려다볼 뿐 입을 열지 않았다. 상황을 되돌아보니 억울하다는 표정이었다.

"당신은 참 운도 없는 사람이오. 5월에 정지 장군이 관음포에서 화포를 쏘기 전에 오셨더라면 일이 이렇게 되지 않았을 텐데 말이오. 아니면 조금 더 있다가 오던가 했어야지요."

역시 후지와라는 아무 말이 없었다. 요시무라가 정지 장군의 화포는 뭐냐고 물었다. 사실 정지 장군의 화포는 왜구들이 남해에 들어오지 않았더라면 바로 대마도로 향했을 터였다. 그렇게 준비해 온 화포였다.

화포는 진포에서 위력을 발휘한 뒤 정지 장군에게로 넘어가 있었다. 부원수 최무선은 권문세족과 신진사대부들에게 견제의 대상이 되어 있었다. 아직 삼십 대의 젊은 정지 장군은 어느 한 편에 휘둘리지 않아 화포를 이어받는데 성공했다.

"후지와라, 고개를 들고 이 청년을 한 번 바라보게."

이방원이 뒤에 서 있던 최인규를 앞에 세웠다. 후지와라가 고개를 들어 최인규를 바라보았다. 늠름한 고려 청년이 앞에 버티고 서 있는데 누군지 기억이 가물가물했다. 차츰 후지와라의 눈이 빛났다. 3년 전 실상사에서 보았던 최인규를 기억해냈다. 그때보다는 한층 기골이 장대해지고 늠름해 보였다.

"사근내역에서 죽인 고려 사람들을 기억하느냐?"

후지와라가 고개를 외로 흔들었다. 고려 땅에서 너무 많은 살생을 저지른 후지와라가 일일이 죽은 사람들을 기억하지 못하는 게 정상일 지도 몰랐다.

"그래도 속리산 은월암에서 죽인 두 남자를 잊었다고 하지는 못하겠지. 우리 가족 모두가 네놈 칼에 죽었다."

후지와라는 고개를 바닥으로 떨구었다.

"생각 같아서는 네놈의 나라까지 따라가서 네놈이 보는 앞에서 가족을 모두 죽이고 싶다."

최인규는 한참 동안 후지와라를 노려보다가 눈물을 주르르 흘렸다. 원수를 눈 앞에 두고 보니 죽은 부모님이 더 그리워졌던 것이다. 잠시 후에 눈물을 훔친 최인규가 칼을 뽑아들었다. 그러자 이방원이 앞을 가로막았다.

"숨을 끊어놓는다고 죽은 사람들이 살아서 돌아오지는 않는다. 손에 피를 묻히지 말고 그냥 돌아가자."

최인규의 손을 잡아끌었다. 요시무라에게는 죄인들을 개경까지 무사히 호송하라고 명령하고 타고 온 배로 건너왔다. 후지와라가 탄 배가 점점 하류로 흘러가기 시작했다. 최인규와 이방원이 뱃전에 서서 뚫어져라 멀어져 가는 배를 바라보았다.

잠시 후 천지를 찢는 듯 한 폭음이 강물을 흔들었다. 섬광이 번쩍 하더니 연기가 하늘 높이 치솟았다. 후지와라가 탄 배가 산산조각이 났다. 강에서 유유히 헤엄치던 물오리 떼가 소리에 놀라 한꺼번에 날아올라 하늘을 덮었다. 최인규의 손에 아직도 꺼지지 않은 횃불이 활활 타고 있었다. 이방원이 다가와 최인규의 어깨를 쓰다듬었다.

"이제 아우도 가슴에 묻힌 걸 모두 잊어버리게. 부모님께서도 이 천둥소리를 들으셨을 것이네."

"요시무라가 억울하지 않을까요? 그래도 우리 편이었는데요."

"여기서 있었던 일은 아무도 몰라야 하네. 첩자란 다 자기 꿍심이 있게 마련이네."

"이제 전 어디로 가야 할까요?"

"박달산으로 가시게. 거기 가면 큰 산이 직지를 품고 있을 것이야. 앞으로 아우가 해야 할 일이 많을 것이야. 우선 목벌로 먼저 가서 이 물건은 내려놓아야지. 거기 가서 인국 아저씨에게 인사도 해야 하고. 이게 참 대단한 물건이야. 같은 청동을 녹여 만든 물건인데 사람을 죽이기도 하고 살리기도 하는구나."

"왜 사람은 서로 죽이고 죽임을 당하는 것이죠?"

"그러게 말이다. 이제 아우는 박달산으로 돌아가서 사람을 살리는 일에 매진하시게. 나도 이 길로 개경으로 올라가 과거에 응시할 생각이네."

이방원은 뱃전에 놓인 화포를 대견한 듯 손으로 쓰다듬었다. 서산으로 해가 뉘엿뉘엿 넘어가기 시작했다. 어스름 저녁 강가의 중앙탑이 노을 속으로 천천히 잠겨 들어갔다. 배는 노을이 물든 붉은 강물 위로 빠르게 거슬러 올라갔다.

* 그로부터 20년이 흐른 조선 태종 3년(계미년, 1403)에 주자소가 설치되었다. 여기서 조선 최초의 금속활자인 계미자가 만들어졌다.

박달산, 직지를 품다

초판 인쇄 2022년 10월 19일
초판 발행 2022년 10월 21일

저 자 김태환
발행인 김호운
편집주간 김성달
사무국장 이월성
편집국장 이현신
발행처 사단법인 한국소설가협회
등 록 제313－2001－271호(2001. 12. 13)

주 소 04175 서울 마포구 마포대로 12, 한신빌딩 302호
전 화 02) 703-9837, 02) 703-7055
전자우편 novel2010@naver.com
한국소설가협회홈페이지 http://www.k-naver.kr
인 쇄 유진보라
총 판 한국출판협동조합 070) 7119－1740

ISBN Ⅰ 979-11-7032-093-7 *03810
정가 15,000원

사단법인 한국소설가협회는 소설가로만 구성된 국내 유일의 단체입니다.